Meinen Eltern und meinen Kindern
B. Hatterscheidt

Für Lea
L. Kroner

Über das Buch:

Tadeusz Piontek ist Hausmeister und „Mädchen für alles". Bei Umbauarbeiten im Keller des Hauses in der Viersener Straße findet er eine eingemauerte Tiefkühltruhe. Als er sie öffnet, blickt in das vereiste Gesicht eines Toten: tiefgekühlt seit Jahren. Deutlich ist eine schwere Schädelverletzung zu erkennen.

Eiskalt in Nippes ist ein neuer Fall für Hauptkommissar Westhoven und sein Ermittlungsteam.

Auf dem Fahndungsplakat erkennt die Bewohnerin eines Seniorenstifts den Toten. Doch noch bevor Sie eine Aussage bei den Beamten der Mordkommission 6 machen kann, wird sie Opfer eines Verkehrsunfalls. Doch war es wirklich ein Verkehrsunfall? Die Kölner Taxifahrerin Katharina Oehmchen, die Zeugin des Unfalls war, behauptet: Es war Mord!

Kriminalhauptkommissar Westhoven und sein Team stehen vor einer schwierigen Aufgabe: Die Identität des Toten steht nicht und die Jahrzehnte alten Hinweise führen augenscheinlich immer wieder ins Leere. Doch der Täter ist verunsichert und beginnt Fehler zu machen...

Vorwort:

Dieser Roman beruht auf Tatsachen. Die Ermittlungen und Vernehmungen orientieren sich an der Wirklichkeit des kriminalpolizeilichen Alltags. Auf vielköpfige Kommissionen wurde zu Gunsten der Verständlichkeit und des Handlungsfadens verzichtet. Keine der genannten Personen ist so existent. Namensähnlichkeiten sind daher zufällig. Jede Ähnlichkeit mit tatsächlichen Geschehnissen sowie mit lebenden oder verstorbenen Personen ist aber nicht immer rein zufällig. Der Roman soll vor allem ein Kriminalistenroman sein, der sich nah an der kriminalpolizeilichen Wirklichkeit orientiert. Deshalb sind einige Textpassagen bewusst streckenweise protokollartig.

Bernhard Hatterscheidt
Ludwig Kroner

Eiskalt
in Nippes

Kriminalisten**roman**

Impressum

Math. Lempertz GmbH
Hauptstraße 354
53639 Königswinter
Tel.: 02233 / 90 00 36
Fax: 02233 / 90 00 38
info@edition-lempertz.de
www.edition-lempertz.de

Alle Rechte vorbehalten. Ohne ausdrückliche Genehmigung des Verlages ist es nicht gestattet, das Buch oder Teile daraus zu vervielfältigen oder auf Datenträger aufzuzeichnen.

2. Auflage – Dezember 2011
© 2011 Mathias Lempertz GmbH

Text: Bernhard Hatterscheidt und Ludwig Kroner
www.kriminalistenroman.de
info@kriminalistenroman.de

Titelbild: Ralph Handmann, Collage unter Verwendung von Motiven von: © Francisco Romero, fotolia.de (Kühlschrank), © vlntn, fotolia.de (Kellerraum)
Umschlaggestaltung: Ralph Handmann
Lektorat: Kristina de Giorgi
Satz und Layout: Ralph Handmann

Printed in Germany
ISBN-978-3-939284-14-7

Prolog

Es war einer der ersten warmen Frühlingstage in Köln. Auf dem Wilhelmplatz in Köln-Nippes herrschte lebhaftes Markttreiben. Die letzten alteingesessenen „Kölsche Maatwiever"[1] priesen lautstark ihr Gemüse an. „Ädäppel, et Kilo für nen Euro oder e Pund für en Mark, Murre, de Bund für nen Euro fuffzisch! Kappes, Kühl und Schawur hück zom Sonderpreis! Lückscher luurt un kauft, billiger wet et nit mieh!"[2] Türkische Marktbeschicker, wie es offiziell hieß, setzten mehr auf Tomaten, Avocados und andere beliebte südliche Gemüse. Der Kurzwarenhandel und die Angebote von billigen Textilien aus Osteuropa waren fest in polnischer Hand. Hier auf dem Nippeser Markt mischte sich Kölsches Urgestein mit Multikulti. Hier brauchte über Integration nicht geredet zu werden. Hier wurde sie gelebt. Es war einfach so. In den letzten Jahrzehnten war aus der alten Eisenbahnersiedlung westlich der Neusser Straße, deren Herzstück das RAW (Reichsausbesserungswerk) der Bahn in der Werkstattstraße gewesen war, ein Kölner Arbeiterviertel geworden, wo der Friseur Ibrahim Özdemir sich selbstverständlich als „Kölsche Jung" bezeichnete und einen Mitgliedsantrag bei der KG Nippeser Bürgerwehr[3] gestellt hatte, und „Toni" Sanyo aus Zentralafrika im „Goldenen Kappes" in perfektem Kölsch „E Früh un en Portion Himmel un Äd met Flönz"[4] bestellte.

---

1 Kölner Marktfrauen
2 Kartoffeln, das Kilo für einen Euro oder ein Pfund für eine Mark, Möhren, der Bund 1,50 €! Weißkohl, Grünkohl, und Wirsing heute zum Sonderpreis! Leute, schaut und kauft, es wird nicht mehr billiger!
3 Nippeser Karnevalsverein
4 Ein obergäriges Bier der Marke Früh und eine Portion Stampfkartoffeln mit Apfelmus und gebratener Blutwurst

EINS

Tadeusz Piontek hatte schon zweimal mit seinem alten VW Caddy den Wilhelmplatz umrundet. Jeder Parkplatz, jede freie Fläche war schon zugeparkt. Er hatte schon damit gerechnet. Er wohnte hier in Nippes und kannte die Situation an Markttagen. Kurz entschlossen parkte er seinen Caddy Pickup, der schon bessere Tage gesehen hatte, in der Viersener Straße halb auf dem Bürgersteig unmittelbar vor dem Haus. Er hoffte, die Aufschrift „Piontek Hausmeisterservice" auf seinem Fahrzeug würde die Politesse, die regelmäßig an Markttagen am Wilhelmplatz kontrollierte, gnädig stimmen. Die Aufschrift hatte er beibehalten, als er vor einem Jahr seine Selbstständigkeit aufgab und als „Mädchen für alles" für Armin Rasch anfing. Rasch kaufte in Nippes Altbauten, setzte die zum großen Teil langjährigen Mieter vor die Tür und verkaufte dann die sanierten Wohnungen zu horrenden Preisen an Yuppies, die Nippes einfach nur schick fanden.

Tadeusz Piontek öffnete die auf der Ladefläche festgeschraubte Alukiste mit der Aufschrift des ursprünglichen Eigentümers „Balfinger & Burger", bevor sie von einer Baustelle in Ehrenfeld verschwand. Er nahm die abgewetzte Werkzeugtasche und den schweren Bohrhammer heraus. Dieser war vor Zeiten einmal ein begehrtes Sonderangebot bei Aldi gewesen.

Während er mit der linken Hand den Hausschlüssel in seiner Hosentasche suchte, fischte er mit der Rechten eine Zigarette aus der Tasche seiner grauen Jacke und zündete sie an. Die seit Monaten nicht benutzte Haustür öffnete sich knarrend.

Der braun-beige gefliese Boden des Hausflurs war mit einer dicken Staubschicht bedeckt. Die Treppe zum Keller lag im Dunkeln. Piontek betätigte den Lichtschalter. Im Keller flammten zwei von der Decke hängende Glühbirnen auf und verbreiteten ein spärliches Licht. Da er mit einer solchen Beleuchtung gerechnet hatte, nahm er aus seiner Werkzeugtasche zwei 100-Watt-Glühbirnen und wechselte sie gegen die beiden 40er aus.

Der schwere Bohrhammer machte einen ohrenbetäubenden Lärm in dem schmalen Kellergang, als Piontek auftragsgemäß die Mauer unter der Kellertreppe einriss. Steinteile fielen zu Boden, seine sehnigen, kräftigen Arme zitterten durch die Vibrationen des pneumatischen Bohrhammers. Feiner Staub bedeckte den tätowierten Frauenkopf auf seinem rechten Oberarm. Nach wenigen Minuten hatte er ein 40 cm großes Loch in die Wand gehämmert. Er ließ kurz die Maschine nach unten sinken. Hinter der Mauer hörte er ein leises Surren. Piontek machte eine kleine Pause, rauchte eine Zigarette und goss sich aus der Thermoskanne den dampfenden Kaffee in die Deckeltasse.

Nach weiteren 20 Minuten hatte er bereits so viel von der Mauer eingerissen, dass er in den Hohlraum unter der Kellertreppe blicken konnte. Das Surren war nun wesentlich deutlicher zu hören. Er suchte die Quelle dieses Geräusches. Es kam offensichtlich von der verstaubten Truhe, die unter der Treppe in der hinteren Ecke stand. Nach einer weiteren Stunde, es war jetzt kurz nach 08.00 Uhr, hatte er die Mauer so weit eingerissen, dass man den abgemauerten Hohlraum betreten konnte.

Mit dem Ärmel seiner Jacke wischte er über den Deckel der Truhe. Es kam die graue Lackierung zum Vorschein. An der Kopfseite konnte er im Halbdunkel den Schriftzug „Privileg" lesen. Neben dem Schriftzug waren vier **** erhaben aufgedruckt. *Wozu steht hier eine Gefriertruhe?*, ging es ihm durch den Kopf.

Mit beiden Händen erfasste er den Griff vorne links am Deckel der Truhe und hob ihn an. Die Glühbirne im Innern der Truhe war intakt, und mit einem Mal wurde ihm schwindelig. Um sicher zu gehen, dass ihm nicht Schatten einen Streich spielten, öffnete er ein weiteres Mal die Truhe und war nun sicher. Er blickte in das Gesicht eines Mannes. Die Augen waren weit aufgerissen, und der gesamte Körper war mit einer feinen Eisschicht überzogen. Er ließ den Deckel nach unten knallen. Staub wirbelte auf. Piontek suchte Halt und stützte sich am Mauerrest ab. Seine Nerven spielten nicht mehr mit. Sein Magen revoltierte. Mit einem heftigen Schwall schoss der eben getrunkene Kaffee aus seinem Mund und landete auf dem staubigen Boden.

Piontek rannte die Treppe hinaus nach oben, nur raus aus diesem Keller. An seinem Auto angekommen, setzte er sich erst einmal auf die Kofferhaube seines Caddys. Seine Knie zitterten.

Das Handy in seiner Hand kam ihm wie ein Fremdkörper vor, als er die Rufnummer „110" wählte. „Tadeusz Piontek hier, ich habe Leiche gefunden." „Was haben Sie gefunden?", fragte der Beamte der Leitstelle im Polizeipräsidium Köln-Kalk, der den Notruf angenommen hatte.

„Einen toten Mann in einer Truhe. Sie müssen kommen!" Seine Stimme überschlug sich fast. Ihr Klang ließ den Beamten aufhorchen, das hier war Ernst. Der Mann am anderen Ende der Leitung war psychisch am Ende.

„Beruhigen Sie sich bitte. Wo sind Sie?" Der Beamte war darauf geschult, so viele Informationen wie möglich zu bekommen.

„Ich bin in Nippes, Viersener Straße, direkt am Markt", stammelte Piontek und drückte hierbei das Gespräch vor lauter Anspannung weg.

Der Beamte der Leitstelle aktivierte die Nummer des Anrufers aus dem Speicher und wählte die Nummer von Piontek.

„Ja, hallo?"

„Herr Piontek, hier ist noch mal die Polizei. Stehen Sie am Wilhelmplatz?", der Beamte hatte im Hintergrund die Geräusche des Marktplatzes gehört.

„Ja, genau, ich warte am Auto, ein roter VW Caddy."

„Okay, ich schicke Ihnen einen Streifenwagen. Machen Sie sich meinen Kollegen bemerkbar, winken Sie, damit die Sie direkt finden." Der Beamte notierte die bisherigen Informationen ins Einsatzprotokoll und speicherte diese. Für weitere Maßnahmen sah er noch keinen Anlass. Dafür waren die Informationen bislang viel zu dürftig. Es könnte sich genauso gut um eine *ganz normale* Leiche handeln.

Wenige Minuten später erreichten Polizeikommissarin (PKin) Pesch und Kommissarsanwärterin (KAin) Grüner die Viersener Straße am Wilhelmplatz. Als sie von der Christinastraße in die Viersener Straße einbogen, sprang Tadeusz Piontek mit hochgerissenen Armen auf die Fahrbahn. PKin Pesch betätigte die Lichthupe und hielt neben dem roten Caddy an.

"Wir parken nur eben den Streifenwagen dort vorne und kommen dann sofort", rief sie ihm durch das halb geöffnete Fenster zu. Beim Aussteigen griff sie routinemäßig noch nach ihrer großen Maglite und verschloss dann den Wagen.

„Guten Morgen, Herr …?", begrüßte PKin Pesch ihn.

„Piontek, Tadeusz Piontek. Kommen Sie, ich muss Ihnen etwas zeigen", sprudelte er sofort los, „ich zeige Ihnen Weg", und ging sofort schnurstracks Richtung Haustür. Die beiden Beamtinnen folgten ihm. Die Haustür stand sperrangelweit offen. Piontek hatte sie mit einem Holzkeil fixiert. Die Flurwände waren gelb gefliest. Der obere Rand schloss mit einer schwarzen Bordüre ab. Der Rest der Wand und die Decke waren einmal weiß gestrichen. Auf der rechten Wand hingen drei Briefkästen, deren Türen verbogen in den Angeln hingen, sie waren vielfach mit Namen überklebt.

Sie gingen durch den Hausflur zum Kellerabgang. Die Kellerbeleuchtung war noch eingeschaltet. die dunkelrot gestrichene Holztreppe war in die Jahre gekommen und schien jeden Moment einzustürzen. Unter dem Gewicht der drei ächzten die Stufen.

Piontek hielt einen Moment inne und zeigte dann in Richtung Mauer. „Da, da ist die Truhe", sagte er mit in der Aufregung nach oben kippender Stimme. Diese Stimme passte so gar nicht zu dem drahtigen Typen mit den vielen Tätowierungen, ging es PKin Pesch durch den Kopf.

Sie drückte den Knopf der Maglite, und ein heller Lichtschein erhellte den staubigen, spinnwebenverklebten Raum unter der Kellertreppe.

Sechs Augen starrten auf die verstaubte Truhe, von der ein unüberhörbares Surren ausging. Piontek blieb zurück, während sich PKin Pesch ihre Lederhandschuhe anzog und sich zusammen mit KAin Grüner durch die Mauerlücke der Truhe näherte. Sie gab ihrer Kollegin die Taschenlampe.

Vorsichtig hob sie den Deckel der Truhe an und öffnete sie dann entschlossen. Kälteschwaden entwichen, die 5-Watt-Glühbirne der Innenbeleuchtung flackerte.

Die Blicke der jungen Beamtinnen fielen auf die vereiste Leiche in der Truhe. KAin Grüner, die heute ihren ersten Toten sah, fiel vor Schreck die Taschenlampe auf den Boden. PKin Pesch schloss ruckartig den Deckel. Mit einem dumpfen Geräusch knallte dieser auf den Rand der Truhe, die dicke Staubschicht wirbelte auf. An Atmen war hier nicht mehr zu denken.

Die Beamtinnen traten hustend zurück in den Kellerraum und gingen zum Treppenaufgang. PKin Pesch legte die Handschuhe auf die Kellertreppe, zog ihr Diensthandy aus der Hemdtasche und rief die Leitstelle an.

ZWEI

24 Stunden vorher in der Toskana:
„Paul. Paul, wach auf", rief Anne Westhoven, geb. Stern, und rüttelte an seiner Schulter. Anne wusste nicht, was Paul geträumt hatte, aber sie sah, dass er sich im Schlaf wälzte und um sich schlug. Sein flehendes „Nein, bitte. Bitte nicht", hatte sie aus ihrem Schlaf gerissen.

Als Paul Westhoven die Augen aufschlug, wirkte er orientierungslos und erleichtert zugleich. Er nahm Anne in den Arm und flüsterte ihr „Ich liebe dich so sehr" ins Ohr.

„Was hast du geträumt?"

„Ach nichts, irgendeinen Scheiß." Anne sollte nicht wissen, dass sie in seinem Albtraum soeben ein weiteres Opfer eines Serienmörders geworden war. Die von diesem Psycho begangenen bestialischen Morde hatten sein Unterbewusstsein mehr beschäftigt, als er sich selbst, geschweige jemand anderem, jemals eingestehen würde.

Immer wieder musste Paul Westhoven daran denken, dass seine Anne nur durch Zufall dem Tod entronnen war und Lisa Düster anstatt ihrer sterben musste. Zum Glück war es nur ein Traum, denn der Mörder saß gut verwahrt in einer psychiatrischen Klinik, weit weg von der Toskana.

Paul Westhoven rieb sich die Augen und griff nach seiner Armbanduhr. „Halb fünf. Lass uns noch versuchen, ein paar Stunden zu schlafen", schlug er vor, gab Anne einen Kuss und nahm sie zärtlich in den Arm. „Wir fliegen doch erst um 12.00 Uhr." Anne legte ihren Kopf auf seine Brust und streichelte sein bartstoppeliges Gesicht. „Schlaf noch gut."

Beim Frühstück im Hotelrestaurant schaute Anne ihn an. „Jetzt sag schon, Paul. Was hast du so Schlimmes geträumt, dass du sogar um dich schlägst und um Hilfe rufst?" Es ließ ihr keine Ruhe.

Paul Westhoven schluckte seinen Bissen Croissant herunter und trank einen Schluck seines Caffè Latte. „Ach, das war so wirr, ich weiß es nicht mehr genau", versuchte er sich der Frage zu entziehen. „Sternchen, wann müssen wir am Flughafen sein?", lenkte er vom Thema ab.

„Spätestens um 10.30 Uhr sollten wir eingecheckt haben. Außerdem möchte ich noch im Duty-Free-Shop einkaufen."

Um kurz nach Zwölf schaute Paul Westhoven aus dem kleinen Bordfenster der Maschine von Germanwings. Zusammen mit Anne saß er in Reihe 7 auf dem Flug nach Köln. Er sah den immer kleiner werdenden Flughafen von Florenz, benannt nach dem italienischen Kaufmann und Kartographen Amerigo Vespucci.

„Wenn ich daran denke, dass ich ab morgen wieder zurück ins Büro der Debeka muss, dreht sich mir echt der Magen um. Bestimmt habe ich wieder so viele Akten auf meinem Tisch, dass dieser sich fast durchbiegt", mutmaßte Anne.

„Das wird schon nicht so schlimm werden, deine Kolleginnen haben dich bestimmt gut vertreten", versuchte Paul Westhoven Anne zu trösten.

„Hoffentlich hast du recht. Ich wünschte, ich hätte es so gut wie du und müsste erst am Dienstag ins Büro", seufzte sie.

DREI

Das übliche Procedere lief jetzt an. Der Leitstellenbeamte informierte den Leiter des Kriminalkommissariates 11 (KK 11) und die Pressestelle. Arndt Siebert, Leiter des KK 11, entsandte Jochen Gerber und Heinz Dember zum Einsatzort.

Paul Westhoven, Leiter der Mordkommission 6 (MK 6), hatte an sich seinen letzten Urlaubstag, aber Arndt Siebert wusste, dass er schon gestern aus der Toskana zurückgekommen war. Er würde ihn gleich nach dem Anruf beim Erkennungsdienst und dem Kriminalinspektionsleiter (KIL) alarmieren und ihn ins Büro beordern. Auf den Urlaubstag konnte jetzt keine Rücksicht genommen werde. Der Leiter der MK 6 wurde auf der Dienststelle gebraucht.

***

Paul Westhoven hatte ausgiebig mit seiner Frau Anne gefrühstückt. Sie hatte das Haus schon verlassen. Auf sie wartete eine Menge Arbeit als Sachbearbeiterin für Lebensversicherungen in Köln am Neumarkt.

Westhovens Handy klingelte und brummte. Anonymer Anrufer stand im Display. Sein Bauchgefühl sagte ihm, dass es um diese Uhrzeit nur die Dienststelle sein konnte. Und zu 99% lag er damit immer richtig. Deshalb meldete er sich süffisant mit: „Sie haben richtig gewählt, guten Morgen KK 11, was kann ich für Sie tun?"

„Hallo Paul, Arndt hier. Ich mache es kurz: Wir brauchen dich hier – dringend und sofort", sagte er in freundlichem, aber bestimmtem Ton.

„Danke der Nachfrage. Ja, mein Urlaub war gut", erwiderte Paul Westhoven genervt. Eine gewisse Diplomatie hatte er schon von seinem Chef erwartet.

„Paul, tut mir leid. Erzähl mir später bei einem Kölsch von eurem Urlaub, jetzt ist keine Zeit dafür. Ab heute hat die MK 6 Bereitschaft. Ihr habt einen neuen Fall, er kam eben rein. Eine tiefgekühlte Leiche in einem Nippeser Keller. Die Kollegen der Polizeiwache Nippes sind dort und sichern den Fundort. Jochen und Heinz sind auch schon unterwegs."

„Na, das fängt ja gut an", sagte er leicht genervt.

„Paul, du weißt doch: Vor dem Urlaub ist nach dem Urlaub."

„Ja, sicher. Bis gleich", verabschiedete er sich und drückte die Taste mit dem roten Hörer. Seine Gedanken kreisten um die letzte Nacht in der Toskana.

Schon wieder klingelte Westhovens Mobiltelefon. Auf dem Display blinkte die dienstliche Rufnummer von Staatsanwalt Asmus.

„Hallo, Herr Asmus. Sie wissen also auch schon Bescheid?" „Klar, aufgrund der wohl ungeklärten Identität bin ich ja zuständig." „U für Unbekannt, kann sich ja hoffentlich gleich ändern. Was können Sie mir denn schon sagen?", fragte er hoffnungsvoll.

„Da muss ich Sie leider enttäuschen. Ich bin noch zu Hause und fahre jetzt erst los. Mehr Informationen als Sie habe ich derzeit auch nicht."

***

Als Paul Westhoven gegen 09.00 Uhr ins neue Parkhaus des Polizeipräsidiums fuhr, war es schon fast komplett belegt, so dass er mit seinem alten Golf bis auf Ebene 13 hochkurven musste, um eine freie Parktasche zu finden. Er ging zum Hintereingang des neuen Gebäudeteils C und nutzte die schmale Drehkreuztür, welche er mit seiner Codekarte öffnete. Solche Tore gab es in seiner Kindheit nur an den Ausgängen der Freibäder. Er erinnerte sich, wie er als kleiner Junge solch schmale Tore passierte. Schmunzelnd stand ihm jedoch auch noch das Bild vor Augen, wie sich der XXL-Polizeiseelsorger mit seinen 128 Kilogramm und einem Aktenkoffer im Drehkreuz verklemmte und stecken blieb. *Bin gespannt, wann das dem nächsten passiert,* dachte er sich. An der zweiten Tür des erst vor zwei Wochen bezogenen Gebäudes hielt er wieder seine Codekarte vor das Lesegerät und zog am Griff. Die Tür hakte. Er riss noch einmal mit aller Kraft am Türgriff. Plötzlich hörte er ein kurzes Summen. Mit einem Piepton löste sich die Verriegelung, und die Tür ließ sich öffnen.

Während seines Urlaubs war das KK 11 von der ehemals vierten Etage im Block B in die erste Etage des neuen Gebäudeteils C umgezogen. Westhoven wusste aus vorher veröffentlichten Umzugsplänen, dass er ein Eckbüro mit Blick auf die Lanxess-Arena und dem viel befahrenen Walter-Pauli-Ring hatte. Seinen neuen Büroschlüssel hatte er schon vor dem Urlaub bekommen und längst an seinem Schlüsselbund. Das Büro, welches sich Jochen Gerber und Heinz Dember teilten, lag gleich neben seinem.

Die Tür zu ihrem Zimmer stand offen, sie selbst aber waren ja schon zum Tatort nach Nippes gefahren. Als er die Tür zu seinem neuen Büro öffnete, bot sich ihm ein chaotisches Bild. An der Wand gestapelt standen seine Umzugskartons, die das Umzugsunternehmen dorthin gestellt hatte. Es sah aus wie in einem Lagerraum, und es stank. Die Kartons verströmten einen muffigen Geruch, der sich mit den Lösungsmitteldämpfen des frisch verlegten Teppichbodens mischte. Paul Westhoven riss beide Fenster auf. „Da riechen ja selbst Annes Räucherstäbchen besser", sagte er zu sich selbst, um am nächsten Tag welche mitzubringen.

Als er das Büro verließ, stellte er die Fenster auf Kipp und schloss dann die Bürotür ab. Auf der Fahrwache im Erdgeschoss ließ er sich die Schlüssel und die Fahrzeugpapiere für einen Dienstwagen geben. Mit dem Aufzug fuhr er in die Tiefgarage. Bevor Westhoven zum Auto ging, holte er noch seine Dienstpistole aus seinem Schließfach in der Waffenkammer. Den Wagen musste er in der Tiefgarage erst einmal suchen. Auf der Mappe, die die Kfz-Papiere, das Fahrtenbuch und den Schlüssel beinhaltete, stand: Opel Corsa grau und das Kennzeichen. Nachdem er schon drei graue Corsas gefunden hatte, bemerkte er an der Wand ein weißes Schild mit der Aufschrift „KK 11". Genau darunter stand der richtige Corsa. Als er einstieg, war da schon wieder ein anderer Geruch. Auch der Pkw war neu.

Auf der Zoobrücke hielt er sich an die Geschwindigkeitsbegrenzung. Er wollte nicht geblitzt werden und in den nächsten Tagen ein Foto von sich auf seinem Schreibtisch vorfinden, denn auch Polizeibeamte mussten ihre Knöllchen bezahlen, wenn sie keine Sonderrechte in Anspruch nehmen durften. So erreichte er nach gut 15 Minuten den Wilhelmplatz.

Sein Ziel am Wilhelmplatz konnte er nicht verfehlen. Es war trotz des Markttreibens nicht zu übersehen. Ein Streifenwagen, ein Rettungswagen und das Fahrzeug des Notarztes standen vor dem Haus in der Viersener Straße. Zahlreiche Schaulustige standen in einer Traube an der polizeilichen Absperrung zusammen. In erster Reihe stand auch sein „spezieller Freund", der Lokalreporter Dirk Holm. Westhoven merkte, wie sein Blutdruck langsam stieg. Holm war der typische Sensationsreporter. Ihm war vollständig gleichgültig, was an seinen Berichten der Wahrheit entsprach und wem er damit schadete. Für ihn galt nur eine Maxime: Sensationen um jeden Preis.

Die Schaulustigen unbeachtet lassend, parkte er seinen Corsa neben dem Streifenwagen auf dem Bürgersteig.

Dirk Holm versuchte, sich ihm in den Weg zu stellen, kam aber nicht dazu, ihm in seiner provozierenden Art eine Aussage zu entlocken. Westhoven schob sich einfach an ihm vorbei, ohne zu reagieren, und ging schnellen Schrittes ins Haus. Den beiden Beamtinnen der Wache Nippes, die im Hausflur standen, hielt er seinen Dienstausweis entgegen und begrüßte sie mit: „Westhoven, Mordkommission", als die ihn wohl gerade aufhalten wollten.

„Hallo Paul, das fängt ja gut für dich an. Hast du nicht noch Urlaub", kam Gerber durch den Flurgang auf ihn zu. „War es wenigstens schön in der Toskana?"

„Danke, Jochen. Es war toll, aber wie immer zu kurz", entgegnete Westhoven knapp. „Klär mich mal bitte auf. Was haben wir hier?"

„Eine Kühltruhe mit einer tiefgefrorenen Leiche, mehr weiß ich auch noch nicht."

„Männlich oder weiblich?", wollte Westhoven wissen.

„Eindeutig männlich", nickte Gerber.

Unten im Keller angekommen bat Westhoven einen Moment um Ruhe. Wie immer wollte er kurz die Augen schließen und die Umgebung auf sich wirken lassen. Er hörte das leise Surren der Gefriertruhe.

„Jochen, leuchte mal mit der Taschenlampe."

Gerber drückte den Knopf seiner LED-Lenser. Sie hatte die unhandliche Maglite ersetzt, nachdem er sie bei der Tombola auf dem IPA-Frühlingsball (International Police Association) in Köln gewonnen hatte. Sie war außerdem heller und hielt länger durch.

Von der Truhe führte ein weißes, jetzt grau scheinendes Elektrokabel zur Leitung der Deckenbeleuchtung unterhalb der Treppe.

„Privileg?", fragte er, als er an die Truhe herangetreten war.

Gerber nickte abermals.

„Clever gemacht, einfach das Kabel an den Hausstrom angeklemmt", sagte Westhoven. „Das konnte natürlich keiner auf seiner Stromrechnung merken."

Paul Westhoven streifte ein Paar Latexhandschuhe über und hob dann den Deckel der Truhe an. Das Licht flackerte in der Truhe und für einen Moment schien es ihm deshalb so, als bewege sich die Leiche. Westhoven schüttelte sich, denn eine tiefgefrorene Leiche hatte er bislang auch noch nicht gesehen.

„Da, schau mal!"

Er zeigte auf den Kopf des Toten. „Wieso hat keiner von euch den eingeschlagenen Schädel erwähnt?" Der ärgerliche Unterton in seiner Stimme war deutlich zu bemerken, als er die Truhe schloss.

„Paul, so genau habe ich nicht reingeschaut. Ich wollte erst mal auf dich und den Erkennungsdienst warten. Außerdem ist ja wohl sowieso nicht davon auszugehen, dass er sich in Ruhe eingemauert hat und freiwillig in die Truhe gestiegen ist", rechtfertigte sich Gerber.

„Schon gut, hast ja recht, spielt im Moment sowieso keine Rolle. Wo bleibt eigentlich die Rechtsmedizinerin?", fragte Westhoven in Dembers Richtung blickend.

Dember zuckte mit beiden Schultern und machte dabei ein fragendes Gesicht, was er mit einem mürrischen „Was weiß ich?" bekräftigte.

Westhoven konnte nicht wissen, dass sich Dember und die Rechtsmedizinerin Dr. Doris Weber wieder mal getrennt hatten.

Einen Moment später hörte er, wie jemand die Treppe herunterkam und freundlich grüßte.

„Hallo, Frau Dr. Weber. Schön, dass Sie jetzt auch da sind."

„Ja, bin ich auch. Der Straßenverkehr ist um diese Uhrzeit einfach ätzend", konterte sie kühl.

Westhoven zeigte ihr die Gefriertruhe, und nachdem sie sich ebenfalls Latexhandschuhe übergezogen hatte, öffneten sie sie gemeinsam. Gerber leuchtete wieder mit seiner Taschenlampe hinein.

„Tja, der ist wohl tot, würde ich sagen", sagte sie trocken. „Mehr kann ich hier nicht sagen, das muss ..."

„...eine Obduktion klären, die ich hiermit anordne", beendete Staatsanwalt Asmus, der unbeachtet die Treppe heruntergekommen war, den Satz:

„Herr Westhoven, könnten Sie bitte den Transport veranlassen? Eine Spuren schonende Leichenschau ist hier ja überhaupt nicht möglich."

Westhoven überlegte, wer denn die Truhe samt Inhalt transportieren könnte und vor allem auch dürfte. Nach Absatz 1 des gültigen Bestattungsgesetzes NRW dürfen Tote auf öffentlichen Straßen und Wegen nämlich nur in einem für diesen Transport geeigneten, dicht verschlossenen Behältnis in einem dafür zugelassenen Fahrzeug befördert werden.

Er war sich aber sicher, dass diese klobige Truhe nicht in die üblichen Leichenwagen hineinpassen würde. Über die Leitstelle der Polizei ließ er deswegen dem von Amts wegen bestellten Bestattungsunternehmen ausrichten, dass dessen Mitarbeiter mit einem Transporter anrücken müssten.

„Ach, Frau Dr. Weber", sprach Westhoven sie an: „Meinen Sie, das ist ein Problem, wenn wir gleich die Gefriertruhe vom Netz nehmen?"

Sie schüttelte den Kopf: „Nein, es ist ja nicht weit von hier bis zum Melatengürtel. Stellen Sie sich vor, Sie kaufen tiefgefrorenes Fleisch im Supermarkt. Das transportieren Sie doch auch so, maximal in einer mit Aluminium beschichteten Tasche. Und auftauen müssen wir den Toten sowieso, sonst können wir keine Obduktion durchführen", grinste Doris Weber ihn an.

„Wie lange wird das dauern?"

„Also, vor morgen Nachmittag wird das auf keinen Fall was. Wir müssen den Leichnam schonend auftauen lassen, mindestens aber 30 Stunden. Ansonsten können wir histologische Untersuchungen nahezu vergessen, weil sämtliche Zellwände zerstört werden. Dann wäre zwar die Haut weich, aber die inneren Organe immer noch steinhart. Wir können jedoch schon eine äußere Leichenschau durchführen und auch röntgen. Ich rufe Sie nachher an, dann legen wir eine Uhrzeit für die Untersuchung fest."

Das Gespräch wurde durch das Klingeln von Westhovens Mobiltelefon unterbrochen. Die Einsatzleitstelle teilte ihm kurz mit, dass der Leichenwagen unterwegs sei.

„Heinz", wandte Westhoven sich an ihn: „Stell Du bitte schon mal fest, wer hier aktuell wohnt und wie lange, und wer hier von wann bis wann gewohnt hat. Und dann vergleich die Daten schon mal mit den Vermisstenanzeigen. Vielleicht wissen die Kollegen von der Vermisstenstelle etwas."

„Alles klar, Chef", antwortete Dember und machte sich an die Arbeit.

„Jochen, Du nimmst hier zusammen mit dem Erkennungsdienst den Tat- bzw. Fundort zu Ende auf und kommst dann zum Präsidium. Ich fahre schon mal vor und räume meine Umzugskisten im Büro aus. In dem Chaos kann ich mich nämlich nicht konzentrieren und vernünftig arbeiten."

„Okay, Paul. Bis später, ich wollte dir gleich sowieso noch was in eigener Sache erzählen."

Paul Westhoven verabschiedete sich. Vor dem Haus standen zahlreiche Pressefotografen und Reporter, die wohl auf ein Bild und einige Informationen hofften. Auch Dirk Holm vom Express war noch immer dabei und fotografierte ihn. Ohne einen Kommentar zu geben, stieg Westhoven in den Opel Corsa und fuhr zurück zum Präsidium. In seinem neuen Büro angekommen, telefonierte er mit Anne und erzählte ihr von dem neuen Fall. Sie war enttäuscht, dass er an seinem letzten Urlaubstag alarmiert worden war und es schon wieder später werden würde. Westhoven war niedergeschlagen. Hatte er mit Anne doch schon so oft über seinen Dienst und seine Aufgaben als Leiter der MK 6 gesprochen und stundenlang mit ihr darüber diskutiert.

VIER

Mittlerweile war es kurz nach 12.00 Uhr. „Hallo Paul", hörte Westhoven Gerbers Stimme. Er war gerade dabei, den letzten Karton auszuräumen. Er ärgerte sich, denn er musste immer an Anne denken, die nun wieder auf ihn sauer sein würde. Und außerdem wäre er sowieso jetzt lieber bei ihr.

„Und? Hat das Leichenfuhrwesen die Gefriertruhe samt Leiche mitgenommen und zur Rechtsmedizin gebracht?"

„Ja, zwischendurch war noch die Diskussion, ob die Feuerwehr das machen soll. Das war aber schnell vom Tisch. Jedenfalls war es schon recht beeindruckend, als die beiden Bestatter mit aller Kraft die Truhe über die schmale Kellertreppe nach oben gewuchtet haben. Trotz der Sackkarre hatten die ein echtes Problem damit. Und wenn ich nicht geistesgegenwärtig die Truhe im letzten Moment mit abgestützt hätte, wäre die mitsamt der Sackkarre die Treppe hinuntergerutscht und hätte womöglich den einen Bestatter unter sich begraben", grinste Gerber.

Gerber weiter: „Außerdem hat der Erkennungsdienst unterhalb der Gefriertruhe dunkle eingetrocknete Flüssigkeit festgestellt und diese mit Steriltupfern gesichert. Die dunkle Pfütze war mit toten Insekten durchsetzt. Es ist also zu vermuten, dass der Tote zumindest teilweise zersetzt sein dürfte. Bestimmt gab es mal einen längeren Stromausfall", mutmaßte er.

„Die Weber wird uns bestimmt bald was sagen können", antwortete Westhoven. „Was war das eigentlich genau für eine Truhe?", wollte er noch wissen.

Gerber nahm seine Notizen und las vor: „Privileg, vier Sterne, weiß mit grauem Deckel, an dem ein Griff vorne fehlt, 90 cm breit, 86 cm hoch, 68 cm tief, 300 Liter. Scheint ein älteres Modell zu sein", fügte er seine eigene Meinung hinzu.

„Aber hör mal, Paul, bevor die anderen kommen, muss ich dir noch dringend was in eigener Sache sagen", wechselte Gerber abrupt das Thema und wurde plötzlich ganz ernst.

Paul Westhoven schüttelte fragend seinen Kopf und deutete mit den Händen, dass Gerber doch endlich mit der Sprache rausrücken sollte.

„Ich muss bald nach Hamburg", sagte er zögerlich und schaute nun fragend in Paul Westhovens Gesicht.

„Ja, und? Willst du jetzt Urlaub einreichen oder was?"

„Schön wäre es, aber so ist es leider nicht", machte Gerber eine kurze Pause. „Bei meinem Vater haben die Ärzte Alzheimer im fortgeschrittenen Stadium diagnostiziert und es wird immer schlimmer. Mal erkennt er meine Mutter noch, mal fragt er, wer die Frau sei und was sie in seinem Zimmer zu suchen habe. Meine Mutter ist völlig fertig und mit den Nerven am Ende. Sie schafft es allein nicht mehr. Ich will und muss jetzt meinen Eltern helfen. Sie bedeuten mir alles. Jetzt ahnst du schon, worum es geht oder?", verstummte er und wartete auf die Reaktion von Westhoven.

Dieser schluckte: „Klar verstehe ich das, tut mir echt leid", sagte er mit bedrückter Stimme. Hatte er doch über Jahre mit Gerber Seite an Seite „gekämpft".

„Ich habe mich natürlich sofort darum bemüht, ob ich einen Tauschpartner in Hamburg finde", unterbrach Gerber das Stimmungstief.

„Wie es aussieht, hattest du Erfolg."

„Ja, zum nächsten Ersten sogar schon. Und zum Glück hat mein Tauschpartner den gleichen Dienstgrad, sonst wäre es echt ein Problem geworden."

„Wieso, reicht nicht einfach ein Tauschpartner?"

„Nee, so einfach ist es nicht. Ohne identische Besoldungsstufe ist ein Tausch nahezu unmöglich. Unser Landesamt für Ausbildung, Fortbildung und Personal der Polizei (LAFP) stimmt sonst einem Antrag gar nicht erst zu", erklärte Jochen Gerber. „In meinem Fall aber hat alles gepasst, Glück gehabt", machte er eine Faust und streckte den Daumen nach oben. „Aber unser KIL hat dennoch interveniert und will dem Gesuch nur zustimmen, wenn Hamburg mich umgehend hierhin zurück abordnet. Ich soll den neuen Kollegen einarbeiten, außerdem beklagte er den akuten Personalmangel. Das Übliche halt."

„Was soll denn der Quatsch?", reagierte Westhoven sauer. „Du bist doch nicht der einzige KK 11er, der das kann. Soll ich mal mit ihm reden? Auch wenn ich dich nur ungern ziehen lasse, aber der nächste Erste ist schon am kommenden Freitag. Dann wärst du ja nur noch vier Tage hier?"

„Lass gut sein, Paul, ist nicht nötig, das passt zeitlich immer noch", hoffte Jochen Gerber. Sicher war er sich aber nicht. Jederzeit konnte ihn der Hilferuf seiner Mutter ereilen. Und wenn es hart auf hart kam, würde er es schon durchziehen.

„Okay, deine Entscheidung, dann warten wir ab. Die Personalstelle wird sich schon melden, wenn es akut wird."

„Soweit ich weiß, heißt der Kollege aus Hamburg Toni Krogmann", beendete Gerber das Thema.

***

Nachdem die Gefriertruhe gegen 12.00 Uhr in die Rechtsmedizin Köln gebracht worden war, wurde sie zum kontrollierten Auftauen der Leiche im Vorraum des Kühlkellers abgestellt. Wie sich bald zeigte, hatte die Truhe die Zeit unter der Treppe nicht heil überstanden. Sie hatte im Boden ein Leck. Die auftauende Fäulnisflüssigkeit verteilte sich tropfend auf dem Fliesenboden. Schon bald schwängerte faulig penetranter Gestank die Luft.

Doris Weber atmete unter ihrem Atemschutz tief durch, trat an die Truhe heran und hob den Deckel. Kälteschwaden stiegen aus ihrem Innern auf. Als der Deckel in der senkrechten Position stand, schaltete sie ihr digitales Diktiergerät ein und fing mit der äußeren Beschreibung des Leichnams an:

„Die männliche Leiche befindet sich in Hockstellung in einer Tiefkühltruhe der Marke Privileg, Typ unbekannt, Maße der Truhe 90 cm breit, 86 cm hoch, 68 cm tief, Inhalt ca. 300 Liter. Der Kopf des Toten ist leicht nach vorne geneigt. Die Beine sind angewinkelt. Die Arme sind nach vorne gestreckt und liegen auf den Beinen auf. Der gesamte Körper ist mit einer zum Teil kristallinen Eisschicht bedeckt, die langsam schmilzt. Da die Kerntemperatur noch unter 0°C liegt, kann nicht von einer klassischen Leichenstarre gesprochen werden.

Im Nasen- und Mundbereich sind schwärzliche Antragungen und Verfärbungen zu erkennen. Der dichte Vollbart ist gepflegt. Der Kopf des etwa 35-jährigen Mannes ist schütter behaart und mit relativ langem braunem Haar bestanden. Die Scheitelglatze ist ausgeprägt.

Im Bereich des Hinterkopfes ist eine Zertrümmerung des Schädeldachs deutlich zu erkennen, die angrenzende Haut zeigt zahlreiche Verletzungen.

Anmerkung: Diese Stelle wird später noch rasiert werden müssen, um den Befund fotografisch zu sichern.

Die Verletzungen sind streifenförmige Risse von unterschiedlicher Länge. Eine der Verletzungen liegt im hinteren Drittel der Scheitelschuppe und reicht mit seinen Ausläufern bei einer Länge von 8 cm weit nach vorn. Hier ist auch eine Wundhöhle erkennbar, der tiefer liegende Schädelknochen ist in multiple Bruchstücke zerlegt.
 Am linken Auge ist eine intensive violettfarbene Schwellung, über der Augenbraue findet sich eine Rissverletzung mit unregelmäßiger Wundrandkonturierung.
 Weitere Verletzungsspuren sind zurzeit nicht erkennbar, da aufgrund des gefrorenen Zustandes eine Entkleidung der Leiche nicht möglich ist", beendete sie die erste Befundaufnahme und ging zum Telefon.

***

Paul Westhoven räumte gerade ältere Handakten, die er eventuell noch für ausstehende Gerichtstermine benötigen würde, in den Wandschrank seines Büros, als das Telefon läutete. Er blickte auf das Display und sah, dass der Anruf direkt aus dem Sektionsbereich der Gerichtsmedizin kam.
 „Hallo, Frau Dr. Weber", meldete sich Westhoven.
 „Hallo, Herr Westhoven. Nur eine kurze Info. Soweit ich das bis jetzt beurteilen kann, wurde dem ca. 35-40-jährigen Mann der Schädel eingeschlagen, bevor er als Tiefkühlprodukt ohne Angabe der Haltbarkeit in der Truhe landete", sagte sie kühl.
 „Danke. Wann können Sie die Leiche aus der Truhe nehmen und frühestens den Termin für die Obduktion ansetzen?"
 „Sagen wir morgen um 15.00 Uhr, aber ich kann nichts versprechen, vielleicht müssen wir weiter verschieben."
 „Hervorragend. Ich gebe Herrn Staatsanwalt Asmus Bescheid, wir sind dann morgen um 15.00 Uhr bei Ihnen."

***

Paul Westhoven hatte gerade das Telefonat mit Staatsanwaltschaft Asmus beendet, als Heinz Dember hereinkam.

„Hallo, Heinz. Gut, dass du schon zurück bist. Ich gehe davon aus, dass du nichts dagegen hast, morgen um 15.00 Uhr zur Obduktion mitzukommen?", grinste Westhoven ihn an.

„Kein Problem", schluckte er seinen Kommentar herunter, hatte Westhoven doch noch immer nicht mitbekommen, dass es zwischen ihm und Doris Weber aus war. Während des letzten Falls der MK 6 vor Westhovens Urlaub in der Toskana, den sogenannten Karnevalsmorden, hatte es eine heftige Affäre zwischen ihm und der Gerichtsmedizinerin Dr. Doris Weber gegeben, die vor allem durch ständigen Streit und heiße Versöhnungen gekennzeichnet war.[5] Im Augenblick ging man sich wieder aus dem Weg.

„Ich habe bis jetzt alle zur Verfügung stehenden Daten über die Anschrift in der Viersener Straße zusammengetragen", berichtete Dember. „Ein ganz schönes Tohuwabohu. Du kannst dir nicht vorstellen, wie oft die Leute da ein- und ausgezogen sind."

„Von wann ist das Haus?"

„Baujahr 1905."

„Ich nehme an, nicht immer der gleiche Besitzer?"

„Wohl kaum, aber das kann ich jetzt noch nicht beantworten. Die Anfrage beim Grundbuchamt läuft. Weiberfastnacht habe ich bei der großen Fete hier im Polizeipräsidium eine Rechtspflegerin vom Amtsgericht kennengelernt. Die hatte Beine, die hörten gar nicht mehr auf, und nicht nur das. Genau die sitzt nämlich in der Grundbuchabteilung. Ich habe also vorhin dort angerufen und meinen Charme spielen lassen. Sie wird sich Mühe geben."

„Ts ts ts, du bist unverbesserlich", schaute Westhoven ihn an.

„Gehst du mit in die Kantine?"

„Was gibt's denn Leckeres im Gourmettempel?"

„Keine Ahnung."

Westhoven und Dember machten sich auf den Weg zur Kantine. Um

---

[5] s. *Mörderischer Fastelovend*

vom C-Block zum Foyer im A-Trakt zu gelangen, verließen sie das Gebäude, gingen am Präsidium vorbei bis zum Haupteingang, wo man vom Foyer zur Kantine gelangte. Die Kantine war für das allgemeine Publikum geöffnet und galt als Geheimtipp unter den Kalker Rentnern.

Die beiden entschieden sich für Omelette, Rahmspinat und Salzkartoffeln. Dember aß ein paar Bissen und stocherte nur noch lustlos im Essen herum. Es schmeckte ihm einfach nicht. Er stellte seinen fast vollen Teller zurück ins Geschirrregal. Deutlich war seine Bemerkung „Morgen doch wieder Döner" zu hören.

Als sie die Kantine verließen, kam ihnen Arndt Siebert entgegen: „Und? Was könnt ihr mir empfehlen?"

Wie aus der Pistole geschossen antwortete Dember: „Ein anderes Lokal." Arndt Siebert runzelte die Stirn, nahm sich ein Tablett und Besteck und ging zur Essensausgabe an der Theke, während Westhoven und Dember sich wieder auf den Weg zur Dienststelle machten.

***

Es folgten nun einige sogenannte Büroermittlungen und Telefonate, Schreibtischarbeit also.

Aufgrund der mittlerweile vermehrt eingehenden Anfragen diverser Medien auf der Pressestelle wurde in Abstimmung mit der Staatsanwaltschaft eine Meldung gefertigt und den Medien über das Online-Portal der Polizei zur Verfügung gestellt.

Um circa 16.30 Uhr setzten sich die Beamten der MK 6 zu einer kurzen Abschlussbesprechung zusammen. Westhoven entschied, für heute bald Feierabend zu machen und die morgige Obduktion abzuwarten. Er wollte sicher sein, dass es sich tatsächlich um ein Tötungsdelikt handelte und nicht um einen Tod durch Unfall. Er hatte schon erlebt, dass ein Angehöriger eine Leiche beiseite schaffte, nur weil kein Geld für eine Beerdigung da war oder aus sonst einem irrigen Grund. Es wäre jedenfalls nicht das erste Mal gewesen.

Vor ein paar Jahren hatte er einen Verstorbenen aus dessen Garten ausbuddeln lassen. Der psychisch labile Sohn hatte die „Beerdigung" durchgeführt und weiter die Rente kassiert, aber auch für seinen toten Vater für jede Mahlzeit den Tisch gedeckt und für ihn mit gekocht.

Gegen 17.00 Uhr meldete sich noch Michael Drees von der Spurensicherung telefonisch bei der MK 6. Jochen Gerber hob den Hörer ab.
„Hallo Mike, was gibt es Neues? Hast du was für uns?"
„Leider gar nichts. Es gibt im gesamten Bundesgebiet kein erkennungsdienstliches Material, welches zu eurer Leiche passt. Ich kann euch nicht sagen, um wen es sich bei ‚unserem Eismann' handelt."
„Mist", sagte Gerber vor sich hin. „Danke Mike, wenn du doch noch was feststellst, weißt du ja, wo wir sind."
Das „In Ordnung" von Drees ging schon durch den aufgelegten Hörer unter.
Da die bisherigen Ergebnisse und sämtliche Informationen sie wegen fehlender Ermittlungsansätze nicht weiterbringen konnten, entließ Westhoven Dember und Gerber mit einem „Dann bis Morgen" in den wohlverdienten Feierabend.

***

Er hoffte, Anne würde nicht sauer sein, und freute sich auf Zuhause. Anne würde um diese Uhrzeit sicher schon längst daheim sein.
Als Westhoven die Haustür aufschloss, bemerkte er schon im Windfang den Geruch von Ingwer, Curry, Knoblauch und Sojasoße.
„Hmmh, was kochst du, Schatz?", rief er und ging sofort in die Küche. Er umarmte Anne von hinten und schaute neugierig über ihre Schulter.
„Ich koche uns was Leckeres im Wok, Schatz. Ein paar gefrorene Hähnchenschenkel müssen noch weg und mit dem frischen Gemüse vom Markt wird es wohl chinesisch", lächelte sie ihn von der Seite an.
Schlagartig verging ihm der Appetit: „Schatz, tut mir leid. Ich hätte anrufen sollen. Ich habe schon Currywurst mit Fritten gegessen." Das war zwar Stunden her, aber beim Gedanken an die tiefgefrorene Leiche überkam ihn ein leichter Würgereiz. Die Wahrheit wollte er Anne nicht erzählen. Damit hätte er bestimmt auch ihr den Appetit verdorben.
Paul ging zum Kühlschrank und holte sich eine Flasche Kölsch. Er öffnete sie mit einem lauten Zischen. Als er einen kräftigen Schluck aus

der Flasche nahm, hörte er die mürrische Bemerkung: „Als ob wir keine Gläser hätten." Anne war sauer. Ihrer Meinung nach hätte er ja wenigstens einmal probieren können. Sie kannte ja den Grund nicht.

FÜNF

Gerber und Dember waren schon in ihrem Büro, als Westhoven frühmorgens noch vor dem eigentlichen Dienstbeginn gegen 07.15 Uhr eintraf. Er musste jetzt unbedingt einen zweiten starken Kaffee trinken und einen Schokoladenriegel essen. Die Nacht war für ihn kurz gewesen. Im Traum hatte er immer wieder eine tiefgekühlte Leiche gesehen, die statt normaler Beine Hähnchenschenkel hatte. Die nächsten Tage würde er bestimmt kein Geflügel essen.

„Hier Chef, guck mal", hielt ihm Dember die Titelseite der aktuellen Ausgabe des Express entgegen:

Eiskalter Leichenfund in Nippes
In den Morgenstunden fand ein Handwerker eine tiefgefrorene Leiche im Keller eines Wohnhauses. Die Mordkommission schweigt. Hält Hauptkommissar Westhoven Erkenntnisse zurück oder weiß er selbst nicht weiter?

Unter der Schlagzeile stand ein großes Foto, darunter sein Name und daneben ein Bild der Tiefkühltruhe, als sie von den beiden Angestellten des Bestattungsunternehmens aus dem Haus gebracht wurde.

„Dieser Holm kann es einfach nicht lassen", sagte Westhoven gereizt. „Nur gut, dass man nicht in die Truhe rein fotografieren konnte. Ich denke, ich werde mit Holm mal ein ernstes Wort reden müssen. Der geht mir - gelinde gesagt - langsam ziemlich auf die Nerven, Pressefreiheit hin oder her."

Die Beamten der MK 6 besprachen bei einer Tasse Kaffee noch ihr weiteres Vorgehen für den Tag, als Arndt Siebert, Leiter des KK 11, im Türrahmen stand.

Er kam ohne Umschweife zur nicht nur für ihn wichtigsten Frage: „Und? Wann wird obduziert?"

„Planmäßig um 15.00 Uhr, falls Frau Dr. Weber nicht anruft und noch weiter nach hinten verschiebt", antwortete Westhoven.
„Habt ihr schon mal bei der Vermisstenstelle nachgefragt?"
„Chef, wir besprechen gerade das weitere Vorgehen. Aber danke für diesen überaus wertvollen Hinweis", wurde Westhoven ein wenig patzig.
„Bis später", Siebert drehte sich herum und ging kommentarlos in sein Büro.

„Jochen, du besorgst dir schon mal die Lichtbilder vom Tatort. Schau sie dir bitte intensiv an. Ich spreche gleich mit Asmus und Walter Schmitz von der Pressestelle. Wenn die Vermisstenstelle nichts über unseren Toten hat, müssen wir ein Bild von ihm veröffentlichen. Such also schon mal ein *schönes* Foto heraus. Und versuch mal bei Privileg was über die Gefriertruhe zu erfahren", verteilte Westhoven den ersten Auftrag.
Gerber winkte ab: „Paul, kannst du das mit der Truhe übernehmen? Ich muss auch noch ein paar Telefonate wegen Hamburg führen."
„Na klar, Jochen. Kein Problem. Mach ich", sagte er, schob sich noch einen Schokoladenriegel in den Mund, ging in sein Büro nebenan und wählte die Durchwahl der Vermisstenstelle.

„Thies, Vermisstenstelle, hallo Paul. Ihr habt einen neuen Fall, habe ich eben im Intranet gelesen."
„Umso besser, dann brauch ich dir nicht alles zu erklären. Habt ihr schon nachgeschaut, ob Ende der 80er, Anfang der 90er ein ca. 35 – 40 jähriger Mann als vermisst gemeldet wurde?", wollte Paul Westhoven wissen.
„Tut mir leid, wir haben leider niemanden, der passen könnte, nicht mal ansatzweise."
„Wäre ja auch zu schön gewesen. Und zu einfach. Trotzdem danke. Schreibst du mir bitte darüber ein paar Zeilen. Ist nicht eilig, nur der Vollständigkeit halber. Bis später", beendete Westhoven das Telefonat.

***

Paul Westhoven zog die Tastatur seines Computers zu sich heran und rief die Seite von Google auf.
Mit Anführungszeichen am Anfang und am Ende gab er den Such-

begriff „Privileg" in die Zeile ein. Nachdem er die Enter-Taste gedrückt hatte, erschien das Suchergebnis mit über 3.000.000 Einträgen. Gleich auf der ersten Seite stand ein Eintrag des Reparatur-Kundendienstes und so klickte er sich weiter durch, bis er die Rufnummer der Hotline fand, welche wie üblich mit einer 0180er Nummer begann.

Westhoven landete in der Warteschleife. Mit nervtötendem Gedudel im Hintergrund und einer wiederkehrenden weiblichen Ansage, dass zurzeit alle Plätze belegt seien, man aber an den nächsten freien Platz vermittelt würde, wurde seine Geduld auf die Probe gestellt.

Wie von selbst kritzelte sein Kugelschreiber seltsame Bildchen auf seine Schreibtischunterlage, die er letztes Jahr wie immer vom Bezirksverband Köln des Bundes Deutscher Kriminalbeamter bekommen hatte.

Endlich meldete sich jemand am anderen Ende der Leitung.

„Schönen guten Tag, Privileg-Kundendienst. Sie sprechen mit Sibylla Boganski. Was kann ich für Sie tun?", hörte Westhoven eine freundliche, weibliche Stimme mit einwandfrei osteuropäischem Akzent.

„Guten Morgen, mein Name ist Westhoven von der Kölner Mordkommission. Ich brauche Informationen zu einer Tiefkühltruhe", versuchte er nach einer gefühlten halben Stunde in der Warteschleife nicht genervt zu wirken.

„Ja, gern. Um welches Modell geht es denn bitte? Und ist die kaputt oder haben Sie eine Reklamation?"

„Weder noch, Frau Boganski. Die Truhe ist Gegenstand unserer Ermittlungen, mehr kann ich Ihnen nicht sagen. Gibt es denn jemanden bei Ihnen, der mit weiterhelfen könnte?"

„Ich verbinde Sie mal in die Werkstatt zu Herrn Übermeier. Der wird Ihnen sicher helfen können", klickte sie sich aus der Leitung, und Westhoven hörte ein Tuten im Hörer.

„Übermeier", meldete sich eine ältere, männliche Stimme mit auffallend fränkischer R-Betonung.

„Guten Tag, Herr Übermeier. Mein Name ist Westhoven, Kripo Köln, Mordkommission. Ich brauche Informationen zu einer Gefriertruhe."

„Oh, Mord, ich hoffe, ich habe nichts angestellt", kam es aus dem Hörer.

„Das können nur Sie wissen, Herr Übermeier, jedenfalls weiß ich nichts darüber", schloss Westhoven direkt zu seinem Anliegen an. „Die Truhe hat vier Sterne obenauf, ist weiß lackiert mit grauem Deckel, 90 cm breit, 86 cm hoch, 68 cm tief, ca. 300 Liter."

„Haben Sie auch noch eine Seriennummer?"

„Nein, da war keine mehr."

„Egal, Herr Westhoven. Ich gebe mal eben die Daten in unser internes System ein. Moment bitte", hörte Westhoven am anderen Ende der Leitung die Tastaturschläge. Einen Augenblick später kam die Antwort: „Also, da kommen nur zwei Modelle in Frage, Herr Westhoven. Beide werden seit 20 Jahren nicht mehr hergestellt."

„Na, das ist doch mal eine interessante Information. Können Sie Ihren schlauen Computer auch befragen, ob zufällig eine Lieferung in die Viersener Straße in Köln-Nippes registriert ist?"

„Na, wir hier vom Zentralwerk liefern nur an Großhändler, und die meisten Truhen sind über Otto-Versand und Quelle verkauft worden."

„Herr Übermeier, vielen Dank. Wenn ich eine Auflistung der Großhändler benötigen sollte, rufe ich Sie wieder an, okay?", wollte Westhoven das Gespräch beenden.

„Überhaupt kein Problem, Herr Kommissar. Machen Sie das. Und viel Erfolg bei der Mördersuche, ich gucke für mein Leben gern Krimis", antwortete Übermeier.

„Danke", antwortete Westhoven und dachte sich seinen Teil. Als wenn in den Sendungen irgendetwas mit der Wirklichkeit zu tun hätte. Na ja, vielleicht ein minimaler Anteil.

SECHS

Um 14.30 Uhr machten sich Westhoven und Gerber auf den Weg zur Gerichtsmedizin. Sie trafen kurz vor 15 Uhr ein. Als sie aus dem Pkw stiegen, bog Staatsanwalt Asmus gerade vom Melatengürtel auf den zur Gerichtsmedizin gehörenden Parkplatz.

Auf ihr Klingeln öffnete Dr. Doris Weber die Tür des Lieferanteneingangs. Westhoven und Asmus betraten den gekachelten Gang. Der typische Geruch der Gerichtsmedizin war schon hier zu spüren. Dember war unbewusst einige Schritte zurückgeblieben. Seine Gefühle spielten wieder verrückt. Gerne hätte er Doris im Vorbeigehen einen Kuss gegeben. Aber die Eiszeit zwischen den beiden war noch nicht vorbei. Sie grüßte ihn mit einem kurzen Nicken, ohne auch nur ein Wort zu sagen. Es gab ihm einen Stich ins Herz.

Der männliche Leichnam lag ausgestreckt auf dem Obduktionstisch. Der Präparator Pahl hatte zusammen mit einem weiteren Gehilfen den Toten aus der Kühltruhe gehoben. Die Leiche war in den letzten Stunden genügend getaut. Die eisige Starre hatte sich weitgehend gelöst. Vorsichtig hatten sie die Gliedmaßen gestreckt. Der Kopf lag aufgebockt auf einer Nackenstütze.

Auf der Tafel an der Wand waren die Rubriken für die Maße und Gewichte der Leiche noch leer. Im weiteren Verlauf der Obduktion würden hier Körperlänge, Körpermasse, Hirn- und Herzgewicht und der Mageninhalt noch eingetragen werden.

Ohne die Eisschicht auf Gesicht und Körper wirkte der nackte Tote nicht mehr bedrohlich, sondern sah fast wie eine sogenannte frische Leiche aus.

Dr. Doris Weber setzte zum Schnitt im Brustbereich an und diktierte laufend ihre Befunde in das über dem Tisch baumelnde Mikrofon:

„Die Lage der Brust- und Bauchorgane ist regelgerecht. In den Körperhöhlen findet sich Flüssigkeit, die einen penetrant aromatischen Duft verströmt. Die Fäulnis setzt ein……"

Nach gut eineinhalb Stunden Sektion fasste Dr. Weber kurz für den Staatsanwalt und die Ermittler ihr vorläufiges Ergebnis zusammen:

„So wie es aussieht, ist das Opfer an den massiven Kopfverletzungen verstorben. Die Kopfschwarte ist entsprechend dem äußeren Befund stark eingeblutet, und das Schädeldach ist defekt und abnorm beweglich. Hat sich wohl richtig eine eingefangen", erklärte sie kühl.

„Heißt das, unser Opfer ist erschlagen worden?", wollte Asmus wissen.

Doris Weber nickte: „Wie ich schon sagte, wie es aussieht. Als Todesursache muss die stumpfe, mehrfache Gewalteinwirkung auf das Gehirn angenommen werden. Zum toxikologischen Befund kann ich natürlich jetzt noch gar nichts sagen."

„Und wie alt ist das Opfer?", hakte Asmus nach.

„Ich schätze 35 – 40 Jahre, aber die radiologische Skelettuntersuchung wird uns Genaueres sagen. Außerdem habe ich vorhin schon den Zahnstatus erhoben, um bei der Identifizierung behilflich zu sein. Oder wissen Sie mittlerweile, wer der Mann war?"

Asmus schüttelte bedauernd den Kopf: „Nein, die Identität ist noch unklar. Wir haben noch keinerlei Anhaltspunkte. Bitte veranlassen Sie eine präparative Untersuchung des Schädels. Sie können ihn dazu absetzen und asservieren. Und wir benötigen dringend ein DNA-Profil. Lassen Sie das bitte vorrangig erstellen. Herr Westhoven, haben Sie schon ein Ergebnis der Fingerabdrücke?"

„Bis jetzt nicht, Herr Asmus, das war ja noch nicht möglich, aber ich rufe gleich beim Erkennungsdienst an und bitte um Erledigung. Wir werden uns aber auch mal den Kleidungsstücken widmen, vielleicht wird das unser erster Anhaltspunkt", hoffte Westhoven.

Vor dem Verlassen des Sektionsraums notierte sich Dember noch einige Maße und Gewichte: Körperlänge ca. 181 cm, Körpermasse 77 kg, Hirngewicht 1050 g, Herzgewicht 570 g, die der Präparator Pahl nach und nach eingetragen hatte.

Dr. Doris Weber war gerade dabei, aus dem noch intakten Knochenmark Zellproben zu entnehmen. Bei einer aufgetauten, ehemals tiefgefrorenen und schon in Fäulnis übergehenden Leiche war dies die sicherste Methode, um die molekulargenetische Untersuchung erfolgreich durchführen zu können.

SIEBEN

Um 17.35 Uhr erreichten Westhoven und Dember das Präsidium und stellten den Dienstwagen in der Tiefgarage unter dem Gebäude ab. Mit dem Aufzug fuhren sie in die 1. Etage.

Auf dem Weg zum Büro erklärte Westhoven die Ermittlungen für den heutigen Tag für beendet. Er war müde und hatte starke Kopfschmerzen, denn in der letzten Nacht hatte er nach dem Missverständnis mit Anne nicht viel Schlaf bekommen. Er hatte sie nur nicht belasten wollen und war schon wieder in die Falle getappt.

Dember ging in sein Büro und setzte sich schweigend an seinen Schreibtisch. Jochen Gerber versuchte ihn aufzumuntern. Aber es nützte nichts.

Heinz Dember saß nur da und schwieg. Jochen Gerber packte seine Tasche und ging. Als Gerber auch weg und er endlich allein war, wählte er die Rufnummer von Doris Weber.

„Hallo Doris, ich bin es", meldete er sich mit bewusst weicher Stimme.

„Was willst du?", fragte sie unterkühlt.

„Schatz, bitte, so kann es doch nicht weitergehen mit uns. Lass uns miteinander reden", versuchte er ein Gespräch zu beginnen.

„Du hast es erfasst, es geht nicht weiter, ich will nicht mehr. Du hast doch überhaupt keine Ahnung", rang sie sichtlich um Fassung.

„Was meinst du damit, ich hätte keine Ahnung?"

„Lass gut sein, Heinz. Beschränken wir uns nur noch auf das Dienstliche, okay?"

„Ich will wissen, was du damit meinst, du verheimlichst mir doch was", bohrte er vehement nach.

„Also gut, warum soll ich mich eigentlich allein damit rumschlagen. Du erinnerst dich an unseren letzten…na, du weißt schon."

„Ja klar, das war eine tolle Nacht. Es war oberaffengeil, das vergesse ich nie!" Begeisterung kam in ihm auf.

„Für dich vielleicht, aber…." Sie hörte auf zu reden.

„Was ist denn nun, spann mich nicht so auf die Folter."

„Positiv", sagte sie knapp.

„Wie, was, positiv? Hast du jetzt Aids oder was?", klang er beunruhigt.

„Du bist so ein Idiot. Positiv war der Schwangerschaftstest. Männer sind einfach hirnlos", schoss es aggressiv aus ihr heraus.

„Ach du Scheiße. Und jetzt?"

„Ja wie, und jetzt? Bist Du schwer von Begriff? Ich bin schwanger."

„Aber das ist doch prima, ich wollte sowieso später Papa werden. Dann eben jetzt schon", freute er sich.

„Heinz, du weißt schon, dass ich auch noch einen Freund hatte zur gleichen Zeit", sagte sie hinweisend.

„Was meinst du damit?"

„Was soll ich schon meinen, du bist echt langsam."

„Heißt das…", er kam nicht weit in seinem Satz.

„Genau das heißt es, verstehst du jetzt?"

„Weiß er es?"

„Nein, niemand weiß es, nur du jetzt. Und du hältst die Schnauze, hast du kapiert?"

„Doris, jetzt müssen wir erst recht miteinander reden. Ich will dich noch immer, jetzt mehr denn je."

„Lass mich einfach, du hast gefragt und jetzt hast du deine Antwort", beendete sie abrupt das Telefonat.

Dember saß noch einige Zeit wie paralysiert an seinem Schreibtisch und schaute geistesabwesend aus dem Fenster, bevor er seine Tasche packte, das Büro abschloss und sein Auto aus dem Parkhaus holte. Auf der Fahrt nach Hause konnte er sich nicht auf den Verkehr konzentrieren. Unzählige Gedanken gingen ihm durch den Kopf, als er nach Hause fuhr. Dass er zweimal fast einen Unfall verursachte, bemerkte er nicht einmal.

ACHT

Am nächsten Morgen kam Arndt Siebert zur allmorgendlichen Besprechung hinzu. Westhoven zuckte mit den Schultern, als er den aktuellen Stand wissen wollte: „Leider wissen wir noch wenig, Chef. Wir nehmen heute Morgen erst einmal die Kleidung des Toten unter die Lupe. Die sieht nämlich nicht so aus, als wenn die aus diesem Jahrhundert stammt."

„Was meinst du damit?", runzelte der Kommissariatsleiter die Stirn.

„Die Klamotten erinnern mich stark an die 80er Jahre. So ein richtiger Yuppie-Look. Die Zeitannahme könnte außerdem hinkommen, denn die Truhe ist ja auch mindestens 25 Jahre alt. Aber ob meine Vermutung richtig ist, müssen wir noch klären."

„Heinz", verteilte Westhoven den ersten Auftrag, „du kümmerst dich gleich darum. Lass dir von Drees zeigen, wo die Klamotten sind. Er hat sie zum Trocknen in den Trockenraum gehängt. Vielleicht findest du einen Hinweis, ein Etikett, einen Zettel oder sonst was. Und frag ihn nach dem Ergebnis der Fingerabdrücke."

Dember nickte zustimmend: „Mach ich, außerdem erwarte ich heute noch den Rückruf vom Grundbuchamt."

„Jochen, wie sieht es mit einem Foto aus, wir sollten so schnell wie möglich mit einem Bild des Toten an die Öffentlichkeit gehen, erst einmal nur lokal. Alle hiesigen Zeitungen und die Fernsehlokalredaktionen müssen mit Bildern versorgt werden. Vielleicht erkennt ihn jemand. Kümmere dich bitte darum und hol dir die entsprechende staatsanwaltliche Anordnung bei Asmus."

Gerber nickte: „Habe ich mir schon gedacht, ein passendes Foto habe ich schon als Datei auf meinem Rechner. Ich ruf dann gleich mal bei unserem Staatsanwalt an, und der Pressestelle sage ich, dass noch etwas kommt."

***

Gerber und Dember waren schon unterwegs und längst nicht mehr im Büro, als Doris Weber anrief. Westhoven nahm gerade die Ausdrucke aus dem Einwohnermelderegister in Augenschein, die Dember ihm auf den Tisch gelegt hatte.

„Hallo, Frau Dr. Weber", begrüßte er sie freundlich, als er ihre Telefonnummer im Display sah.

„Hallo, Herr Westhoven. Ich komme gleich zur Sache, aber das sind nur erste Ergebnisse", betonte sie. „Der Tote ist, wie ich bereits angenommen hatte, ungefähr 35 – 40 Jahre alt geworden. So wird es im Gutachten der radiologischen Untersuchung stehen. Aber was viel interessanter ist, ist die Hemi-Endo-Prothese."

„Die was?", fragte Westhoven. Auch wenn er neben der anfallenden Mordkommissionsarbeit auch sog. Ärzteverfahren bearbeitete, war ihm diese Bezeichnung gerade nicht geläufig.

„Ich sage es mit einem einfachen Wort auf Deutsch: Er hatte eine Hüftgelenksprothese, ein sogenanntes künstliches Hüftgelenk."

„Bringt uns diese Information weiter? Soweit mir bekannt ist, werden jedes Jahr in Deutschland tausende Leute an der Hüfte operiert. Und unser Mann liegt bestimmt schon sehr lange in der Truhe", sagte Westhoven wenig begeistert.

„Herr Westhoven, was Sie offensichtlich nicht wissen: Jedes künstliche Gelenk hat eine Seriennummer."

Bevor sie weiterreden konnte, fiel er ihr ins Wort: „Das heißt, man kann feststellen, wo das Hemi-Dingsda-Teil eingesetzt wurde?"

„Hemi-Endo-Prothese. Ja, das müsste festzustellen sein. Ich melde mich wieder."

Westhoven sah endlich einen Lichtblick, es gab eine Möglichkeit die Identität des Toten zu klären. Das wäre sprichwörtlich die halbe Miete, dann könnte er mit seinem Team gezielter ermitteln. „Ach, Frau Dr. Weber, was ist mit dem Zahnstatus?"

„Ist in Arbeit, er kommt gleich per Fax rüber. Die Abfrage bei den Zahnärzten läuft. Bis bald."

***

Westhoven prüfte weiter die Meldedaten. Nach diesen Unterlagen war es für ihn aber unmöglich festzustellen, wie viele Leute in dem Haus gewohnt haben. Eine weitere Recherche bei der Stadt Köln war unumgänglich.

Mittlerweile war es kurz nach 10.00 Uhr, als Dember mit wenig guten Nachrichten Westhovens Büro betrat.

„Mist, ich habe mich jetzt intensiv mit den versifften Klamotten beschäftigt. Nichts, aber auch gar nichts, noch nicht mal die Größenschildchen, du weißt, was ich meine."

„Wie, die Wäscheetiketten sind alle ausgetrennt?", fragte Westhoven ungläubig.

„Ja Paul, der Mörder hat wohl an alles gedacht und sogar alle Etiketten ausgetrennt."

„Und in den Taschen, hast du darin auch nichts gefunden?"

„Die waren auch leer, ich habe wirklich alles auf Links gedreht."

„Tja, wäre ja auch zu schön gewesen. Hast du denn schon den Rückruf vom Grundbuchamt bekommen?", wollte Westhoven wissen.

„Nein, aber ich werde dort jetzt noch einmal anrufen."

„Gut, Heinz, mach das."

***

Westhoven wählte die Rufnummer der Stadt Köln. Der Mitarbeiterin des Servicecenters erklärte er, dass er mit dem zentralen Einwohnermeldeamt verbunden werden wollte. Nach einem freundlichen „Ich verbinde" hörte Westhoven ein Freizeichen und sah in seinem Display die

Durchwahl, die er sogleich auf seine Unterlage kritzelte.

„Stadt Köln, Einwohnermeldeamt, Doberdan."

„Tag Frau Doberdan, mein Name ist Westhoven von der Kripo in Köln. Können Sie in Ihrem System auch bis, sagen wir mal, ca. 20 bis 25 Jahre zurück feststellen, wer unter welcher Adresse gewohnt hat?", wollte er wissen.

„Die Frage kann ich gar nicht beantworten, so ein Anliegen hatte ich bisher noch nicht. Aber wir können es gern mal versuchen. Um welche Anschrift handelt es sich denn?"

Westhoven nannte ihr die Adresse und einen Moment später bekam er schon eine Antwort:

„Reicht rückwirkend bis 1980?", fragte Frau Doberdan.

„Ginge es denn noch weiter?", bohrte Westhoven nach.

„Dann müsste ich ins Archiv, aber machbar wäre das."

„Vielleicht komme ich später darauf zurück. Wie lang ist denn die Liste, die Sie jetzt recherchiert haben?"

„Na, das sind schon ein paar Seiten. Soll ich Ihnen die faxen?"

„Können Sie mir die Seiten auch zumailen?"

„Von dem alten System aus kann ich nur ausdrucken", sagte sie fast entschuldigend.

„Dann faxen sie es mir bitte zu. Meine Faxnummer ist 229 für das Präsidium, dann eine 24 für Fax und dann meine Durchwahl. Die Seiten werden dann auf meinem Rechner angezeigt", bat er sie.

„Mach ich gern. Und wie gesagt, wenn die Daten nicht ausreichen, können Sie selbstverständlich noch mal anrufen."

„Vielen Dank, Frau Doberdan", beendete Westhoven das Gespräch.

Er legte den Hörer zurück auf den Apparat, nahm seine leere Kaffeetasse und ging in Richtung Teeküche. Durch die offene Bürotür sah er Gerber am Schreibtisch sitzen. Er nutzte die Gelegenheit um nachzufragen, wie weit er mit der Freigabe des Fotos war. Paul Westhoven wollte unbedingt, dass das Foto des Toten noch heute veröffentlicht würde. In Minutenschnelle würden die Internetredaktionen üblicherweise das Bild sofort auf ihrer Seite einstellen und am nächsten Tag könnten auch die Zeitungsleser das Bild sehen.

„Jochen, wie sieht es aus? Hast du den Beschluss?"

„Kommt gleich vorab per Fax", antwortete er und zeigte ihm den Entwurf eines Fahndungsplakats: „Was hältst du davon?"

„Kann genau so raus. Druck es bitte 200 Mal aus, ich frage mal Arndt, ob wir für die Verteilung Unterstützung von anderen Dienststellen bekommen. Jetzt ist Beinarbeit, nämlich ‚Klinkenputzen' angesagt. Ich will, dass alle Mieter im Haus, alle Nachbarn und Geschäfte rund um den Wilhelmplatz befragt werden. Das Plakat soll flächendeckend in Nippes aufgehängt werden. Wir brauchen dringend Hinweise aus der Bevölkerung."

Westhoven wartete die Antwort „Alles klar, Paul" nicht ab und war bereits den Gang hinunter geeilt, um sich seinen Kaffee zu holen.

Auf dem Rückweg in sein Büro suchte er noch Arndt Siebert auf, um bei ihm Unterstützungskräfte anzufordern.

Arndt Siebert telefonierte mit der Direktionsführungsstelle, und von dort wurde ihm zugesichert, dass vier Beamte bis 12 Uhr beim KK 11 eintreffen würden.

Westhoven saß auf seinem Drehstuhl, blickte Richtung Kölner Dom und trank seinen Kaffee.

Nach dieser Kreativpause, wie er es nannte, legte er die Akten für den neuen Fall an und heftete die bisherigen Ermittlungsergebnisse ab. Da es sich um ein Delikt innerhalb Kölns handelte, brauchte er nur drei Aktenexemplare anzulegen. Die drei Ordner für die Tatortaufnahme würde Gerber übernehmen.

Eigentlich hätte Westhoven seinen Kollegen Gerber gerne gänzlich mit der Aktenführung beauftragt, aber der war ja planmäßig ab Freitag nicht mehr in seinem Team. Und was er von dem neuen Kollegen aus Hamburg erwarten konnte, wusste er noch nicht. Da die bisherigen Ermittlungsergebnisse sehr bescheiden waren, entschied er sich kurzerhand, bis auf Weiteres die Aktenführung selbst zu übernehmen. Zum aktuellen Zeitpunkt bei seinem Chef um einen Aktenführer anzufragen, erschien ihm noch verfrüht.

NEUN

Westhoven und sein Team saßen schon gemeinsam im Besprechungsraum und teilten auf der Karte Nippes in kleine Sektoren auf, die sie den einzelnen Teams zuweisen wollten, als die Unterstützungskräfte eintrafen. Die letzte Kollegin kam verspätet um 12.15 Uhr zur Besprechung und entschuldigte sich, sie habe noch einen nervigen Zeugen in einem Ladendiebstahlsdelikt vernehmen müssen.

Westhoven begrüßte die vier zugeordneten Kräfte und wies sie in den Fall ein. Um die Motivation für diese an und für sich öde Arbeit zu fördern, bedankte er sich erst einmal für die Unterstützung und unterstrich die Wichtigkeit der Plakataktion:

„Kollege Gerber hat die entsprechenden Straßen in einem Kartenausschnitt markiert. Es ist absolut notwendig, dass ihr an jedem Haus klingelt und die Bewohner befragt und in jedes Geschäft geht und dort fragt, ob jemand unseren Toten kannte. Notiert bitte jeden noch so kleinen Hinweis und schreibt darüber einen Vermerk für uns. Auch wo ihr jemanden angetroffen habt, müsst ihr unbedingt festhalten. Es wäre nur zu peinlich, wenn wir bei einem Zeugen mehrmals auftauchen würden.

Und ganz wichtig für das Team auf der Neusser und Kempener Straße: Hängt auf jeden Fall auch ein Fahndungsplakat ans schwarze Brett in den Altenheimen. Wir wissen schließlich nicht, wie lange unser Opfer schon tot ist. Unsere Vermutung ist zwar lang, aber wir wissen es nicht genau. Außerdem wollen wir nichts unversucht lassen. Noch Fragen?", beendete Westhoven seine Einweisung.

„Was sollen wir machen, wenn jemand interessante Hinweise geben kann?", fragte die junge Beamtin, die eben zu spät kam.

„Na, was schon, Kollegin? Dann spulst du die Zeugenbelehrung ab und vernimmst", antwortete Westhoven.

„Sollen wir dann mit der Person hier zum KK 11 kommen und hier vernehmen?", fragte die junge Beamtin nach.

„Kollegin, entscheidet das im Team. Mir ist egal, wo ihr das macht. Hauptsache, ihr schreibt es auf. Ihr könnt die Vernehmung auf Band aufnehmen und später abtippen lassen, ihr könnt auch zur Polizeiwache nach Nippes fahren, sucht Euch was Passendes aus", stellte Westhoven klar.

ZEHN

Erna Schmitz hatte ihren Mittagsschlaf beendet. Sie freute sich auf den heutigen Abend. Einmal im Monat traf sie sich mit ihrem „Mädchenstammtisch" um 17.30 Uhr im „Goldenen Kappes" in Nippes. In Nippes war sie aufgewachsen, hier hatte sie die Schule besucht und in der Drogerie Ecke Wilhelmstraße / Neusser Straße eine Lehre gemacht. Als diese in den siebziger Jahren schloss, hatte sie eine Stelle als Sekretärin angenommen. Als mit 71 Jahren ihre Beine nicht mehr so wollten, musste sie ihre Wohnung in der Wilhelmstraße aufgeben, da sie die Treppen bis in die dritte Etage nicht mehr bewältigen konnte. An der Wohnung hatte sie gehangen. Ihre ganze Ehezeit mit ihrem verstorbenen Hermann, der als Posthauptsekretär in der früheren Post am Wilhelmplatz gearbeitet hatte, hatte sie hier gewohnt. Ihre Tochter wollte, dass sie zu ihr ins Haus zog, aber Erna Schmitz wollte ihre Selbständigkeit nicht aufgeben und suchte sich eine behinderten- und seniorengerechte Wohnung in einem Seniorenstift in der Nähe des Hauses ihrer Tochter. Hier an der Sieg war so etwas noch bezahlbar. So war Erna Schmitz von Nippes an die Sieg gekommen.

Nun machte sie sich zurecht, zog ihr graues Kostüm an und ließ sich vom Fahrdienst des Stifts zum Bahnhof bringen. Von hier aus konnte sie mit der S-Bahn direkt nach Köln fahren.

An der Haltestelle Nippes würde wie immer das Taxi auf sie warten, um sie zum „Goldenen Kappes" zu bringen.

Als sie in dem Nippeser Traditionslokal ankam, saßen an dem großen runden Tisch im hinteren Teil des Raums schon fünf sich munter unterhaltende ältere Damen: Der „Mädchenstammtisch Nippes". Während des lebhaften Beisammenseins und aufgrund des einen oder anderen Früh-Kölschs musste Erna Schmitz zwischendurch mal aufs Örtchen.

Als sie an der Eingangstür vorbeikam, nahm sie das an der Innenseite hängende, rot eingerahmte DIN A4 Fahndungsplakat zwar wahr, ging aber weiter, als sie nach wenigen Metern das eben gesehene Bild wie ein Blitzschlag traf. „Das kann nicht sein. Nein, das ist unmöglich", hörte sie sich leise sagen. Sie ging noch mal zurück. Wie gebannt schaute sie sich das Plakat an und las den Text. Erna Schmitz konnte trotz ihres Alters noch ohne Brille lesen.

Das Gesicht des Mannes auf dem Bild kam ihr bekannt vor. Sie war sich nahezu sicher, dass sie vor über 20 Jahren in seiner Firma als Sekretärin gearbeitet hatte. Sie versank in Gedanken und erinnerte sich wieder, wie er ihr zum 50. Geburtstag einen riesigen Strauß Blumen überreichte, sie rechts und links auf die Wangen küsste und den üblichen Spruch über Dankbarkeit abspulte.
Ungläubig las sie den Fahndungstext. Ein etwa 35 – 40-jähriger Mann war am Montag tot aufgefunden worden. Er war in einer alten Tiefkühltruhe in der Viersener Straße entdeckt worden. Sie kramte Stift und Zettel aus ihrer Handtasche und schrieb sich die Rufnummer der Mordkommission Privileg auf.

Als Erna Schmitz am späten Abend wieder im Stift in ihrem Apartment angekommen war, goss sie sich erst einmal einen Pfirsichlikör ein und setzte sich in ihren alten, aber bequemen Ohrensessel, um nachzudenken. Ihrer Meinung nach konnte es sich unmöglich um ihren früheren Chef handeln. Sie kam sich ein wenig blöd dabei vor, denn der würde doch jetzt ganz anders aussehen, sagte sie immer wieder zu sich selbst. Aber sie wollte Gewissheit. Sie nahm das Telefon und tippte mit leicht zitternden Fingern die Ziffern, die sie eben im „Goldenen Kappes" notiert hatte.

Nach einigem Klingeln wurde der Anruf von Willi Schuster auf der Kriminalwache angenommen. Westhoven hatte seinen Apparat dorthin umgeleitet, damit kein Hinweis, der außerhalb der Bürostunden des KK 11 gegeben werden würde, verloren ging. Er wollte keinen der Hinweise verpassen.

„Schuster, Kriminalwache Köln, was kann ich für Sie tun?", meldete er sich wie gewohnt.

„Hier ist die Erna Schmitz. Habe ich da die Privilegleute?", in ihrer Stimme schwangen ihre Aufregung und Unsicherheit mit.

Schuster wusste natürlich sofort, um was es ging, und half der Anruferin: „Sie meinen bestimmt die Mordkommission Privileg."

„Ja, genau. Wissen Sie, ich habe da heute bei uns ein Plakat gesehen und möchte darüber mit jemandem sprechen", sagte Frau Schmitz.

„Liebe Frau Schmitz. Von der Mordkommission ist heute Abend keiner mehr da, aber ich notiere gern, was Sie zu sagen haben", bot er ihr an. „Sagen Sie mir doch zuerst mal, wer Sie sind und wie meine Kollegen Sie erreichen können."

„Also von der Mordkommission ist keiner mehr da?", fragte sie verzweifelt.

„Nein, Frau Schmitz, aber ich notiere gern Ihre Angaben und meine Kollegen rufen Sie dann gleich morgen zurück", wiederholte er freundlich.

„Ich ruf dann wieder an", beendete sie völlig verunsichert das Gespräch.

Willi Schuster schaute den Hörer an, rief noch mal „Hallo, hallo" und legte ihn dann zurück auf den Apparat. Dann griff er zur Computertastatur, schrieb für Westhoven einen Vermerk über den Anruf und legte diesen ins Postfach des KK 11.

***

Erna Schmitz wurde es abwechselnd heiß und kalt, sie atmete schwer vor lauter Anspannung. Dann entschloss sie sich, den Einzigen anzurufen, der jetzt Auskunft geben konnte. Sie kramte ihr altes, abgegriffenes Telefonverzeichnis aus der Schublade und suchte seine Telefonnummer. Mit zittrigen Fingern blätterte sie, bis sie endlich den gesuchten Namen fand. Sie wählte seine Telefonnummer.

Nach fünf Signaltönen schaltete sich der Anrufbeantworter ein.

„Leider bin ich im Augenblick persönlich nicht erreichbar. Bitte hinterlassen Sie Ihren Namen und für einen Rückruf Ihre Telefonnummer. Ich rufe Sie baldmöglichst zurück."

„Ja, hier ist Erna Schmitz. Sie erinnern sich doch noch an mich? Haben Sie auch von dieser Leiche in der Tiefkühltruhe gehört? Aber das kann doch gar nicht sein! Ich werde morgen früh um 09.00 Uhr zum Polizeipräsidium fahren und dort nachfragen, was das für eine Geschichte ist."

Später versuchte sie es noch einmal, erreichte jedoch wiederum nur den Anrufbeantworter. Sie sprach erneut aufs Band.

In dieser Nacht konnte Erna Schmitz vor lauter Aufregung fast nicht schlafen. Aber morgen würde sie ja erfahren, was in Nippes passiert war.

ELF

Westhoven war schon um 06.35 Uhr am Polizeipräsidium. Auf dem Weg vom Parkhaus zum Büro traf er Willi Schuster, der gerade Feierabend machen wollte und ihm entgegenkam. Auf der Verkehrsinsel an der Ampel an der Geschwister-Katz-Straße blieben sie stehen, und Schuster erzählte von dem Anruf am Abend und dass er für die Mordkommission einen Vermerk geschrieben hatte.

„Und mehr hat die Frau nicht gesagt?", wollte Westhoven wissen.

„Nein, die hat ja einfach aufgelegt, ich glaube, die war viel zu aufgeregt."

„Hast du ihre Rufnummer notiert?"

„Die Telefonnummer war unterdrückt, ich konnte sie nicht lesen", schüttelte Schuster den Kopf.

„Komm gut nach Hause und schlaf gut", setzte Westhoven seinen Weg zum KK 11 fort. Immerhin ein erster, wenn auch minimaler Hinweis, freute er sich.

***

Auf dem Weg zu seinem Büro holte er sich auf der Kriminalwache den erwähnten Vermerk und nahm auch den Rest der Dienstpost für das KK 11 gleich mit. Er durfte nur nicht vergessen, der guten Seele des Geschäftszimmers Bescheid zu sagen, dass dies schon erledigt sei. Im Fach mit der Beschriftung KK 11 lag ein dicker Stapel Papier. Die Kriminalwache musste über Nacht zu gleich drei Todesfällen ausrücken und die ersten Maßnahmen treffen. Arndt Siebert würde die Unterlagen gleich an die Ermittler verteilen. Diese würden die Fälle dahingehend prüfen, ob es sich um sogenannte „natürliche" Tode handelte oder ob Fremdverschulden vorlag und jemand beim Sterben nachgeholfen hatte. Auf jeden Fall hieß das viel Telefonieren mit Angehörigen und Ärzten. Die Informationen der Ärzte waren in der Regel recht dünn, denn nur zu gern beriefen sich die Herren in Weiß grundsätzlich auf ihre ärztliche Schweigepflicht.

Die Kriminalwache hatte die drei Leichen zur Rechtsmedizin bringen lassen. Dort würde durch den diensthabenden Gerichtsmediziner gegen

09.00 Uhr die tägliche „Visite" bei den Neuankömmlingen durchgeführt. Wenn von dort dann kein alarmierender Anruf kam, war in der Regel von einem natürlichen Ableben auszugehen. So musste man nur noch die Routine erledigen, d. h. die Kapitalabteilung der Staatsanwaltschaft Köln informieren, die dann darüber befand, ob eine Freigabe zur Bestattung erteilt werden konnte oder ob weitere Ermittlungen durchzuführen waren.

***

Westhoven schaltete das helle Bürolicht ein, setzte sich hinter seinem Schreibtisch auf den Stuhl und las Schusters Vermerk. Später würde er diesen Gerber in die Hand drücken, damit dieser feststellte, wer Erna Schmitz war und was sie eigentlich mit ihrem Anruf mitteilen wollte.

ZWÖLF

Die schwarze 5er-BMW-Limousine parkte im Schatten unter der Eisenbahnbrücke auf dem Bürgersteig. Die digitalen Ziffern im Armaturenbrett zeigten 09.33 Uhr.

***

Katrin Oehmchen hielt etwa zur gleichen Zeit mit ihrem Taxi 1022 vor dem Polizeipräsidium, um einen Fahrgast abzusetzen, der dort zur zeugenschaftlichen Vernehmung in einem Ermittlungsverfahren gegen einen Kommunalbeamten im KK 32 vorgeladen war.

Der Fahrgast hatte gerade gezahlt, als ihr einfiel, dass sie heute Morgen in der Werbebeilage ihrer Zeitung gelesen hatte, dass in den Köln-Arcaden ein pinkfarbener Samt im Ausverkauf angeboten wurde. Darauf hatte Katrin Oehmchen nur gewartet, schon lange träumte sie von einer selbst genähten Jacke aus pinkfarbenem Samt. So nutzte sie also die Gelegenheit, fuhr um das Gebäude herum und parkte ihr Taxi im Parkhaus der Köln-Arcaden. Überschäumend vor Freude unterhielt sie mit ihrem Gekicher den halben Laden. Mit dem Stoff unterm Arm suchte sie sich auch gleich die passenden Knöpfe aus.

Eiligen Schrittes, Zeit ist Geld im Taxigeschäft, verließ Katrin Oehmchen die Köln-Arcaden und machte sich auf den Weg zu ihrem Taxi 1022. Sie verließ das Parkhaus und fuhr zurück zur Kalker Hauptstraße.

Die Ampel am Walter-Pauli-Ring zeigte Rot. Gleichzeitig hörte Katrin Oehmchen einen laut aufheulenden Motor und quietschende Reifen. Sie dachte nur *Was für ein Idiot muss da am Steuer sitzen?* und schüttelte den Kopf.

Kurz darauf sah sie auf der entgegenkommenden Fahrbahn ein schwarzes Auto heranrasen und Sekundenbruchteile später hörte sie den dumpfen Schlag eines Aufpralls und einen kurzen, abrupt endenden Schmerzensschrei.

Ein Rollator flog mit einem lauten Scheppern durch die Luft und knallte gegen die Fußgängerampel. Eine ältere Frau, die eben noch über den Fußgängerüberweg ging, wurde auf die Motorhaube geschleudert, prallte mit dem Kopf gegen die Frontscheibe, wirbelte über das Autodach und schlug mit einem dumpfen Aufprall, ähnlich dem einer auf den Boden fallenden Wassermelone, auf den Asphalt, wo sie regungslos liegen blieb.

Katrin Oehmchen schrie auf, riss ihr Handy aus der Halterung und wählte wie von selbst die 110.

Ohne anzuhalten raste der schwarze Pkw weiter. Mit der linken Seite streifte er laut knirschend am Ampelmast entlang, fuhr gegen den dort noch rotierenden Rollator und entfernte sich dann mit hohem Tempo Richtung Kalk, bevor er aus ihrem Blickfeld verschwand.

Katrin Oehmchen zählte die Sekunden. Ihr kam es vor wie eine Ewigkeit, bis die Polizei und der Notarzt eintrafen.

Wie ferngesteuert hatte sie sich zu der älteren Frau gehockt. Als sie ihr in das Gesicht schaute, schreckte sie zurück. Diese Frau kannte sie. Einmal im Monat ließ sie sich von ihr von der S-Bahn-Station Nippes zum „Goldenen Kappes" auf der Neusser Straße und nach zwei Stunden wieder zurück fahren. Sie versuchte mit ihr zu sprechen. Sie bekam keine Antwort. Sie legte den Kopf auf ihren Schoß, doch sie sah nur einen klagenden tonlosen Blick. Katrin Oehmchen musste quälend mit ansehen, wie in den Augen der Frau das Lebenslicht langsam erlosch und der Kopf im gleichen Augenblick zur Seite wegsackte. Erna Schmitz war in ihren Armen gestorben.

Aus Katrin Oehmchen brach es gellend heraus: „Dat wor doch Mord, ja, Mord wor dat. Dat wor doch keine Unfall. Dat Fierke hät die Frau met Avsisch üvverfahre."[6] Tränen liefen ihre Wangen herunter, vermischten sich mit dem zu dick aufgetragenen Make-up. Die aufgelöste Wimperntusche bildete schwarze Streifen in ihrem Gesicht.

Was dann folgte, war die übliche betroffene Routine der Spezialisten des Verkehrsunfallaufnahmeteams. Katrin Oehmchens Personalien wurden aufgenommen, und sie wurde standardmäßig gefragt, ob sie etwas gesehen hatte. Für den Beamten war dies ein ganz normaler Unfall mit Fahrerflucht. Während er sich alles notierte, war der andere Polizist schon dabei, die Straße auszumessen und Farbmarkierungen auf die Fahrbahn zu sprühen.

Da der Notarzt zweifelsfrei den Tod von Erna Schmitz festgestellt hatte, durfte die Tote aus hygienischen Gründen nicht in den Rettungswagen gelegt werden. Sie wurde daher mit einer Mehrzweckplane abgedeckt, bis sie schließlich von einem Leichenwagen abgeholt und zur Rechtsmedizin gebracht wurde.

Der aufnehmende Beamte fragte Katrin Oehmchen zum Abschluss noch, ob sie Hilfe bräuchte, was sie aber verneinte, da sie erkannte, dass sie mit ihrer Mordtheorie auf taube Ohren stieß. Stattdessen machte sie sich auf den Weg zum KK 11. Sie hoffte, dass Heinz Dember da wäre. Ihm hatte sie vor ein paar Wochen auch bei dem Mord mit dem Mörderhasen geholfen[7]. Jetzt hatte sie sich in den Kopf gesetzt, ihm von dem „Mordunfall" zu erzählen.

Sie betrat das Polizeipräsidium durch den Haupteingang, ging im Foyer sofort zum Meldetresen und bat den Pförtner, Heinz Dember vom KK 11 anzurufen.

Der Pförtner wählte die Nebenstelle von Heinz Dember.

„Herr Dember, guten Morgen, hier ist das Foyer. Eine Frau Oehmchen steht hier und will zu Ihnen."

„Ach du Scheiße", rutschte es Dember heraus. „Sagen Sie ihr bitte, ich sei nicht da." Er musste an die mehrfachen Anmachversuche der Frau denken, die ihre blond gefärbten Haare als „Bergheimer Palme" trug,

---

[6] *Das war doch Mord, ja, Mord war das. Das war doch kein Unfall. Das Schwein hat die Frau mit Absicht überfahren*
[7] *s. Mörderischer Fastelovend*

und an ihr Sonnenbank gegerbtes, viel zu grell geschminktes Gesicht. Sie wirkte auf ihn wie eine älter gewordene Karikatur einer bekannten Kölner Comedian, deren Name ihm jetzt aktuell nicht einfiel. Nein, an einem Gespräch mit der ewig schnatternden Katrin Oehmchen hatte er an diesem Morgen kein gesteigertes Interesse.

„Das kann ich leider nicht, sie steht unmittelbar vor mir und sieht, dass ich telefoniere."

„Okay, geben Sie ihr mal den Hörer", resignierte er. Den Morgen hatte er sich anders vorgestellt.

„Joden Daach, Herr Dember, isch ben et, dat Oehmchens Katrin vom Taxi 1022. Isch muss direck met Inne spresche. Isch han ene Mord jesin. Om hellischde Daach medden op dr Stroß. Ihre Kollesch vun dä Uniformeete denk nämlich, dat es nur ne janz normale Unfall, wo einer affgehaue es. Isch hann evver alles jenau jesinn un weiß, dat dat nämlich keine zofällije Unfall jewäse es" [8], sprach sie ohne Punkt und Komma in der gewohnten Manier eines Maschinengewehrs.

„Jetzt mal langsam, Frau Oehmchen", Dember hatte wieder mal nicht alles verstanden. In den letzten Wochen hatten sich seine Kölschkenntnisse nicht wirklich verbessert. „Was ist passiert?"

„Direck am Präsidium ist evens en aale Frau üvverfahren wode, met Avvsich" [9], sprach sie akzentuiert langsam.

„Ach deswegen das ganze La lü lala. Hab mich schon gefragt, was passiert ist. Aber die zuständigen Kollegen sind doch sicher schon am Unfallort. Können Sie denen das nicht erzählen?", versuchte er sie noch immer loszuwerden.

„Här Dember, ich komme jetz in die 4. Etag. Dann verzälle isch Inne, wat isch weiß, und dann könne Se vum mir us damit mache, wat Se für richtig halde un wat Se wolle" [10], ließ sie nicht locker.

„Okay, okay, Frau Oehmchen. Aber wir sind nicht mehr in der 4.

---

8 Guten Tag, Herr Dember, ich bin es, die Katharina Oehmchen von der Taxe 1022. Ich muss direkt mit Ihnen sprechen. Ich habe einen Mord gesehen. Am helllichten Tag mitten auf der Straße. Ihr Kollege von den Uniformierten denkt nämlich, das ist nur ein ganz normaler Unfall mit Fahrerflucht. Ich habe aber alles genau gesehen und weiß, dass das nämlich kein zufälliger Unfall gewesen ist
9 Direkt am Präsidium ist eine alte Frau überfahren worden, mit Absicht
10 Herr Dember, ich komme jetzt in die 4. Etage. Dann erzähle ich Ihnen, was ich weiß, und dann können Sie von mir aus damit machen, was Sie für richtig halten und was Sie wollen

Etage. Sie müssen zum Walter-Pauli-Ring 6 kommen, der Pförtner kann Ihnen den Weg zeigen. Ich hole Sie dann unten im Eingangsbereich ab. Bis gleich."

Der Pförtner wies ihr die Richtung, und eilig ging sie mit ihren hochhackigen Schuhen im Stakkatoschritt zur Hausnummer 6. Fast zeitgleich kam Dember durch die Tür in den Eingangsbereich. Er begrüßte sie und bat sie sogleich, mit in sein Büro zu kommen.

„Schick hatt Ihr et he. Alles esu neu. Hatt Ihr e schön Büro jekräht?"[11], fragte sie ihn auf dem Weg in die 1. Etage.

„Die Büros sind hier alle gleich, na ja, zumindest beinahe", antwortete er fast widerwillig. „So, wir sind da, Frau Oehmchen", zeigte er auf die offenstehende Bürotür. Er setzte sich hinter seinen Schreibtisch, und Frau Oehmchen nahm auf einem der zwei Besucherstühle Platz. „Was können Sie denn nur mir von der Mordkommission über den Unfall sagen? Dafür sind wir nämlich nicht zuständig, wissen Sie."

„Es dat nit ejal, wie einer ömjebraat weed? Jilt dat nur als Mord, wenn einer erschossen weed?"[12], wurde ihre Stimme und auch ihre Stimmung ein wenig kribitzig.

„Woher wollen Sie denn wissen, dass der Unfall kein Unfall war?", sagte Dember in einem nahezu herablassenden Tonfall.

„Här Kommissar Dember", sah sie ihn mit ernster Miene an und wurde sehr lautstark. „Wenn dat ene Unfall wor, dann fress isch ne Besem met Still samp Putzfrau. Schleßlich han isch gehürt, wie einer voll op dä Pissel getrodde hät un met krischende Reife lossgeras es. Enä, nä, dat wor keine Unfall, dat wor Mord. Da verwedde isch ming neue noch nit jeniete Sampjack drop"[13], regte sie sich auf.

Dember nahm sich nun endlich Papier und Stift: „Was war das für ein Auto, können Sie den Fahrer oder die Fahrerin beschreiben, haben Sie das Kennzeichen zufällig gesehen?", machte er sich schreibbereit.

„Dat wor so en deck Karr, ne 5er-BMW in schwatz. Wä jefahre es,

---

11 Schick haben Sie es hier. Alles ist so neu. Haben Sie auch ein schönes Büro bekommen?
12 Ist das nicht gleichgültig, wie jemand umgebracht wird? Gilt das nur als Mord, wenn einer erschossen wird?
13. Wenn das ein Unfall war, dann fresse ich einen Besen mit Stiel und der Putzfrau. Schließlich habe ich gehört, wie einer auf das Gas getreten hat und mit kreischenden Reifen losgerast ist. Nein, nein, das war kein Unfall, das war Mord. Da verwette ich meine neue, noch nicht genähte Samtjacke drauf

kunt isch nit sinn und das Kennzeichen fing mit „K" wie Kölle an. Ich mein, do wör och en „9" jewäs. Sescher ben isch mer evver nit. Dat jing all vell zu schnell. Dä es evver och noch mit seinem Wage jejen dä Pohl jefahre. Künnt Ihr dat net met dä Lackspure dat Auto ermittelen? Im Tatort jeht dat doch och immer" [14], schaute sie ihn erwartungsvoll an.

„Da werden auch komplexe Fälle in 90 Minuten gelöst und jeder ermittelt allein. Sie halten die Fernsehkrimis nicht wirklich für realistisch, oder doch Frau Oehmchen?", nahm er ihr kopfschüttelnd die Illusion.

„Wie och immer, Herr Kommissar. Sie maache dat schon. Finge Sie dä Fahrer und sperren Se ihn en. Su ene Killer darf doch nit frei erömlofe.

Ach, wat isch fass verjesse hätt. Isch kenne die Frau, jo nit dr Name, evver isch fahre die seit jeraumer Zick. Isch holle die öm 10 vür fünnef immer am letzte Denstag em Mond am Neppeser Bahnhoff av und bränge se dann zom ‚Goldene Kappes'. Später holl isch se dann widder do av un fahr se zom Bahnhof zorück. Villeisch hülf üsch dat. Mieh kann isch jetz nit sage", stand sie auf, nahm ihre Tasche mit dem Samt und verabschiedete sich. „Un rofe Se mich an, wenn noch jet es. Och nur esu" [15], zwinkerte sie ihm wieder einmal zu.

***

Dember war froh, dass Katrin Oehmchen weg war. Ihren penetranten Parfümgeruch allerdings würde er noch länger in der Nase haben. Bei der Verkehrsdirektion fragte er nach der Mobilfunknummer des Unfallteams und rief die Kollegen an.

Er erzählte ihnen von der Zeugin und erfuhr, dass sie die Personalien

---

14 *Das war so eine dicke Karre, ein 5-er BMW in schwarz. Wer gefahren ist, konnte ich nicht sehen, und das Kennzeichen fing mit einem K wie Köln an. Ich meine, da war auch noch eine 9. Das ging alles viel zu schnell. Der ist aber auch noch mit dem Wagen gegen den Pfahl gefahren. Können Sie nicht mit den Lackspuren das Auto ermitteln? Im Tatort geht das doch auch immer*

15 *Wie auch immer, Herr Kommissar. Sie machen das schon. Fangen Sie den Fahrer und sperren Sie ihn ein, so ein Killer darf doch nicht frei herumlaufen. Ach, was ich fast vergessen hätte. Ich kenne die Frau, ja nicht den Namen, aber ich fahre sie seit geraumer Zeit. Ich hole sie um 16.50 Uhr immer am letzten Dienstag im Monat am Nippeser Bahnhof ab und bringe sie dann zum „Goldenen Kappes". Später hole ich sie dann wieder ab und fahre sie zum Bahnhof zurück. Vielleicht hilft euch das. Mehr kann ich jetzt nicht sagen. Und rufen Sie mich an, wenn noch etwas ist. Oder auch nur so*

von Katrin Oehmchen bereits aufgenommen hatten. Er bat darum, ihn auf jeden Fall anzurufen, sofern sich auch nur der leiseste Verdacht ergab, dass dies kein gewöhnlicher Unfall gewesen war. Zum Schluss ließ er sich noch den Namen des Unfallopfers geben und krakelte ihn auf sein Blatt Papier.

Danach ging er zu Westhoven und erzählte ihm von Katrin Oehmchens Angaben. Beiläufig erwähnte er den Namen der Toten.

„Wie bitte, kannst du den Namen noch mal sagen?", durchfuhr es Westhoven wie ein Stromschlag. Das konnte kein Zufall sein. Um sicher zu gehen, nahm er sich Schusters Vermerk und las nach. Erna Schmitz war die Anruferin vom gestrigen Abend. Und eine Erna Schmitz war nun vor dem Präsidium überfahren worden. Ob es wohl die gleiche Erna Schmitz war, fragte er sich.

„Heinz, du gehst sofort runter zum Unfallort und schaust dir alles ganz genau an. Nimm auf jeden Fall Drees vom Erkennungsdienst mit. Mein Bauchgefühl sagt mir nichts Gutes."

„Fängst du jetzt auch schon an? Du weißt doch gar nicht, was passiert ist", fragte Dember ungläubig.

Westhoven atmete demonstrativ laut ein: „Eine Erna Schmitz hat gestern Abend versucht, uns zu erreichen. Und nun ist eine Erna Schmitz tot. Reicht das, damit du meine Anweisung befolgst?", erhob er seine Stimme.

Dember biss sich vor Ärger auf die Zunge, schluckte seinen Frust herunter und sagte kein Wort mehr. Schnurstracks ging er in sein Büro, telefonierte kurz mit Drees und erreichte Minuten später den Unfallort.

Er ließ sich die Handtasche des Opfers aushändigen und durchsuchte sie. Ein Taschentuch mit gehäkelter Spitze, ein Päckchen Tempo und eine Flasche 4711 waren für ihn nicht von Interesse. Er öffnete die Geldbörse. In den hinteren Fächern fand er eine VRS Mehrfahrtenkarte der Stufe fünf, das Foto einer jungen Frau und einen Personalausweis auf den Namen Erna Schmitz. In einem Seitenfach der Tasche fand er eine Visitenkarte mit der Anschrift eines Seniorenstifts St. Josef. Die Adresse war identisch mit der auf dem Ausweis der Toten. Da die Leiche schon abtransportiert worden war und er keinen Sinn darin sah, bei der Unfallaufnahme zu „stören", bat er Drees nur noch darum, von allen noch vorhandenen Gegenständen Fotografien und Übersichtsfotos vom Unfallort anzufertigen. Danach ging er zum Block C zurück, durchquerte den Vorraum und ärgerte sich darüber, dass am zweiten Lesegerät vor der Schiebetür seine Codekarte wieder einmal nicht akzeptiert wurde und er den Pförtner bitten musste, die Tür zu öffnen, der prompt pflichtgemäß seinen Dienstausweis zu sehen wünschte, obwohl er ihn nach Dembers Meinung ja mittlerweile kennen musste. Ohne Umweg ging er zu Paul Westhoven. Dieser freute sich, dass er mit seiner Vermutung richtig lag, und glaubte nun auch nicht mehr an einen zufälligen Unfall: „Heinz, ich denke, das ist endlich die erste Spur, der wir nachgehen können. Das hat jetzt oberste Priorität. Finde alles über Erna Schmitz heraus, was geht. Spätestens heute Mittag möchte ich einen ersten Sachstand von dir, okay?"

Dember verließ Westhovens Büro und ging nach nebenan. Anfangs noch ein bisschen widerwillig, weil er sich ärgerte, dass er den Zusammenhang nicht erkannt hatte, recherchierte er in allen zur Verfügung stehenden polizeilichen Systemen und im Internet.

DREIZEHN

Es war 11.05 Uhr. Die Tür zu Arndt Sieberts Büro stand offen. Der Leiter des KK 11 war damit beschäftigt, in der untersten Schublade seines Schreibtischcontainers nach einem der letzten Teebeutel zu suchen. Das Klopfen gegen die offene Tür überhörte er. Erst ein lautes Räuspern ließ ihn von seiner Suche aufschauen. Sein Blick fiel zuerst auf ein paar braune, halbhohe Stiefel, ein paar sportliche Frauenbeine und einen gut sitzenden Minirock. Weiter oben folgte eine kurze, taillierte Jacke, und dann schaute er in ein paar blaue Augen und ein fröhliches Gesicht, welches von langen, leicht lockigen Haaren eingerahmt wurde.

„Guten Tag, mein Name ist Krogmann, sind Sie Herr Siebert?"

„So steht es wohl auf dem Türschild", nickte er. „Was kann ich für Sie tun, Frau...?" Arndt Siebert stand noch auf dem Schlauch, auch wenn er glaubte, den Namen schon einmal gehört zu haben.

Sie machte einen Schritt auf ihn zu und streckte ihm zur Begrüßung die Hand hin: „Kriminalhauptkommissarin Antoinette Krogmann aus Hamburg. Ich soll nächste Woche hier anfangen. Und da ich gerade in meine Wohnung in Nippes eingezogen bin und nach nebenan in die Köln-Arcaden wollte, um einen Vorhangstoff zu kaufen, bin ich den Katzensprung rübergekommen und wollte gleich mal die Gelegenheit nutzen, mich vorzustellen."

„Bitte entschuldigen Sie, Sie haben mich gerade vollständig durcheinandergebracht. Bislang sind ich und die anderen eigentlich auch davon ausgegangen, dass Toni Krogmann ein Mann sei." Er zwang sich, dabei zu lächeln, was jedoch komisch wirkte.

„Ich hoffe, das ist kein Problem?", antwortete Toni Krogmann, was eher eine selbstbewusste Feststellung, als eine Frage war.

„Ach was, es tut dem KK 11 gut, dass hier auch einige weibliche Beamte arbeiten. Sie sind herzlich willkommen." Er hielt ihr noch einmal die Hand hin und sagte: „Nennen Sie mich bitte Arndt, so förmlich sind wir hier nicht."

„Toni", grinste sie ihn an.

„Also Toni. Herzlich willkommen in Köln, herzlich willkommen im KK 11. Hast du schon Erfahrung mit Todesermittlungen oder Kommissionsarbeit?", schloss er seine nächste Frage an.

„Ja, habe ich. Ich war für ein Jahr im Kriminaldauerdienst in Hamburg. Da habe ich schon zig Leichensachen bearbeitet, und Kommissionsarbeit hat mich schon immer gereizt. Ich freue mich darauf", wich sie einer konkreten Beantwortung aus.

Arndt Siebert ließ es darauf beruhen, obwohl er lieber eine versierte Todesermittlerin für das Team der MK 6 gehabt hätte. Aber man konnte ja nicht alles haben, daran ändern ließ sich sowieso nichts, und außerdem war er aufgrund der viel zu kurzen Personaldecke froh, überhaupt einen Ersatz für Gerber zu bekommen.

„Also Toni. Wann fängst du bei uns an?", hakte Arndt Siebert nach.

„Montagmorgen. Wann soll ich hier sein?"

„Offizieller Dienstbeginn ist 07.30 Uhr und Ende ist hier in Köln planmäßig um 16.12 Uhr. Aber geh mal nicht davon aus, dass du hier in nächster Zeit pünktlich rauskommst. Du kommst in die MK 6 und die haben gerade einen größeren Fall an der Backe."

„Das macht mir nichts. Ist das der Fall mit der tiefgefrorenen Leiche aus Nippes?", wollte sie wissen.

Arndt Siebert nickte: „Ja, genau."

„Na, dann weiß ich ja schon ein bisschen. Das stand ja groß im Express.

Also ist Paul Westhoven mein Mordkommissionsleiter", stellte sie fest.

„Genieße noch ein geruhsames Wochenende. Es dürfte dies erst mal das letzte für dich in der nächsten Zeit sein. Noch ist nämlich alles offen. Es gibt noch keinen Ansatzpunkt für eine bevorstehende Klärung."

***

Siebert ging zu Westhoven ins Büro, um sich über den aktuellen Stand der Ermittlungen zu informieren. Bevor Westhoven etwas sagen konnte, erzählte er von Krogmanns Besuch, ohne allerdings zu erwähnen, dass es sich bei Toni eigentlich um Antoinette handelte. Sollte die Kommission die Überraschung, wie er sie selbst eben hatte, auch haben.

„Ich wäre sowieso gleich zu dir gekommen, Arndt. So wie es aussieht, haben wir eine erste heiße" – Westhoven klopfte auf Holz – „Spur."

Arndt Siebert setzte sich und war ganz Ohr. Westhoven berichtete ihm vom gestrigen Anruf einer Erna Schmitz und vom gleichnamigen Unfallopfer.

„Das kann kein Zufall sein, Paul", war Siebert sichtlich erleichtert über diesen ersten Ermittlungsansatz. „Halt mich bitte auf dem Laufenden", er verließ Westhovens Büro.

Westhoven stand auf und ging hinüber zu Dember. Als er sein Büro betrat, legte dieser soeben den Telefonhörer mit den Worten „Vielen Dank schon mal für die Auskunft, ich melde mich wieder", auf.

„Gut, dass du gerade da bist, Paul. Das war die Geschäftsführung des Seniorenstifts. So wie es aussieht, wohnt dort eine Erna Schmitz. Und bei dem Unfallopfer dürfte es sich um die gleiche Erna Schmitz handeln, die dort wohnt, ähem, gewohnt hat."

„Hattet ihr in diesem Altenheim auch Plakate aufgehängt?", wollte Westhoven wissen.

„Nein, das hatten wir nicht, denn…"

„Ich hatte doch gesagt, besonders in den Altenheimen", unterbrach ihn Westhoven.

„Nur, dass dieses Altenheim in Wissen im Westerwald liegt", ergänzte Dember seinen vorherigen Satz. „Aber sie hat trotzdem das Fahndungsplakat gesehen, denn sie war gestern im ‚Goldenen Kappes'. Und weißt du, wer sie dort hingefahren hat? Katharina Oehmchen von der Taxe 1022."

„Was hast du noch rausgefunden, Heinz?"

„Von der Verwaltung des Seniorenheims habe ich erfahren, dass sie eine Tochter hat. Diese Tochter wohnt ebenfalls in Wissen an der Sieg." Er machte eine kurze Sprechpause.

„Wo ist eigentlich Jochen?", wollte Westhoven plötzlich wissen.

„Keine Ahnung, ich dachte, der wäre schon mit einem Auftrag unterwegs."

„Nee, ist er nicht", konterte Westhoven garstig. „Kümmere du dich weiter um Erna Schmitz, ich versuch mal, Jochen aufzutreiben." Er ging wieder in sein Büro.

Er versuchte, Jochen Gerber auf seinem Mobiltelefon anzurufen, erreichte aber nur die Mailbox. Es war besetzt. Nach mehreren vergeblichen Versuchen hörte er endlich ein Freizeichen.

Nach mehrmaligem Klingeln meldete sich dieser ruhig. „Gerber."

„Jochen, hier ist Paul. Wo steckst du? Wir haben hier eine heiße Spur", klang Westhovens Stimme ziemlich vorwurfsvoll.

„Sorry, Paul. Ich musste meine Mutter trösten. Ich habe stundenlang mit ihr telefoniert. Sie war kaum zu beruhigen, weil es meinem Vater letzte Nacht so schlecht ging. Er hat meine Mutter ständig gefragt, wer sie denn sei und was sie in seinem Zimmer zu suchen habe. Sie ist völlig deprimiert, und ich musste sie seelisch aufbauen. Du kannst dir nicht vorstellen, wie aufreibend das alles für mich ist und wie viel Kraft mich das kostet. Hoffentlich werde ich nicht so."

„Tut mir wirklich leid, Jochen. Aber ich muss jetzt trotzdem wissen, ob du noch kommst. Wir müssen dringend mehrere Spuren abklären. Sonst frage ich Arndt nach einem Ersatz für dich", hatte Westhoven nur die nächsten Ermittlungsschritte vor Augen.

„Jetzt werde mal nicht komisch, Paul. Hab ich dich schon mal im Stich gelassen? Ich bin gleich da und mach das schon. Bis gleich", beendete Gerber ärgerlich das Telefonat.

Erleichtert rief Westhoven über den Flur zu Dember, dass Gerber unterwegs sei.

***

Um 11.45 Uhr ging Gerber mit erhobener Hand grüßend an Westhovens Büro vorbei. Seine Jacke zog er schon auf dem Gang aus und warf diese wie immer mit einem eleganten Schwung auf den Besucherstuhl in seinem Büro.

Mit wenigen Klicks auf der Tastatur buchte er sich im elektronischen Zeiterfassungssystem an seinem Computer ein. Er überprüfte den Posteingang im Outlook und fand dort nur E-Mails, die im aktuellen Fall sicher nicht weiterhelfen konnten. Danach ging er zum Geschäftszimmer und schaute in sein Fach. Dort lag ein Umschlag von der Personalstelle. Sofort riss er den Umschlag auf und las die Verfügung: „…werden Sie auf eigenen Wunsch am nächsten 1. nach Hamburg versetzt."

Gerber ging mit der Versetzungsverfügung sofort zu Westhoven und teilte ihm den Inhalt mit.

„Was? Das heißt ja dann, du hast heute deinen vorletzten Tag hier", war Westhoven sichtlich irritiert.

„Sieht so aus Paul, aber ich glaube, es ist gut so. Meine Eltern brauchen mich dringender." Seine Stimme klang plötzlich ziemlich angegriffen.

„Was soll ich sagen, Jochen? Es ist, wie es ist. Kannst du denn gleich mit Heinz zu diesem Seniorenheim fahren? Ihr müsstet dringend eine Spur abklären, Heinz kann dir alles auf der Fahrt dorthin erklären", ging Westhoven zur Tagesordnung über.

Gerber stimmte schweigend zu und ging zurück in sein Büro.

„Du machst ja ein Gesicht wie drei Tage Regenwetter", frotzelte Dember und merkte aber sogleich, dass dies nicht der richtige Moment für Anspielungen war. Gerber reagierte nicht, sondern stieß nur ein unterdrücktes, nicht definierbares Atemgeräusch aus.

Wortlos zog er seine Jacke an und blickte auffordernd in Dembers Richtung: „Was ist jetzt, kommst du oder glaubst du an die Auferstehung? Wir haben eine Spur zu überprüfen und ich habe nicht viel Zeit", blaffte er ihn schließlich an.

„Was ist denn mit dir los, hast wohl einen Testosteronüberschuss oder was?", konterte Dember.

Gerber machte einen Schritt auf Dember zu und stand gerade mal eine Nasenlänge entfernt: „Pass auf Kollege, lass deine unqualifizierten Äußerungen mir gegenüber. Ansonsten lernst du in den letzten Stunden, die ich hier noch mit dir arbeiten muss, eine Seite von mir kennen, die dir nicht gefallen wird. Deine schnoddrige Art kotzt mich nämlich schon lange an. Das Einzige, was du im Kopf hast, ist doch sowieso nur der nächste Rock, der vor dir nicht schnell genug auf den nächsten Baum kommt. Und jetzt komm", drehte er sich herum und verließ das Büro.

Dember nahm seinen Aktenkoffer, sagte kein Wort und folgte Gerber ins Parkhaus. Dort stiegen sie in einen Smart und fuhren Richtung B 55.

***

Gerber blickte stur nach vorn und Dember demonstrativ aus dem Fenster der Beifahrerseite.

„Wo müssen wir denn überhaupt hin? Klär mich mal auf", unterbrach Gerber das Schweigen.

„Das Seniorenheim ist in Wissen, oben an der Sieg. Ich glaube, das ist so am Ende des Oberbergischen Kreises. Das muss in der Nähe von Morsbach sein. Ich kenne mich da oben nicht aus. Ich habe hier die Adresse und gebe sie mal in das Navigationsgerät ein."

Dember nahm den Vermerk, holte das Navigationsgerät aus dem Handschuhfach und gab die Adresse ein. Nach einer Dreiviertelstunde Fahrt in dem engen Smart erreichten sie die Ausfahrt Morsbach. Das Navigationsgerät zeigte noch immer 32 km als Entfernung nach Wissen an.

„Ich glaube kaum, dass das noch unser Hauptstellenbereich ist", zweifelte Gerber.

Kurz vor Morsbach fuhren sie an einem Ortsschild „Rom" und „Zum Skigebiet" vorbei.

„Jetzt glaube ich gar nichts mehr", stellte Gerber fest.

Und wirklich, kurz vor Wissen passierten sie das Schild „Kreis Altenkirchen, Rheinland Pfalz".

„Mist!", bemerkte Dember, „ab hier benötigen wir einen Dienstreiseantrag."

„Mach keinen Blödsinn, Heinz. Jetzt können wir eh nichts mehr ändern. Du hättest dir nur nicht für diese Strecke so einen fahrenden Geschenkkarton andrehen lassen sollen. Ich glaube, mein Rücken bricht bald durch."

„Jochen, ich wusste doch auch nicht, wie weit das ist."

Nach einigen Minuten erreichten sie Wissen und die Stimme des Navigationsgerätes gab ihnen die Anweisung:

„Biegen Sie nun links ab in Richtung Birken-Honigessen, in 300 m haben Sie ihr Ziel erreicht."

Bei diesem Ortsnamen mussten beide schmunzeln, und die schlechte Stimmung zwischen den beiden schien sich ein wenig zu bessern.

***

Gerber parkte den Wagen direkt vor dem Eingang zum Seniorenheim, in dem Erna Schmitz laut Visitenkarte und den Daten ihres Personalausweises gewohnt haben musste.

Das Foyer war leer. Links standen einige Sessel und ein Tisch, geradeaus ging es zum Fahrstuhl und auf der rechten Seite prangte über einer Glastür ein Schild mit der Aufschrift „Verwaltung". Hier klopften sie an die Tür, wiesen sich aus und fragten nach Erna Schmitz. Die Sekretärin, Frau Magliaso, hatte auch am gestrigen Tag Dienst gehabt und konnte sich daran erinnern, dass Erna Schmitz an diesem Morgen das Haus verlassen hatte. Heute hatte sie sie noch nicht gesehen.

„Wir müssten mal einen Blick in die Wohnräume von Frau Schmitz werfen. Meinen Sie, das geht?", fragte Gerber.

„Das kann ich nicht entscheiden. Ich kann aber gern Herrn Nußscher anrufen. Das ist der Leiter unseres Hauses", sagte Frau Magliaso und erhielt nickende Zustimmung der Ermittler.

Sie erklärte Herrn Nußscher das Anliegen, legte auf und sagte, dass der Chef sofort käme.

„Frau Magliaso, entschuldigen Sie bitte, so häufig ist Ihr Name ja nicht. Kennen Sie einen Herrn Magliaso bei der Kölner Polizei?"

„Ja, mein Sohn Bernd. Er ist noch in der Ausbildung und möchte einmal ihr Kollege werden."

Einen Moment später erschien ein etwa 60-jähriger Mann im braunen Tweedjackett und stellte sich vor: „Guten Tag die Herren. Mein Name ist Nußscher, ich leite dieses Seniorenheim. Wie ich eben hörte, möchten Sie einen Blick in das Apartment einer unserer Bewohnerinnen werfen."

„Mein Name ist Gerber, das ist mein Kollege Dember. Wir sind von der Mordkommission Köln. Eine Ihrer Bewohnerinnen, Frau Erna Schmitz, ist gestern Morgen Opfer eines Verkehrsunfalls geworden."

„Und warum kommt dann die Mordkommission?", unterbrach Herr Nußscher.

„Um Ihre Frage zu beantworten: Wir ermitteln zurzeit in einem Tötungsdelikt in Köln-Nippes. Frau Schmitz hatte vor ihrem Unfall versucht, mit uns Kontakt aufzunehmen. Wie es aussieht, hatte sie eventuell Hinweise für uns. Und diese Hinweise konnte sie uns nicht mehr geben. Wir versuchen festzustellen, worum es sich gehandelt haben könnte, und dafür müssen wir ihr persönliches Umfeld untersuchen. Vor allem erst mal ihre Wohnung.

„Brauchen Sie dafür nicht eine Erlaubnis?", fragte Herr Nußscher.

„Sie meinen sicher einen Beschluss vom Gericht. Grundsätzlich haben Sie da Recht, aber mit dieser Maßnahme greifen wir in kein Grundrecht mehr ein, denn Frau Schmitz ist tot. Und wir wollen schnellstens Hinweise finden, die uns in diesem Fall und in unserem Fall weiterhelfen könnten. Außerdem wären Sie als Zeuge dabei", klärte Gerber auf.

„In Ordnung, kommen Sie. Wir müssen in die erste Etage. Zu Fuß oder mit dem Aufzug?", fragte er.

„Über die Treppe", antwortete Gerber spontan. Dember konnte das Wort „Aufzug" gerade noch herunterschlucken.

Herr Nußscher öffnete mit seinem Generalschlüssel die Tür des Apartments Nummer 11 von Erna Schmitz. Das Apartment sah äußerst aufgeräumt und unauffällig aus.

Auf der Weichholzkommode im Wohnzimmer stand das Foto einer jüngeren Frau, die der Toten wie aus dem Gesicht geschnitten war. Dember nahm den Rahmen hoch und las die Widmung auf der Rückseite vor: „Für die beste Mama der Welt." „Das ist Frau Meierbrink, die Tochter von Frau Schmitz. Sie besucht ihre Mutter regelmäßig. Sie wohnt hier ganz in der Nähe."

„Ach, schauen Sie mal hier", hob Herr Nußscher die 7-Tage-Tablettenbox vom Wohnzimmertisch. „Seit gestern Morgen ist keine Tablette mehr entnommen worden."

Gerber nickte: „Tja, dann gibt's wohl auch hier keinen Zweifel mehr."

„Haben Sie in einer Kartei die Erreichbarkeit von Frau Meierbrink?", wollte Dember wissen.

„Selbstverständlich, wir haben von jedem unserer Bewohner die Erreichbarkeit der nächsten Angehörigen in den Akten und in einer Datei. Wir müssen doch wissen, wen wir bei Krankheit oder Ableben benachrichtigen müssen. Ich werde Frau Magliaso sagen, dass sie Ihnen die Adresse und die Telefonnummer heraussucht." „Ach, Herr Nußscher", wandte sich Gerber zu ihm. „Können Sie feststellen, wen Frau Schmitz von hier aus angerufen hat?"; gleichzeitig drückte er die Wiederwahltaste des altmodischen Telefons mit offensichtlich defektem Display, denn eine Nummer konnte er nicht sehen. Das Freizeichen wurde nach einiger Zeit vom typischen Besetztzeichen abgelöst.

„Tut mir leid, meine Herren, aber das ist keine Telefonanlage wie im Krankenhaus, sondern unsere Bewohnerinnen und Bewohner legen Wert auf größtmögliche Eigenverantwortlichkeit. Ich kann Ihnen nicht sagen, wohin von hier aus angerufen worden ist", erklärte Herr Nußscher. „Kann ich denn schon mal in mein Büro gehen oder brauchen Sie mich hier noch? Ich muss noch ein paar wichtige Telefonate mit Interessenten führen. Sie finden mich unten in meinem Büro in der Verwaltung."

„Kein Problem, wir sind hier sowieso gleich fertig. Das Apartment ist ja überschaubar und hat nicht die Größe einer Turnhalle", gab Dember zur Antwort.

„Wenn Sie die Wohnung verlassen, ziehen Sie die Tür bitte einfach ins Schloss", verabschiedete sich der Chef der Seniorenresidenz.

Gerber öffnete die Schublade der Weichholzkommode, fand aber nichts außer einem alten Telefonbuch und einem Besteckkarton, der mit schwarzem Samt umhüllt war. Daneben lagen einige Briefumschläge, die an das Geburtstagskind Erna gerichtet waren.

„Hast du was gefunden, Heinz?", wollte Gerber wissen, als dieser gerade dabei war, die Jacken und Mäntel an der Garderobe zu durchsuchen. Dember schüttelte den Kopf.

„Mach dir bitte eine Notiz, dass du noch für den Anschluss hier die Verbindungsdaten benötigst und Staatsanwalt Asmus die entsprechende Anforderung mailst", wies Gerber ihn an.

„Jetzt werde nicht noch mein Babysitter. Ich weiß selbst, was zu machen ist", gab Dember zur Antwort. Den nächsten Satz grummelte er unverständlich vor sich hin.

***

Sie gingen wieder zurück zur Verwaltung zu Frau Magliaso.

„Der Chef ist schon hinten, gehen Sie einfach durch." Hierbei wies sie auf die Tür am anderen Ende ihres Büros. Rechts neben der Tür befand sich ein kleines Schild mit der Aufschrift: „Klaus Nußscher - Leitung"

„Hier, meine Herren", hielt er ihnen beim Eintreten einen Computerausdruck hin.

„Das ist die Erreichbarkeit von Frau Meierbrink. Es kann sein, dass sie zurzeit im Urlaub ist. Sie erwähnte so etwas zuletzt einmal. Also keine Gewähr, dass Sie sie erreichen. Kann ich sonst noch was für Sie tun?"

„Vielen Dank dafür. Es wäre für uns wichtig, wenn das Apartment von Frau Schmitz bis auf Weiteres nicht betreten wird. Wir stehen noch am Anfang der Ermittlungen und können eigentlich noch nichts abschätzen", sagte Gerber.

„Das ist kein Problem, ich werde veranlassen, dass niemand das Apartment betritt. Sie können sich darauf verlassen, meine Herren."

Die beiden Ermittler verabschiedeten sich, stiegen wieder in den Smart und fuhren zurück nach Köln zum Präsidium.

***

Als Gerber den Motor ausmachte, fragte er Dember: „Was ist? Immer noch sauer?"

„Tut mir leid, aber die Fahrt in dieser rollenden Konservenbüchse durch halb NRW ist ja nicht gerade dafür geeignet, die Stimmung zu verbessern", brachte er grummelnd über die Lippen und legte dabei eine finstere Miene auf.

„Schwamm drüber. Gehst du mit essen?"

„Klar, dachte schon, du fragst nie. Mir hängt der Magen schon auf den Knien."

Eine weitere halbe Stunde später und von einem Döner gesättigt, saßen sie bei Paul Westhoven im Büro und berichteten.

„Na, zumindest besteht wohl kein begründeter Zweifel mehr, dass Erna Schmitz tot ist", sagte Westhoven. Dember und Gerber nickten zustimmend.

„Kümmert euch bitte darum, dass ihr die Tochter ausfindig macht. Sie muss dringend vernommen werden. Vielleicht weiß sie etwas. Und was ist eigentlich mit der Auskunft aus dem Grundbuch?", schaute er Dember an.

„Ich ruf jetzt gleich noch mal da an. Um halb vier wird ja wohl noch jemand da sein."

„Und ich kümmere mich um Frau Meierbrink. Dürfte ja nicht allzu schwierig sein", bot sich Gerber an. „Außerdem ruf ich mal beim Verkehrskommissariat an, ob es schon was Neues gibt." Westhoven blickte auf seine Armbanduhr: „Und um 17.00 Uhr treffen wir uns noch mal bei mir und tauschen uns aus", beendete er die Besprechung.

VIERZEHN

Er war nach dem Anschlag auf Erna Schmitz in seiner schwarzen BMW-Limousine nach Hause gefahren. Die ganze Fahrt hatte er darauf geachtet, dass er nirgendwo auffiel. Einmal, als er auf der Straße einen blau-weißen Streifenwagen der Polizei sah, war er schnell abgebogen. Als er ankam, fuhr er den Wagen in die hintere Garage, die von der Straße aus nicht einsehbar war, und stellte ihn mit der Front voran in die Garage. Zunächst hatte er daran gedacht, sein Auto als gestohlen zu melden, aber er hatte in keiner der Tageszeitungen einen Hinweis auf sein Auto gefunden. Deshalb war ihm diese Idee zu unsicher geworden. Sicher würde die Polizei bei der Anzeigenerstattung Verdacht schöpfen, denn immerhin war sein Grundstück videoüberwacht. Noch dazu die freilaufenden Gänse, die als Alarmanlage besser waren, als jeder Wachhund. Sobald sich eine unbekannte Person dem Grundstück näherte, reagierten die aufmerksamen Tiere sofort mit lautem Geschnatter, Droh- und Flügelgebärden. Schon im vierten Jahrhundert vor Christus hatten im alten Rom Gänse vor dem Überfall der Gallier gewarnt. So hatte er es einmal in der Schule gelernt und sich daraufhin später auch Gänse angeschafft.

Nein, auf keinen Fall wollte er die Polizei von sich aus auf sich aufmerksam machen.

Aufgrund des schönen Frühlingswetters stieg er eben auf seinen Firmen-Zweitwagen, einen nagelneuen BMW Cabrio X6 um. Schlappe 100.000 € hatte er dafür mit diversen Extras berappen müssen, aber es war sein Traumauto – und er hatte das Geld übrig. Seine Firma brachte mehr als genug ein, ganz zu schweigen vom Volumen seines Erbes. Die monatliche Leasingrate über 1.500 € war überhaupt kein Problem. Er war es gewohnt, einen aufwändigen Lebensstil zu führen. In den Sommermonaten lud er die ortsansässigen Geschäftsleute und Lokalpolitiker regelmäßig zu seinen Cocktailpartys ein. Die sogenannte „Feine Gesellschaft" ging bei ihm ein und aus. Er genoss das Ansehen, welches nicht zuletzt durch seine großzügigen Spenden entstanden war.

FÜNFZEHN

Kurz nach 17.00 Uhr saßen Paul Westhoven und sein Team im Besprechungsraum.

„Was ist nun mit dem Grundbuchauszug?", sprach Westhoven Dember an.

„Insgesamt 15 Eigentümer. Bei dem Haus scheint es sich wohl ausschließlich um ein Investitionsobjekt zu handeln. Den letzten Eigentümerwechsel gab es vor knapp drei Monaten. Dieser letzte Besitzer dürfte wohl der sein, der Piontek mit dem Einreißen der Mauer beauftragt hat. Bei den restlichen Inhabern habe ich schon angefangen, unsere Systeme zu befragen. Leider ohne einen entscheidenden Hinweis. Einer war mal wegen eines Betruges erfasst worden, ein anderer fiel bei einem Ladendiebstahl auf."

„Bleib dran, Heinz, und erstelle eine Prioritätenliste, wen wir zuerst aufsuchen. Ich denke, dass wir die Investitionsfirmen zunächst hintanstellen können. Du wirst dann ab Montag mit dem neuen Kollegen Krogmann die Adressen abklappern."

„Ursula Meierbrink, Tochter von Erna Schmitz", warf Gerber ein. „Sie wohnt in Wissen, unweit des Seniorenheimes." Dember reichte Westhoven einen Computerausdruck aus dem Melderegister, auf dem er noch die aktuelle Telefonnummer gekritzelt hatte. „Ich habe schon versucht sie anzurufen. Ich habe aber niemanden erreicht, und einen Anrufbeantworter hat sie nicht. Ich kann auch nicht sagen, ob sie dort allein wohnt oder mit jemandem zusammen. Das ließ sich aus den zahlreichen Datensätzen zur Meldeanschrift nicht genau feststellen."

„Danke Jochen. Ich habe mal beim Unfallteam nachgefragt. Die bleiben dabei, dass es ein tödlicher Verkehrsunfall mit Fahrerflucht war. Und im Moment können wir tatsächlich nur mutmaßen. Jedenfalls bekommen wir eine Kopie der gesamten Unfallakte", berichtete Westhoven. Er war mit seinem Ergebnis sichtlich unzufrieden. Er schien kurz in Gedanken.

„So Leute", bekam Westhovens Stimme einen anderen Klang: „Ich lade euch auf ein paar Kölsch ein. Schließlich hat Jochen morgen seinen letzten Tag bei uns. Treffen wir uns um 19.30 Uhr im Deutzer Bahnhof? Wer will, kann noch jemanden mitbringen", grinste er in Dembers Richtung. „Ich frage Anne auch, ob sie Lust hat."

Nachdem alle bereits gegangen waren, wählte Dember die Handynummer von Doris Weber. Nach einmaligem Klingeln meldete sie sich:

„Weber, hallo?"

„Hallo Doris, ich…", er konnte den Satz nicht zu Ende sprechen. Sie fiel ihm sofort ins Wort:

„War ich nicht deutlich genug?", der Ton ihrer Stimme war alles andere als freundlich.

„Hör mir bitte nur kurz zu, es ist wichtig", bat er sie.

Sie schnaufte tief und antwortete: „Mach's kurz."

„Jochen hat heute seinen letzten, nein, vorletzten Tag bei uns. Er wird nächste Woche überraschend nach Hamburg versetzt. Paul lädt uns in den Deutzer Bahnhof ein, Begleitung inklusive. Du willst Jochen doch nicht einfach so fahren lassen, oder?" Seine Ansage kam einer emotionalen Erpressung gleich.

„Wie viel Uhr?", fragte sie knapp.

„19.30 Uhr", freute er sich.

„Bild dir nichts ein, Heinz, ich komme, aber nicht wegen dir", beendete sie barsch das Gespräch.

Ihm war es zunächst mal egal, aus welchen Gründen er sie endlich privat wiedersehen würde. Hauptsache, sie käme überhaupt.

***

Anne, Paul, Jochen und Heinz hatten bereits das dritte Kölsch in der Hand, als Heinz wie elektrisiert zum Eingang starrte.

Fast gleichzeitig blickten nun auch die anderen zum Eingang. In der Tür stand Doris Weber, die sich suchend umblickte und, als sie die vier sah, zielstrebig auf sie zukam. Paul Westhoven, der sie nur in ihrem grünen OP-Kittel aus der Pathologie oder in Jeans am Tatort kannte, musste schlucken. Das war eine ganz andere Doris Weber. In dem dunkelbraunen, kurzen Lederrock mit hohen Stiefeln, dazu ein eng anliegender beigefarbener Pullover mit Hüftgürtel, der von einer großen, bronzefarbenen Sonne zusammengehalten wurde, sah sie umwerfend aus.

Ihren Mantel trug sie über dem Arm. Die blonden Haare hatte sie streng zu einem Pferdeschwanz gebunden, was das Gesicht mit den rot geschminkten Lippen betonte. Am Tisch begrüßte sie die anderen mit einem einfachen „Hallo".

Westhoven winkte direkt dem Köbes [16] zu, um für sie ein Kölsch zu bestellen. Als der an den Tisch trat, bestellte sie sich jedoch ein Mineralwasser und schwindelte, dass ihr Magen im Augenblick Bier nicht vertragen würde. Heinz Dember war sofort klar, warum Doris Weber im Augenblick keinen Alkohol trank. Der Köbes hatte hierzu nur den üblichen Kommentar:

„Hätten Se dat Wasser jerne mit Handtuch und Seife?"[17]

„Herr Gerber, wie ich gehört habe, verlassen Sie Köln, um in den hohen Norden zu gehen. Wie kommen Sie ausgerechnet auf Hamburg?", fragte Doris Weber.

Gerber erzählte, zwischendurch am Kölschglas nippend, warum er diesen Schritt machte. Ihm war anzumerken, dass ihn die Situation bedrückte. Einerseits liebte er seine Arbeit in Köln sehr, andererseits kamen für ihn seine Eltern an erster Stelle.

„Hut ab, Herr Gerber. Ihre Eltern können stolz auf Sie sein", meinte Doris Weber.

„Alle Achtung", lobte Anne Westhoven, die bisher den Grund auch nicht kannte. „Ich wünsche dir viel Glück in Hamburg. Und lass mal von dir hören. Es wäre schade, wenn es ist, wie es immer ist. Du weißt schon: aus den Augen - aus dem Sinn."

„Mensch Jochen, das habe ich ja gar nicht gewusst. Jetzt wird mir so einiges klar", schaltete sich Dember ein, der mittlerweile das neunte Kölsch in sich reingekippt hatte.

„Jochen, du warst immer ein guter Kollege, fast schon ein Freund für mich. Auf dich war immer Verlass", schlug Westhoven Gerber mit der flachen Hand mehrmals auf dessen Schulter.

Der hingegen überspielte seine eigentliche Stimmung mit der Be-

---

16 Jakob (so werden in Köln alle Brauhauskellner genannt)
17 Hätten Sie das Wasser gerne mit Handtuch und Seife?

stellung einer neuen Runde Kölsch, bzw. einem Mineralwasser für die Rechtsmedizinerin.

Westhoven winkte noch einmal den Köbes heran, denn langsam machte sich bei allen der Hunger bemerkbar. Der brachte die „Kölsche Fooderkaat [18]". Paul und Jochen bestellten sich jeder ein „Hämschen" [19], Anne entschied sich für „Quallmänner met Stipp"[20] und Doris Weber einen „Halven Hahn" [21], denn sie meinte, sie wolle nur etwas Kleines. Nach längerem Überlegen entschied sich Dember für „Rievkoche mit Appelkompott" [22].

Paul und Anne Westhoven verabschiedeten sich gegen 22.30 Uhr. Sie stiegen ins Taxi und sagten dem Fahrer, dass er sie zur Märchensiedlung bringen sollte. Zuhause angekommen fielen beide tot ins Bett, Anne, weil sie Bier immer müde machte und bei Paul kam noch der harte Arbeitstag hinzu.

Auch Gerber wollte nicht länger bleiben, und so saßen Heinz Dember und Doris Weber allein am Tisch. Dember war mittlerweile angetrunken. Er konnte seine Augen nicht von Doris abwenden. Ihre Anziehungskraft auf ihn wurde immer größer. Durch etliche Glas Kölsch ermutigt wagte er einen erneuten Vorstoß:

„Doris, hör mir doch mal zu. Ich kann dich jetzt einfach nicht so gehen lassen. Dauernd muss ich an dich denken. Ich kann mich kaum noch auf die Arbeit konzentrieren. Lass uns miteinander reden, ganz in Ruhe."

„Hör auf, Heinz, du bist betrunken. Es ist schon spät, und ich will jetzt nach Hause fahren. Ich bin müde und kann nicht mehr."

Dember legte seine rechte Hand auf ihre linke.

„Komm, Heinz. Lass gut sein. Was soll das werden? Ich habe dir gesagt, dass…", aber unerwarteterweise zog sie ihre Hand nicht fort.

„Doris, ich muss mit dir reden, hör mir doch zu."

Doris Weber hatte das Gefühl, nachgeben zu müssen. Irgendwie wirkte Heinz hilflos.

---

18 Speisekarte
19 Eisbein
20 Pellkartoffeln mit Hering
21 Holländer Käse mit Roggenbrötchen
22 Kartoffelpuffer mit Apfelmus

„Heinz, du nimmst jetzt deine Jacke und wir fahren. Aber nur unter einer Bedingung: wir reden miteinander, und dann fährst du mit dem Taxi nach Hause."

Das Gespräch in der Wohnung von Doris Weber dauerte mehrere Stunden. Heinz Dember fuhr in dieser Nacht nicht mit dem Taxi nach Hause.

SECHZEHN

Gegen 04.30 Uhr schlug Westhoven die Augen auf. Nach einer ersten Tiefschlafphase kam er einfach nicht mehr zur Ruhe.

Diese schleppenden Ermittlungen im Schneckentempo nagten an seinem Ego. Der immerwährende Druck bei der Ermittlungsarbeit und die dauernden Überstunden taten ihr Übriges dazu, und nun ging auch noch sein bestes Mitglied im Team nach Hamburg.

Westhoven wälzte sich langsam aus dem Bett, ging an die Süßigkeitenschublade in der Küche und aß einen Schokoriegel. Er öffnete die Haustür und sah nach, ob der Zeitungsbote seine Tageszeitung, den Kölner Stadtanzeiger, schon auf die Fußmatte gelegt hatte. Die Zeitungslektüre sollte ihn von seinem Grübeln ablenken. Wenn er nicht schlafen konnte, so wollte er wenigstens lesen, am Liebsten die Lokalberichterstattung. Doch als er die Tür öffnete, lag auf der Fußmatte nur Hannibal, der Kater des Nachbarn, der es mal wieder nicht geschafft hatte, pünktlich nach Hause zu kommen, um reingelassen zu werden. Seine Zeitung war noch nicht da.

Zurück in der Küche nahm er sich aus dem Papiermüll die Prospekte des gestrigen Tages und aß einen weiteren Schokoriegel, den letzten aus seinem Vorrat.

Als er sich wieder ins Bett legte, zeigten die roten Ziffern seines Radioweckers bereits 05.15 Uhr. Noch eine Stunde bis zum Wecken. Er schloss die Augen, schlief nicht richtig tief ein und träumte wirres Zeug.

Als um 06.15 Uhr das Radio laut ertönte, hörte er noch das Ende eines Beitrags zu Aktivitäten von Greenpeace. Er drehte sich zu Anne rüber, die sich die Ohrstöpsel herauszog. Wie die meisten Männer schnarchte auch Westhoven wie ein Sägewerk, wenn er Alkohol getrunken hatte.

Paul hatte ein fürchterliches Gefühl im Mund. Statt einer Zunge schien er einen alten Teppich zu haben. Es fühlte sich so an und schmeckte auch genau so, vermutlich roch es auch so, denn Anne verweigerte ihm den Guten-Morgen-Kuss. Während er als erster ins Bad ging, setzte Anne den Kaffee auf und presste einige Orangen. Danach ging sie ins Bad, und Paul schnitt Brot und deckte den Tisch.

***

An diesem Morgen war Westhoven wie immer kurz vor halb acht in seinem Büro. Als er sich im elektronischen Zeiterfassungssystem einbuchte, stellte er fest, dass er mittlerweile mehr als 1.000 Überstunden angesammelt hatte und fragte sich wie schon oft, wie er diese jemals abbauen sollte. Wahrscheinlich würde er wie die meisten anderen seiner Kollegen diese Überstunden bis zu seiner Pensionierung vor sich hinschieben und dann einfach früher in den Ruhestand gehen, und das bei hundertprozentigen Bezügen. Das war auch kein schlechter Gedanke.

Ein Kollege hatte es so auf anderthalb Jahre gebracht.

Westhoven hatte im Augenwinkel Dember bei seiner Ankunft über den Gang schleichen gesehen. Er sah übernächtigt aus.

Gerber hingegen kam wie immer lockeren Schrittes zur Dienststelle. Offensichtlich wollte er auch am letzten Tag alles so haben wie immer.

Um 08.00 Uhr trafen sie wie gewohnt zu dritt in Westhovens Büro zusammen und besprachen die weiteren Ermittlungsschritte, als sich Doris Weber telefonisch meldete.

„Hallo Doris", meldete sich Westhoven, denn seit gestern war das förmliche Siezen nun endlich begraben.

„Guten Morgen, Paul", ihre Stimme hörte sich irgendwie fröhlicher an als sonst.

„Leider habe ich keine guten Neuigkeiten für euch."

„Moment Doris, ich schalte auf Laut. Heinz und Jochen sitzen auch hier und können direkt mithören."

„Hallo Leute. Also, das Zahnschema unseres Toten konnte bislang niemandem zugeordnet werden. Diese Rückmeldung hatte ich heute in meiner Mailbox. Es wäre ja auch zu schön gewesen. Das war das eine. Ich konnte aber anhand der Seriennummer auf der Hüftgelenkprothese endlich die Klinik feststellen."

Gerber ballte seine Finger zu einer triumphierenden Bewegung: „Ja!", kam es kurz und knapp.

„Nicht so schnell, Jochen", bremste ihn Doris Weber. „Die hatten vor zehn Jahren einen Brand im Krankenhaus und zwar an der Verwaltung. Hierbei ist die gesamte Aktenhaltung vor 1990 vernichtet worden. Das heißt, alles, was vorher archiviert war, ist ein für allemal weg. Wieder Pech, auch das wäre wohl zu einfach gewesen. Zumindest wissen wir, dass unser Mann schon mindestens 20 Jahre tot sein dürfte bzw. die Operation ist schon so lange her."

„Na prima", Westhovens Laune war mit einem Mal wieder auf einem Tiefpunkt.

„Ich bin gespannt, wann wir endlich wissen, wer der Tote ist."

Er beendete das Gespräch mit Doris Weber und wandte sich wieder an seine beiden Kollegen.

„Unsere einzige Spur, die wir jetzt verfolgen können, ist Erna Schmitz, und daher werdet ihr beide euch vordringlich erst einmal um die Tochter Ursula Meierbrink kümmern. Versucht sie zu erreichen und befragt sie dann zu Hause."

In der nächsten Zeit versuchte Gerber in immer kürzer werdenden Abständen, Ursula Meierbrink telefonisch zu erreichen. Plötzlich hatte er eine Idee. Er nahm sein Smartphone aus der Jackentasche, suchte eine Nummer heraus und wählte.

„Hallo Klaus, hier ist Jochen Gerber vom KK 11 in Köln. Kannst du mir einen Gefallen tun? Bei euch in Wissen in der Hermannstraße wohnt eine Ursula Meierbrink. Sie ist die Tochter von Erna Schmitz, und die haben wir hier als Leiche. Könntest du einen Wagen vorbeischicken, dass sich die Frau Meierbrink bei uns meldet, wir können sie telefonisch nicht erreichen. Ja, danke, ruf mich bitte hier zurück."

Dember schaute Gerber erstaunt an.

„Was war das jetzt? Welche Hilfstruppen hast du jetzt in Marsch gesetzt?"

„Es ist manchmal gut, wenn man jemanden kennt. Verbindungen schaden nur dem, der keine hat. Das war Klaus Cohn, der IPA-Vorsitzende von Betzdorf. Er ist dort beim Kriminalkommissariat. Und Betzdorf ist zuständig für Wissen. So brauchen wir die ganze Strecke nicht umsonst fahren."

„Hör mal, Jochen, das von gestern tut mir leid, wenn ich gewusst hätte…"

Gerber ließ ihn nicht aussprechen: „Lass gut sein, Heinz. Schwamm drüber."

Ein kurzer Blickkontakt flickte endgültig die Reste des schwelenden Konfliktes.

Die Filmmusik „Fluch der Karibik" ertönte, und Dembers Smartphone vibrierte auf der Schreibtischplatte. Er nahm es auf und las die eben eingegangene SMS. Ein Grinsen lag auf seinem Gesicht. Die Nachricht war von Doris, die ihn zärtlich an die letzte Nacht erinnerte und wissen wollte, ob er abends wieder zu ihr käme.

Dember drückte auf Antworten und schrieb ihr zurück: „Du bist eine tolle Frau. Ich hoffe, dass ich gegen 19.00 Uhr bei dir sein kann. Kuss. Heinz." Gerber setzte sich und schaute ihm amüsiert zu: „Irgendwie wird mir das fehlen."

***

In der Zwischenzeit fuhr ein Streifenwagen der Polizeiwache Wissen auf Bitten von Klaus Cohn zur Hermannstraße.

Bei der Anschrift handelte es sich um ein Einfamilienhaus aus den dreißiger Jahren. Der Name U. Meierbrink stand auf der Klingel.

Der Beamte drückte mehrfach den Klingelknopf. Es tat sich nichts, keine Nachfrage über den Lautsprecher, keiner kam an die Tür. Er ging zum Haus gegenüber und klingelte dort. Einen Moment später hörte er die Frage einer offensichtlich älteren Frau: „Wer ist da?" In der Stimme lag etwas Zittriges.

„Hier ist die Polizei, können Sie uns bitte reinlassen", bat der Uniformierte freundlich.

Kurze Zeit später öffnete eine etwa 85-jährige Frau in einer buntgeblümten Kittelschürze die Tür.

„Entschuldigen Sie die Störung. Kennen Sie Frau Meierbrink von gegenüber? Wir versuchen sie zu erreichen, aber sie scheint nicht da zu sein."

„Ja, natürlich kenne ich die. Aber Frau Meierbrink ist letzte Woche in Urlaub geflogen. Die wollte mal ausspannen", erzählte die Nachbarin leutselig.

„Wissen Sie, ob die Mutter von Frau Meierbrink in dem Seniorenheim hier im Bröhltal wohnt?"

„Ja, die Erna. Ist was mit ihr?", fragte sie plötzlich ziemlich erschrocken.

„Ich weiß nichts Genaues, aber es ist was passiert. Frau Schmitz ist verstorben", versuchte der Beamte behutsam zu antworten.

Die ältere Dame war sichtlich geschockt: „Die Erna ist tot?", fragte sie mit weinerlicher Stimme. „Die war immer so nett."

„Kannten Sie Frau Schmitz gut?"

Sie schluckte: „Nein, eigentlich nicht. Aber Frau Meierbrink hat viel von ihr erzählt und sich rührend um ihre Mutter gekümmert. Zu mir kommt ja leider keiner mehr. Mein Mann ist schon lange tot, und wir hatten keine Kinder, wissen Sie."

„Haben Sie eine Erreichbarkeit von Frau Meierbrink?", hakte der Beamte ein.

„Tut mir leid, ich weiß noch nicht mal, wohin sie genau ist. Sie hat es mir erzählt, aber ich habe es vergessen. Ich kann mir leider nicht mehr alles merken", sagte sie entschuldigend.

„Wissen Sie denn, wann Frau Meierbrink wieder zurück ist?"

„Ich glaube, die wollte drei Wochen fliegen."

Er hinterließ einen Zettel mit der Telefonnummer der MK Privileg und bat die ältere Dame darum, diesen Frau Meierbrink sofort auszuhändigen, sobald sie zurückkäme.

Zurück auf der Wache in Wissen rief der Streifenbeamte sofort die Nummer von Jochen Gerber im Präsidium in Köln an. Als er ihm Bericht erstattete, erwähnte er, dass die ältere Nachbarin schon ziemlich vergesslich wäre.

Gerber fühlte sich durch diese Aussage an seinen kranken Vater erinnert. Ihm graute vor der Vorstellung, dass sein Vater ihn, genau wie seine Mutter, nicht erkennen würde.

Er informierte Westhoven und holte sich die Liste des Grundbuchamtes aus dem Postfach im Geschäftszimmer.

Gerber bat Westhoven darum, sich nach dem Mittag nicht mehr an den Ermittlungen beteiligen zu müssen. Er wollte die letzten Stunden dazu nutzen, seine wenigen persönlichen Sachen in Kartons zu verpacken und seine Codekarte, seinen Dienstausweis und seine Waffe, eine Walther P99, abzugeben. In Hamburg würde er diese Sachen neu bekommen. Eine große Umstellung wegen der Dienstwaffe kam nicht auf ihn zu, denn auch in Hamburg war die Polizei mit der P99 ausgerüstet.

„Natürlich kannst du dich ausklinken. Mach deine Sachen fertig, damit du nicht am letzten Tag noch Überstunden machen musst", stimmte Westhoven zu.

***

Gegen 10.30 Uhr klingelten Dember und Gerber bei Armin Rasch, dem neuen Besitzer des Hauses, das dieser bei einer Zwangsversteigerung preiswert erworben hatte. Er wohnte in einer Jugendstilvilla in Köln-Marienburg, dessen Fassade durch üppige hellblaue Glyzinienblüten teilweise verdeckt war. Der parkähnliche Garten war gepflegt, und Buschinseln wechselten sich im englischen Stil mit altem Baumbestand ab. Im Hintergrund stand ein gemauerter Pavillon. Das Areal war durch einen schweren, grün gestrichenen Metallzaun eingezäunt. Das doppelflügelige Tor war mannshoch.

„Ja, bitte. Wer ist da?", tönte es aus dem Lautsprecher oberhalb der Klingel in der linken Steinsäule des Eingangstores. Die grüne LED neben der Kameralinse leuchtete auf.

„Hier ist die Polizei, mein Name ist Gerber von der Kölner Mordkommission." Diesen Satz würde er wahrscheinlich zum letzten Mal gesagt haben. Gleichzeitig hielt er seinen Dienstausweis vor die Kameralinse.

Mit einem leichten, aber unüberhörbaren Surren öffnete sich wie von Geisterhand der rechte Flügel des Tores. Die beiden Ermittler fühlten sich von der schwenkenden Überwachungskamera, die sich 5 Meter hinter dem Tor befand, irgendwie verfolgt.

Als sie näher auf den Hauseingang zukamen, konnten sie im Garten die sorgsam gepflegten, zum Teil wertvollen, exotischen Pflanzen, wie zum Beispiel einen riesigen Ginkgobaum, aber auch ausgesuchte einheimische Gehölze sowie einen kleinen Teich mit Wasserfontäne bewundern.

„Ich glaub, ich hab den falschen Beruf", brummte Dember.

„Tja, wer hat, der hat", kommentierte Gerber trocken.

Die Haustür öffnete sich, und ein etwa sechzig Jahre alter Mann mit strahlend grünen Augen und dichtem blonden Haar kam auf sie zu. Er trug eine braune Hose von Brioni, ein schneeweißes maßgeschneidertes Hemd, einen gelben Kaschmirschal und weiche Mokassins aus Elchleder. Dember überschlug kurz den Einkaufspreis dieses lässigen Outfits und stellte fest, dass es bei Weitem sein Monatsgehalt überstieg.

„Guten Tag, die Herren, Sie kommen sicher wegen der Leiche in meinem neuesten Objekt?", klang der Satz eher fragend.

„So ist es", bestätigte Dember. „Sind Sie Herr Rasch?", vergewisserte er sich. Der Mann mit dem gelben Schal nickte. „Sie haben vor knapp drei Monaten das Haus in der Viersener Straße erworben."

„Ja, ich habe das Haus ersteigert. Wenn Sie noch weitere Fragen haben, dann kommen Sie doch bitte herein. Gehen wir doch in die Bibliothek." Er ging voran, und die beiden KK 11er folgten ihm.

Sie gingen durch die Eingangshalle, die wie eine Ausstellung von Möbeln verschiedener Zeitepochen wirkte. Der Bewohner des Hauses war offenbar Sammler. Dember fand die Einrichtung sehr gelungen.

Durch das Fenster der Bibliothek konnten die beiden in den Garten auf die frühere Remise blicken. Die ehemaligen Tore waren durch große Glasfenster ersetzt worden. Durch diese gläsernen Rundbögen schaute man in einen perfekten Fitness- und Poolbereich.

Sie setzten sich auf die bequemen Ledersessel, und Armin Rasch bot ihnen Wasser oder Orangensaft an.

„Das ist sehr nett von Ihnen, da sage ich nicht nein. Für mich bitte einen O-Saft", sagte Gerber. Dember trank lieber ein Glas stilles Wasser.

„Wie kamen Sie gerade auf dieses Haus?", nahm Dember den Gesprächsfaden wieder auf.

„Ich kaufe in der Regel nur Objekte aus Zwangsversteigerungen. Die sind meist für einen ‚Appel und ein Ei' zu bekommen. Und außerdem wollte ich schon immer ein Haus in Nippes besitzen. Ich liebe Nippes. Meine jetzige Frau ist dort aufgewachsen."

„Hatten Sie einen bestimmten Grund, dass es dieses Haus sein musste?", hakte Dember nach. Rasch schüttelte den Kopf.

„Nein, das hat sich aus Zufall ergeben."

„Warum haben Sie die Mauer im Keller einreißen lassen?", war die nächste Frage.

„Ich kaufe Objekte preiswert an, saniere sie, investiere gern in eine gehobene Ausstattung, das erhöht die Gewinnmarge, und verkaufe dann in der Regel diese Objekte als Eigentumswohnungen. Die Entkernung des Kellers war eine der ersten Maßnahmen. Der Keller musste gründlich neu gestaltet werden. Danach wären dann das Treppenhaus, Sanitär- und Elektroinstallation usw. erneuert worden", erklärte Herr Rasch. „Der Wert des Hauses vervielfacht sich auf diese Weise." „Haben Sie irgendwelche früheren Bezüge zu dem Haus in der Viersener Straße?", wollte Gerber wissen. Rasch schüttelte verneinend den Kopf.

„Würden Sie bitte einen Blick auf unseren Toten werfen", bat er und hielt ihm ein Foto hin.

„Diesen Mann kenne ich nicht, ich habe ihn noch nie gesehen. Wie heißt denn dieser Mann?"

„Das wüssten wir auch gern", gab Dember zu. „Danke, Herr Rasch, das war auch schon alles. Wenn Ihnen noch irgendetwas einfällt, rufen Sie uns bitte an", dabei schob er ihm seine Visitenkarte über den Tisch.

„Ein schönes Domizil haben Sie hier", sagte Gerber, während er im Aufstehen sein Glas leerte.

„Da stimme ich Ihnen zu, Herr Kommissar. Das hier ist sozusagen mein Sommerhaus. Im Winter hält mich nichts in Köln, da sind wir lieber auf unserer Finca an der Costa del Sol in der Nähe von Marbella. Wir haben dort viele Freunde und Bekannte, und es ist von den Temperaturen einfach angenehmer", schwärmte er regelrecht.

Als sie zurück zum Auto gingen, bot Gerber an, einen Vermerk über das Gespräch zu fertigen. Um hier eine ausführliche Vernehmung durchzuführen, wusste Herr Rasch nun wirklich nicht viel zu sagen. Ein Vermerk würde genügen.

„Übrigens, Heinz, das war meine letzte Aktion hier. Ich muss noch meinen dienstlichen Krempel, wie Waffe und so, der Verwaltung zurückgeben. Das mache ich nach dem Essen, und dann räume ich meinen Schreibtisch und Spind leer. Was hältst du von einer großen Portion „CPM"[23] und einer Cola in Levents Grill? Ich lad dich ein."

„Super Idee, auf ein Schutzmannsgedeck habe ich jetzt echt Heißhunger. Die Currysoße von Levent ist wirklich zum Reinlegen. Sie ist die beste, die ich in Köln kenne, ich bin dabei."

Sie fuhren zurück zum Präsidium, stellten den Wagen in die Tiefgarage unter Gebäudeteil C und gingen zu Levents Grill. Kaum hatten sie den Imbiss betreten, erfolgte das übliche Begrüßungsritual:

---

23 *Currywurst, Pommes, Mayonnaise*

„Hallo, wie geht's?", fragte Levent.
„Gut, und selbst?", antwortete Gerber.
„Ja muss, ne", war Levents Standardantwort, welche sie in den nächsten 20 Minuten noch mehrfach hörten.

***

Westhovens Telefon klingelte. Er erkannte die Durchwahl von Staatsanwalt Asmus auf dem Display natürlich sofort. Als er den Hörer hochnahm, begrüßte er ihn direkt mit den Worten:
„Hallo, Herr Asmus, hier Paul Westhoven."
„Guten Tag, Herr Westhoven. Wie sieht es aus in der MK Privileg, gibt es etwas Neues?", wollte Asmus wissen.
„Jein…. also, es könnte sein, dass eine Zeugin, die mit uns sprechen wollte, absichtlich überfahren wurde. Sicher ist das aber nicht, aber wenn Sie mich fragen, war es so."
Asmus wurde schlagartig neugierig.
„Was heißt das, Herr Westhoven, wie muss ich das jetzt verstehen?", wollte er wissen.
Westhoven erzählte ihm von dem Anruf einer Erna Schmitz auf der Kriminalwache und von dem tödlichen Unfall. Er ergänzte auch sofort, dass die Tochter von Frau Schmitz leider in Urlaub und nicht zu erreichen sei. „Und weitere Hinweise sind aufgrund der Öffentlichkeitsfahndung in der Zeitung leider auch nicht eingegangen", beendete Westhoven die Sachstandsdarstellung.
„Das mit dem tödlichen Scheinbarunfall klingt ja sehr interessant, halten Sie mich bitte auf dem Laufenden. Wenn Sie irgendwelche Beschlüsse brauchen, lassen Sie es mich wissen", bot er bereitwillig an.
Westhoven schaute etwas überrascht, denn normalerweise war Asmus in dieser Hinsicht eher etwas zurückhaltend. „Verstanden, Herr Asmus, ich komme darauf zurück."

***

Gerber ging nach der Mittagspause direkt zur Waffenkammer und räumte sein Fach leer. Mit Pistolenkoffer, Pfefferspray, dem Päckchen mit 50 Patronen und den Handschellen, die er alle in einen Pappkarton gepackt hatte, ging er zur Einsatzmittelverwaltung und gab seine Ausrüstung zurück. Ihm war schon ein wenig seltsam zumute, als er seine Unterschrift unter das Rückgabeformular setzte. Es hatte für ihn so etwas Endgültiges, denn eigentlich hing sein Herz an Köln, und er hatte hier gern gelebt und gearbeitet. Über 20 Jahre in Köln hatten doch Spuren bei ihm hinterlassen.

Die nächsten 90 Minuten verbrachte er bei verschiedenen Verwaltungsstellen mit seiner weiteren „Ausmusterung" aus dem Polizeipräsidium Köln.

Dember saß zur gleichen Zeit in seinem Büro, um die Namen der ehemaligen Hausbesitzer mit den Ziffern 1 – 14 zu versehen und Spurenakten anzulegen. Es war für ihn eine grundsätzliche Reihenfolge, nach der er die Zeugen aufsuchen wollte.

Gegen 15.00 Uhr kam Westhoven ins Büro zu Dember und Gerber herüber und bat sie, in den Besprechungsraum zu kommen. Dort warteten schon alle anderen sich im Dienst befindlichen Kolleginnen und Kollegen des Kommissariats, der Inspektionsleiter und sogar der Direktionsleiter Bert Stellmacher.

Er stellte kurz den dienstlichen Werdegang des nun nach Hamburg gehenden Kollegen dar und erwähnte seine besonderen dienstlichen Erfolge. Mit lobenden Worten bedankte sich der Kripochef bei Jochen Gerber für seine hervorragende Mitarbeit in über 20 Jahren und wünschte ihm alles Gute für seine Zeit in Hamburg und vor allen Dingen auch für seine Eltern.

Der Inspektionsleiter schloss sich den Worten seines Chefs an und überreichte als Abschiedsgeschenk eine Fotocollage mit allen Gesichtern der Dienststelle sowie einen Designer-Füllfederhalter von Pelikan. Gerber war einer der wenigen Beamten, die noch immer mit Füllfederhalter schrieben.

In Gerbers Augen waren deutlich Tränen sichtbar, die er sofort wegwischte. *Hoffentlich hat das niemand bemerkt*, dachte Gerber, den die Worte der beiden Vorgesetzten sehr berührt hatten. Um seine Rührung zu überspielen, flüsterte er Westhoven, der neben ihm stand, zu:

„Solche Abschiedsreden sind genau wie die Reden auf einer Beerdigung. Es gehen anscheinend immer nur die Besten, der einzige Unterschied ist, hier muss man das Ganze selbst ertragen."

Dann folgte auf das obligatorische Handschütteln, die Umarmungen und die gegenseitigen Versprechungen, dass man sich melden würde, schließlich sei man nicht aus der Welt, das übliche Glas Kölsch.

Westhoven nahm Dember zur Seite und sagte leise, dass er dann ab Montag zusammen mit dem Kollegen Krogmann die Ermittlungen weiterführen würde.

„Bin schon sehr gespannt, wie das Nordlicht ist", war dessen Reaktion. „Arndt war ja anscheinend ziemlich angetan von dessen kurzem Besuch."

Das Wochenende verlief für Westhoven und Dember ruhig. Es erfolgten keine Anrufe der Kriminalwache, die nun weitere Hinweise aufnehmen sollten.

Westhoven verbrachte den ganzen Samstag mit Anne in der Claudius Therme mit seiner eisenhaltigen Thermalquelle in Deutz, um einmal wieder in der Sauna vollständig zu entspannen. Am Sonntag besuchten sie Annes Eltern in Odenthal, womit ein Teil der samstäglichen Erholung schon wieder aufgebraucht war.

Heinz Dember verbrachte das gesamte Wochenende bei Doris Weber. Sie genossen das Zusammensein, stellten fest, dass sie doch unendlich verliebt seien, und schmiedeten Zukunftspläne. Samstags ließen sie sich das Essen aus dem Chinaimbiss bringen, am Sonntag aus der nahe gelegenen Pizzeria.

SIEBZEHN

Am Montagmorgen saßen Paul Westhoven und Anne beim Frühstück. Anne goss sich gerade die zweite Tasse Kaffee ein, als Paul aus heiterem Himmel erklärte: „Sternchen, un-ser alter Golf fährt zwar noch, aber in absehbarer Zeit wird er entweder streiken, oder ich werde ihn nicht mehr durch den TÜV bekommen. Was hältst du eigentlich davon, wenn wir uns ein neues Auto kaufen? Es ist ja bald deine Lebensversicherung fällig, dann könnten wir es uns leisten", versuchte er sie zu überzeugen.

„Paul, du weißt doch, dass ich die Lebensversicherung für eine neue Küche abgeschlossen habe. Und zwar vor deiner Zeit."

„Ja, Anne, ich weiß. Aber ich glaube, dass das Geld für die Küche und ein Auto reicht. Es muss ja nicht unbedingt ein Neuwagen sein, nach drei Jahren ist der Wagen schon erheblich billiger und trotzdem noch immer wie neu."

„Hast du denn einen bestimmten Wagen im Auge?", erkundigte sich Anne und Paul wirkte erleichtert, dass sie scheinbar ihren Widerstand aufgab.

„Ich dachte an einen 3er oder 5er BMW. Aber noch besser würde mir ein Geländewagen gefallen, ein BMW oder ein Volvo. Der kann ruhig ein paar Jahre alt sein, neu sind die viel zu teuer, und den Wertverlust müssen ja nicht unbedingt wir bezahlen."

„Ja, Paul, je größer die Jungs, desto größer werden die Spielsachen. Wir machen uns mal schlau und dann entscheiden wir uns, was meinst du?", erwiderte Anne und wandte sich ihrem Kaffee zu.

Er lächelte sie mit strahlenden Augen an.

Paul Westhoven beugte sich über den Tisch und gab ihr einen Kuss: „Du bist einfach klasse, Anne." Gut gelaunt verließ er das Haus, ging zur Garage und fuhr zum Präsidium. Er benutzte nun regelmäßig den Eingang am Walter-Pauli-Ring. Das schmale „Schwimmbaddrehtörchen", welches oft hakte, würde ihm sonst sicher die gute Laune verderben.

***

Die Uhr auf dem Bildschirm zeigte 07.15 Uhr, als er sich als anwesend einbuchte.

Eine gute Viertelstunde später sortierte und las er gerade die wenigen Posteingänge, während in seiner Tasse der Rest seines ersten Büro-Kaffees kalt wurde, als Toni Krogmann in der offenen Bürotür stand.

„Guten Morgen, du musst Paul Westhoven sein. Ich bin Toni", ging sie zu seinem Schreibtisch und streckte ihm die Hand zur Begrüßung entgegen.

Westhoven verstand nichts. Nichts lag ihm ferner als der Gedanke, die blonde junge Frau in Jeans und Figur betonendem Pullover könnte die erwartete Kommissionsverstärkung Toni Krogmann sein. Er ignorierte die ihm angebotene Hand.

„Wie, Toni? Wer sind Sie, bitte? Was wünschen Sie?"

„Ich bin Kriminalhauptkommissarin Toni Krogmann, genau genommen: Antoinette Krogmann aus Hamburg.

Ich bin die neue Kollegin und deiner Kommission zum Dienst zugeteilt, wie Arndt mir gesagt hat. Mit dem habe ich letzte Woche schon gesprochen."

Nun endlich reichte Westhoven ihr die Hand.

‚Na warte, *Arndt*, dachte er sich. Er beschloss, es ihm bei der nächsten Gelegenheit zurückzuzahlen. Er hatte ihn bewusst in die Falle laufen lassen, indem er verschwiegen hatte, dass es sich bei Toni Krogmann um eine Kollegin handelte. Vermutlich hatte es ihm riesigen Spaß gemacht.

„Herzlich willkommen, Toni. Du kommst genau richtig, denn Jochen, also dein Vorgänger, dürfte heute schon in Hamburg sein. Komm, ich zeig dir deinen Schreibtisch."

Westhoven ging an ihr vorbei in den Flur und schloss im Nebenbüro die Tür auf, denn Dember war noch nicht da. „Kannst dich hier schon mal einrichten. Der linke Schreibtisch ist deiner. Kollege Dember, also Heinz, kommt sicher gleich. Ihr habt heute einiges zu tun. Kaffee kriegst du da drüben in der Küche. Du kannst auch bei unserem ‚Kioskmann' eine Flatrate für den ganzen Monat buchen, aber das kannst du später alles mit Heinz klären." Westhoven nahm die Akte der MK Privileg von Dembers Tisch: „Hier, kannst dich mal einlesen. Wenn was ist, ich bin wieder in meinem Büro. Eins würde mich aber interessieren: Warum Köln?", schaute er sie fragend an.

Toni Krogmann war klar, dass diese Frage kommen würde, und antwortete mit einem wohlwollenden Blick, als wenn sie schon darauf gewartet hätte: „Der Liebe wegen."

„Na, dann drück ich dir mal die Daumen, dass alles so läuft, wie du es dir vorgestellt hast", Westhoven dachte dabei an die hohe Scheidungsbzw. Trennungsrate, denn gerade ein Job bei der Mordkommission war oftmals eine harte Probe für jede Beziehung, nicht zuletzt für seine eigene.

Westhoven las im Intranet die aktuellste Kriminalitätsentwicklung. Dabei sprangen ihm die vielen Wohnungseinbrüche ins Auge. Außerdem gab es in der vergangenen Nacht zwei Vergewaltigungen, vier Sterbefälle und drei Raubdelikte, zu denen die Kriminalwache ausrücken musste. Hinweise oder Informationen zu dem Unfall mit Erna Schmitz oder einem schwarzen 5er-BMW fand er keine.

ACHTZEHN

Er fuhr mit seinem BMW X6 Cabrio in die Tiefgarage seiner Firma in der Kölner Innenstadt. Einen Parkplatz zu finden, war um diese Zeit nahezu unmöglich, und eigentlich wollte er sein teures Auto auch nicht auf der Straße und schon gar nicht unter einem Baum parken. Ein Vogel könnte seine weißen Exkremente auf dem Dach platzieren. Nein, die 150 € Monatsmiete zahlte er sowieso vom Firmenkonto.

„Guten Morgen", wurde er freundlich von einem seiner Mitarbeiter begrüßt, als er den Wagen abschloss. „Toller Wagen", glänzten dessen Augen.

„Es war längst fällig, dass ich ihn aus der Garage hole. Die Limousine ist doch nichts bei diesem schönen Wetter", sagte er überheblich.

Sein Mitarbeiter und er fuhren mit dem engen Aufzug aus der Tiefgarage direkt in die dritte Etage. Die Aufzugtür öffnete sich, und sie standen unmittelbar vor der Rezeption seiner Firma.

Fast zeitgleich grüßten sie die nette ältere Dame am Empfang. Diese hob schnell ein paar Briefe und den Kölner Stadtanzeiger hoch und wedelte damit. Er nahm alles mit in sein großzügiges Büro, welches hochmodern eingerichtet war und einen schönen Blick auf den halbverdeckten Kölner Dom zuließ.

Sein Schreibtisch war sortiert, und auf dem Bildschirm drehte das Logo der Firma seine schwungvollen Kreise.

Er blätterte den Lokalteil im Kölner Stadtanzeiger auf und war erleichtert, dass der Unfall keine Erwähnung mehr fand.

Er wusste nicht, ob er Nervosität fühlte oder ob es wieder dieses erregende Machtgefühl wie damals war. Aus seiner Sicht war es notwendig gewesen, Erna Schmitz aus dem Weg zu räumen. Schließlich hätte sie ihn verraten können. Die Gefahr, dass die Kripo auf ihn kommen könnte, war einfach zu groß. Gut, dass sie angerufen und auf seinen Anrufbeantworter gesprochen hatte, dass sie den Toten auf dem Plakat erkannt hätte. Sie hatte davon gesprochen, dass er doch gar nicht tot sein könne. Er hätte ihr doch sogar noch zu ihrem 80. Geburtstag geschrieben. Sie könnte das alles nicht verstehen und deshalb wollte sie zur Polizei. Sie hätte sich sogar schon den Zug herausgesucht.

Genau das war es. Offiziell war sein Kompagnon für die Firma tätig, schrieb Briefe, gab Anweisungen und erschien im jährlichen Firmenbericht. Keiner hätte jemals daran gedacht, dass er ihn erschlagen, in die Kühltruhe gesteckt und im Keller seines Hauses eingemauert hatte. 25 Jahre war das jetzt her, er wäre wie er selbst dieses Jahr 61 Jahre geworden.

Nachdem er die Leiche sicher versteckt hatte, hatte er dessen Identität angenommen. Er war nach Ostasien geflogen, hatte die geplante Zweigstelle für Sensor- und Messtechnik gegründet, um dann mit einem Kreuzfahrtschiff wieder einzureisen. Die damaligen Personenkontrollen waren nicht so streng wie heute, und so ging sein Plan auf. Sein Name stand auf keiner Passagierliste, und sein Kompagnon hatte Deutschland offiziell und nachprüfbar verlassen.

Von da an hatte er selbst die Zweigstelle mit nunmehr vier Mitarbeitern geführt, die ihren Chef nie zu Gesicht bekommen hatten, weil dieser für diese Mitarbeiter wiederum in der Hauptstelle der Firma arbeitete. Und zwar in Köln.

Seit nunmehr einem Vierteljahrhundert stand die Firma für ausgereifte Technik, beständige Innovation, Anwendungserfahrung, höchste Qualität und maximale Kundenorientierung. Darauf war er sehr stolz.

Er versank noch tiefer in Gedanken, und mit einem Mal lief der „Unfall" wie ein Film vor ihm ab. Vor seinem geistigen Auge schlug Erna Schmitz mit aufgerissenen panischen Augen mit voller Wucht mit dem Kopf auf die Frontscheibe seines BMW auf und im gleichen Moment wirbelte sie über das Autodach nach hinten und landete regungslos auf dem Asphalt. Im letzten Moment gelang es ihm, einen Frontalaufprall mit dem Laternenmast zu verhindern.

Der Lautsprecher auf seinem Schreibtisch ertönte: „Herr Hartmann ist jetzt da." Er drückte auf die Sprechtaste: „Schicken Sie ihn bitte herein", antwortete er. Herr Hartmann war einer seiner fähigsten Ingenieure und wollte nun mit ihm über eine Gehaltserhöhung verhandeln.

NEUNZEHN

Es war mittlerweile halb neun, als Heinz Dember auf die Dienststelle kam. Er hatte es an diesem Morgen einfach nicht geschafft, aus dem Bett zu kommen. Wenn sich die MK 6 nicht in einer Mordermittlung befunden hätte, wäre das ja in Ordnung gewesen, aber so galt für Dember die Gleitzeitregelung nicht. Die Mordkommission fing generell morgens zu dem vorher vereinbarten Zeitpunkt an, dieser war zurzeit 07.30 Uhr. Selbst der extrem starke Kaffee, den Doris ihm am Morgen gekocht hatte, obwohl ihr von dessen Geruch sofort wieder schlecht geworden war, hatte ihm nicht geholfen. Er hatte starke Ränder unter den Augen, die er vor lauter Müdigkeit kaum aufhalten konnte. Als Paul Westhoven Dember auf dem Flur sah, verkniff er sich die Bemerkung „Machst du heute Spätdienst?", denn er sah mitleiderregend aus.

Heinz Dember grüßte Westhoven im Vorbeigehen nur kurz, und dieser schmunzelte, weil er sich die Situation, die nun Sekunden später eintreten würde, vorstellte.

Dember blieb wie gebannt im Türrahmen stehen und starrte Toni Krogmann mit offenem Mund an. Toni, die gerade die Handakte, die Westhoven ihr gegeben hatte, fertig gelesen hatte, hob den Kopf und sah seine Verwunderung.

Die junge Frau mit den blonden Locken lachte ihn an.

„Hallo, du musst Heinz sein."

Er trat einen Schritt näher ins Zimmer.

„Und wer bist du, wenn ich fragen darf?"

„Ich bin Toni", sagte sie lachend und streckte ihm die Hand zur Begrüßung entgegen. „Ich bin die Neue aus Hamburg", ergänzte sie, als sie bemerkte, dass auch er die Situation nicht verstand. Plötzlich hellte sich das Gesicht von Dember auf.

„Du bist Toni", lachte er schallend. „Das ist aber mal ein Ding, alle hier haben gedacht, Toni sei ein Mann. Na, die Überraschung ist dir aber gelungen."

„Überrascht war ich auch, ich dachte, ihr wüsstet das. Was aber wohl offensichtlich nicht der Fall war", grinste sie.

Dember schwieg einen Moment und konnte dabei den Blick nicht von seiner neuen Kollegin lassen. Ihm fiel im Augenblick nichts Besseres ein als:

„Ich hol mir mal einen Kaffee. Möchtest du auch einen?"

„Ach ja, warum nicht. Ich könnte noch einen Kaffee gebrauchen. Ich komme mit in die Küche", erhob sie sich und ging vor Dember her, als würde sie schon Jahre hier arbeiten und sich auf der Dienststelle vollständig auskennen.

Dember raubte der Anblick der sportlich vor ihm gehenden Kollegin den Atem. In diesem Moment war jeder Gedanke an Doris Weber aus seinem Kopf verschwunden, und durch den plötzlichen Hormonüberschuss war seine Trägheit wie weggeblasen. Anne Westhoven hatte recht, wenn sie Dember als testosterongesteuerten Bonobo [24] bezeichnete. Er war unverbesserlich und machte seinem Ruf alle Ehre.

***

Um 09.00 Uhr war die alltägliche Frühbesprechung angesetzt. Westhoven, Dember und Toni saßen im Besprechungsraum.

„Ich hoffe, ihr hattet ein schönes Wochenende und habt euch einigermaßen erholt, was bei dir, Heinz, so wie du aussiehst, wohl nicht der Fall gewesen sein dürfte."

„Ja, entweder schönes Wochenende oder erholen", konterte Dember.

„Mein Wochenende war auch super. Die Rheinwiesen sind einfach toll, fast so schön, wie an der Alster. Wir haben uns schön von der Sonne verwöhnen lassen", gab Toni eine Zusammenfassung ihres Wochenendes.

„Anne und ich haben uns ein Wellnesswochenende geleistet, nur der Besuch bei meinen Schwiegereltern passte nicht so ganz in das Programm." Westhovens Gesichtsausdruck sprach Bände.

Von einem Moment auf den anderen wurde er plötzlich dienstlich.

„So Leute, ich habe heute einen Termin bei Asmus und bei unserem werten Inspektionsleiter. Die wollen den Sachstand aus erster Hand", ergänzte er. „Ich nehme an, ihr nehmt euch heute die Liste vom Grundbuchamt vor", blickte er Dember an.

„Ja, so wie geplant", erwiderte dieser.

Im Büro brachte er seine neue Kollegin noch auf den neuesten Stand: „Letzten Freitag waren wir bei dem jetzigen Hausbesitzer. Ich kann dir sagen, das war wie bei ‚Schöner Wohnen'. Helfen konnte der uns aber gar nicht. Ich wette, der weiß noch nicht einmal, wie viele Häuser er besitzt. Wir müssen also die Liste weiter abgrasen", sprach er und hielt ihr die Übersicht hin. „Das ist die Reihenfolge, die ich mir Freitag noch

---

24 Zwergschimpansenart mit übersteigertem Sexualverhalten

kurzfristig überlegt habe. Es ist fahrtechnisch günstig, und so müssen wir nicht ständig die Rheinseite wechseln. Solche frustrierenden Ermittlungen nerven mich total."

***

Dember und Krogmann erreichten gegen 10.00 Uhr die Kunstfelder Straße in Köln-Dünnwald. Der gesuchte Name stand auf einem Türschild aus Messing mit integriertem Klingelknopf rechts neben der Tür.

„Ach, okay. Das ist der Vorbesitzer. Bin gespannt, ob der was weiß", sagte Krogmann.

Dember staunte nicht schlecht: „Da hat aber jemand seine Hausaufgaben gemacht."

Toni Krogmann grinste, hatte sie doch genau heute Morgen die richtige Stelle gelesen, nachdem Westhoven ihr die Akte in die Hand gedrückt hatte.

Die Haustür öffnete sich, und nach gegenseitiger Vorstellung und wenigen Worten war für die Ermittler unverkennbar, dass der Mann noch nicht einmal wusste, dass es unter der Kellertreppe eine Mauer gegeben hatte.

Um nicht alle Ermittlungsberichte über die Gespräche mit den ehemaligen Hausbesitzern selbst schreiben zu müssen, belehrte er den Zeugen und sprach dann die Vernehmung ins Diktiergerät. Dies würde später im Kommissariat geschrieben werden, er brauchte dann nur noch unterschreiben und so die Richtigkeit des Berichts bestätigen. Auf Wunsch spielte Dember dem Zeugen die Vernehmung noch einmal vor.

Von Dünnwald aus fuhren sie ins angrenzende Leverkusen zum Willy-Brandt-Ring, dort war der Firmensitz einer Immobilienfirma, die das Haus auch einige Zeit im Besitz gehabt hatte. Wie Dember schon erwartet hatte, tendierte die Brauchbarkeit der Aussage des Geschäftsführers gegen Null. Er konnte lediglich bestätigen, dass das Haus in der Viersener Straße vor etlichen Jahren kurz im Besitz gewesen war.

Als das Ermittlerteam um 11.20 Uhr von Leverkusen über die B 8 nach Köln-Mülheim fuhr und die Keupstraße überquerte, erzählte Dember von dem „Mörderhasen", der an Karneval Ralf Baum im Imbiss Yalla erschossen hatte, und wie sich mehrere Mordfälle an jungen

Frauen und der Mord im Imbiss überschnitten hatten [25]. Besonders die spektakuläre Festnahme des Täters durch Paul Westhoven schien Toni Krogmann zu imponieren.

„Ganz schön sportlich, unser Kommissionsleiter. Er liefert dem Täter quer durch die Stadt ein Rennen und schafft es dann noch, den Kerl im Bahnhof trotz seines Messers festzunehmen", klang Krogmann ziemlich beeindruckt.

„Ja, ich war auch ziemlich überrascht. Ich hatte Paul das gar nicht zugetraut. So lange kenne ich ihn ja auch noch nicht. Ich bin ja selbst erst seit September letzten Jahres auf der Dienststelle. Ich wusste auch gar nicht, dass er so ein begnadeter Kampfsportler ist. Der Schokoladenspeck, den er sich, seitdem er mit dem Rauchen aufgehört hat, zugelegt hat, stört ihn überhaupt nicht. Vielleicht ist ein Bauch bei Männern gar nicht so schlimm. Zumindest bei Paul nicht", spielte er auf Westhovens Schokoladenriegelsucht an.

„Ich finde, der Bauch steht ihm, unserem Herrn Hauptkommissar", bemerkte Krogmann.

Dember, der mehr Wert auf seine Figur als auf seine Fitness legte, wollte etwas erwidern, murmelte aber dann nur etwas Unverständliches.

Kurze Zeit später parkten sie ihren Wagen auf dem Parkplatz vor der Mülheimer Stadthalle. Von dort hatten sie nur wenige Meter zu Fuß bis zur nächsten Anschrift, einer Firma am Wiener Platz. Vergeblich suchten sie den Firmennamen auf den zahlreichen Klingelschildern. Dember bat seine neue Kollegin, die Firmenanschrift im Büro noch einmal zu überprüfen und darüber einen Aktenvermerk zu schreiben.

Heinz Dember schaute auf die Uhr. Es war kurz vor Mittag, Kantinenzeit.

„Hast du Hunger?", fragte er, und Toni Krogmann nickte zustimmend.

„Was hältst du von Mäckes, das ist gleich hier vorne", zeigte er in Richtung Frankfurter Straße.

„Einverstanden, ich gebe einen auf die neue Bürogemeinschaft aus."

Der noch immer angeschlagene Dember konnte kaum den schnellen Schritten von Toni Krogmann folgen.

---

25 s. Mörderischer Fastelovend

***

„Ich hätte gerne einen Veggieburger, einen Chefsalat und eine Cola light ohne Eis", bestellte sie. Heinz Dember hatte schon einen frechen Spruch von wegen Damenmenü auf der Zunge, behielt diesen dann aber doch für sich. Er wollte sich nicht gleich am ersten Tag unbeliebt machen oder als Vollidiot eingestuft werden.

Er bestellte sich vier normale Hamburger und eine Barbecuesoße zusätzlich. Toni schaute erstaunt auf das Tablett.

„Das waren schon als Kind meine Lieblingsburger, die vielen neuen Kreationen sind nicht mein Ding", erzählte er, ohne dass seine Kollegin danach fragte.

Dember hatte gerade den ersten Bissen im Mund, als Doris Weber anrief.

„Hallo Schatz, ich bin grad beim Mäckes und hab den Mund voll."

„Iss ruhig weiter, ich wollte nur fragen, ob du heute länger machst und ob du Lust hast, nachher bei mir vorbeizukommen", sagte sie. Ihr Tonfall erinnerte ihn an eine gurrende Taube. Was Liebe alles macht.

„Nichts lieber als das. Ich muss aber kurz zu Hause vorbei und mir ein paar Sachen einpacken."

Auch seine Stimme wurde sanfter und die Tonlage eine Terz höher.

„Soll ich uns einen leckeren Salat mit Putenstreifen und Balsamicodressing machen? Für danach habe ich noch Walnusseis mit Eierlikör im Angebot."

„Hört sich sehr gut an, mein Schatz. Ich freue mich."

„Okay, klingel kurz durch, falls du doch länger machst", schickte sie ihm noch einen Kuss durchs Netz.

Dember war ein Kuss am Telefon, während seine neue Kollegin zuhörte, peinlich, so drehte er sich zur Seite und flüsterte stattdessen:

„Ich hab dich auch lieb."

Toni Krogmann schmunzelte. Seine Verlegenheit war ihr nicht entgangen.

***

Um 11.45 Uhr verließ Westhoven nach einem Gespräch mit Staatsanwalt Asmus das Gebäude der Staatsanwaltschaft an der Luxemburger

Straße. Um fit zu bleiben, lief er vom Büro in der 6. Etage über die Treppe nach unten zum Ausgang.

Die Ermittlungsakte und die Tatort- und Fotomappe hatte er unter seinen linken Arm geklemmt. Asmus hatte sich seiner Ansicht nach ziemlich beeindruckt gezeigt, obwohl dieser Routinier doch schon Schlimmeres im Laufe seiner Amtszeit gesehen hatte. Westhoven konnte es sich nicht erklären, aber im Grunde war es auch nicht wichtig.

Er ging über den schmalen Fußweg zum Parkhaus, denn auf dem Außenparkplatz war kein Platz frei gewesen, als er angekommen war.

Im Auto schaute er aufs Display seines Handys, denn für das Gespräch hatte er das Gerät in den Lautlos-Modus versetzt. Ein Briefumschlag oben rechts deutete ihm an, dass eine SMS eingegangen war. Sie war erst fünf Minuten alt.

\>>Hallo mein Schatz, mache gerade Mittagspause. Wo steckst du, in deinem Büro bist du nämlich nicht? Kuss. Anne.<<

Westhoven drückte für einen Rückruf auf das grüne Hörersymbol.

„Hey Paule, hast du meine Nachricht bekommen?", freute sich Anne, die gerade das Versicherungsgebäude am Neumarkt verlassen hatte, um Mittagspause zu machen, über den Anruf.

„Hi Sternchen, ich bin gerade aus der Staatsanwaltschaft raus und habe Hunger. Hast du schon was gegessen?"

„Nein, ich war gerade auf dem Weg zur Puszta Hütte, um eine Portion Gulasch zu essen. Soll ich dir was mitbringen für heute Abend?"

„Weißt du was, ich kann in ein paar Minuten dort sein. Das liegt auf dem Weg. Wenn du Zeit hast, könnten wir dort zusammen essen. Was meinst du?"

„Super Idee, ich gehe schon mal vor und halte uns einen Tisch frei", verabschiedete sie sich.

Westhoven hatte einen Parkplatz in der Lungengasse gefunden und eilte zur Puszta Hütte. Anne saß bereits am Tisch und hatte zwei Cola bestellt. Während sie auf ihr Gulasch warteten, erzählte sie Paul von einem kniffligen Versicherungsfall, den sie im Augenblick bearbeitete:

„Ich hatte dir doch von der Lebensversicherung erzählt, die wir einfach nicht auszahlen können." Westhoven nickte. „Der Typ ist wie vom Erdboden verschluckt. Er hat vor knapp 25 Jahren eine Lebensversicherung über damals 250.000 DM abgeschlossen und fleißig die Beiträge entrichtet, aber irgendwie scheint es ihn nicht mehr zu geben. Er ist nirgendwo gemeldet, und im Internet habe ich mir schon die Finger heiß gegoogelt. Fehlanzeige. Hast du vielleicht eine Idee?", löffelte sie nun in der Suppe.

„Ist nichts über Angehörige bekannt oder über den Beruf oder sonst was? Letzte Anschrift vielleicht?", waren seine ersten Ideen, während nun Westhoven ebenfalls von seinem Gulasch aß und ihn als das beste Gulasch westlich des Rheins lobte. Anne ließ sich aber nicht von ihrem Thema abbringen.

„Der war irgendwas mit Ingenieur für Sensoren oder so was. Genau weiß ich das jetzt nicht. Und komischerweise sind keine Berechtigten in der Police eingetragen. Es ist zum Mäusemelken. Aber wenn er sich nicht meldet, scheint er es wohl nicht nötig zu haben", hatte sie die Suppenschale weiter geleert. „Kannst du nicht mal bei euch gucken, ob…", sie beendete den Satz nicht.

„Sternchen", schüttelte Westhoven den Kopf. „Tut mir leid, aber ich riskiere doch kein Verfahren bei den Internen vom KK 32, nur weil einer sein Geld nicht bekommt. Nee, lass mal."

„Du hast recht, ich hätte nicht davon anfangen sollen", wurde ihr klar, in welche Situation sie ihn damit bringen würde.

„Kein Thema, Schatz, lassen wir uns einfach die Suppe schmecken, und ich denke mal darüber nach, ob mir doch noch eine gute Idee einfällt", blickte er sie mit strahlenden Augen an, erhob sich vom Stuhl und küsste sie auf den Mund.

Als er seine Schüssel leer gelöffelt hatte, holte er sich den hier üblichen und beliebten Nachschlag. Das war zwar nur noch Soße mit winzigen Fleischstückchen, aber zum Tunken des Brötchens war es ideal. Das machte Westhoven immer so, sich das Brötchen für den Nachschlag aufbewahren. Gut gesättigt und zufrieden verließen sie das Lokal und küssten sich zum Abschied.

***

Anne Westhoven fühlte sich herausgefordert, denn sie war eine gewissenhafte Sachbearbeiterin. Es wurmte sie, dass sie den Berechtigten nicht ausfindig machen konnte.

Mit verschiedensten Suchbegriffen recherchierte sie abermals im Internet. Während sie 249.000 Treffer mit dem Suchbegriff „Sensortechnik" angezeigt bekam, gab es mit dem Namen des Versicherungsnehmers nicht einen einzigen Eintrag.

Sie versuchte es mit dem Namen auch bei Facebook, Xing und ähnlichen Plattformen. Unbekannt!

Im Display sah sie Pauls Handynummer, als ihr Telefon mit dem antiken Klingelton läutete.

„Hallo Schatz, mir ist noch was eingefallen. Mail doch ans zentrale Einwohnermeldeamt der Stadt. Das kostet zwar   10 € für eine Archivanfrage, so wie du sie haben willst, aber vielleicht hast du Glück und es gibt einen Eintrag."

„Gute Idee, danke, das mache ich direkt. Du bist ein Schatz. Kuss", öffnete sie schon vor Beendigung des Gesprächs ihr Mailprogramm. Die Mailadresse fand sie auf der Internetseite der Stadt Köln.

***

Wieder in seinem Büro, griff Westhoven als Erstes in seine Schreibtischschublade, um einen der dort üblicherweise deponierten Schokoriegel herauszuholen. Die dazugehörige Tasse Kaffee dampfte schon auf seinem Schreibtisch, die Akte MK Privileg lag geöffnet vor ihm.

Er aß nicht mehr so viele Schokoriegel wie noch Anfang des Jahres, als er das Rauchen zu Annes Freude aufgegeben hatte, aber wenn er an seinem Bauch herunterguckte, waren es wohl doch zu viele in den letzten Wochen gewesen.

Jetzt aber war der Karton mit den Schokoriegeln leer. Westhoven nahm seine Jacke, lief zur Treppe und verließ den C Block über den Hinterausgang. Bis zum Supermarkt in den Köln-Arcaden brauchte er keine 5 Minuten. In der Süßwarenabteilung stand er plötzlich vor einem Reklame-Display. „Lila Pause Nougat" stand dort in großen Buchstaben. Seit Jahren hatte er diesen Schokoriegel nicht mehr gesehen. Vor lauter Freude kaufte er zwei Kartons und eilte gut gelaunt mit seiner Beute zurück in sein Büro.

Westhoven nahm sich die Liste des Grundbuchamtes und studierte langsam jeden einzelnen Namen. Wenn ihn jemand dabei beobachtet hätte, wäre man leicht auf die Idee gekommen, dass er das Schriftstück „beschwören" wollte, um etwas zu erfahren.

Leider hatte Westhoven keine zündende Idee, so dass er sich wieder über die schleppenden Ermittlungen ärgerte. Aber was sollte er tun, es gab einfach keinen Ansatzpunkt. Und solange die Tochter von Erna Schmitz nicht aus dem Urlaub zurückkam, hatten sie im Prinzip keinen solchen.

Westhoven wählte die Handynummer von Dember: „Hier ist Paul."

„Hallo, wir sind gerade auf dem Weg zur nächsten Anschrift. Wir müssen noch mal nach Leverkusen", sagte er und verschwieg geflissentlich, dass er sich in seiner eigenen Reihenfolge vertan hatte.

„Spricht was dagegen, wenn ich schon mal die linksrheinischen Firmen anrufe und durchermittele?"

„Nein, überhaupt nicht. Ganz im Gegenteil", war Dember überrascht, dass Westhoven dies übernehmen wollte.

„Okay, dann bis später", legte Westhoven den Hörer zurück aufs Telefon.

***

Dember und Krogmann waren wieder auf dem Weg nach Leverkusen. Als sie das Bayerwerk passiert hatten, bogen sie nach rechts Richtung Schlebusch, überquerten die Autobahn und fuhren links in die Stixchestraße. Alkenrath war jetzt nicht mehr allzu weit entfernt.

Vorbei am Schloss Morsbroich, dem früheren Sitz des Deutschen Ritterordens und jetzigen Museum für zeitgenössische Kunst, bogen sie nach links in die Alkenrather Straße. Am Marktplatz fragte Dember:

„Hast du Lust auf ein Eis, als Nachtisch sozusagen? Ich kenne hier eine tolle Eisdiele."

Toni Krogmann nickte: „Gute Idee."

Dember fuhr den Wagen auf den Parkplatz am Marktplatz und ging mit ihr ins gegenüberliegende Eiscafé Grazia. Vor dem Eingang stand Inhaber Franco mit einer Zigarette in der Hand. In seinem eigenen Eiscafé durfte er ja nicht mehr rauchen. Freudig begrüßte er Dember per Handschlag und freute sich, dass dieser sich mal wieder blicken ließ. Toni Krogmann begrüßte er mit seinem typischen, extrovertiertem, italienischen Charme.

Die Auswahl an Eissorten war unüberschaubar groß. Toni hatte die Qual der Wahl. Dember macht es sich einfach und bestellte seinen obligatorischen Krokantbecher, nach einigem Überlegen entschied sie sich für einen Joghurtbecher mit Früchten. Da ein paar Sonnenstrahlen die Terrasse erwärmten, setzten sie sich an einen der dortigen Tische. Der Inhaber setzte sich zu ihnen und fragte Toni, ob sie etwas dagegen hätte, wenn er rauchte. Toni schaute ihn lachend an:

„Ganz im Gegenteil, endlich komme ich dazu, auch eine Zigarette zu rauchen. Im Büro und im Auto ist ja Rauchverbot." Sich an Dember wendend stellte sie eine Frage, die ihr schon den ganzen Morgen auf der Seele gebrannt hatte:

„Wenn wir nachher ins Büro kommen, kannst du mir dann einmal eure Raucherecke zeigen? Ich wollte heute Morgen nicht direkt mit der Tür ins Haus fallen. Ich gehöre nämlich zu der verfolgten Gattung der Raucher."

Als Toni Krogmann ihr Eis bezahlen wollte, hob Dember die Hand und sagte, dass sie dieses Mal von ihm eingeladen sei. Das „Ciao" von Franco, der schon die Bestellungen der nächsten Gäste auf der Terrasse entgegennahm, schallte ihnen hinterher.

***

Nach wenigen Minuten erreichten sie den Sitz der Immobilienfirma. Eine freundliche, etwas zu stark geschminkte Sekretärin bat sie im Eingangsbereich Platz zu nehmen, da der Chef noch im Gespräch sei.

Sie setzten sich auf die braune Ledercouch.

„Und, wie gefällt dir Köln?", fragte Dember.

„Köln ist klasse, hier ist es so gemütlich. Trotzdem gibt es noch viele Möglichkeiten. Gut, gegen Hamburg ist Köln Provinz, aber die Leute sind freundlich, man hat gleich den Eindruck, sich schon länger als nur ein paar Tage zu kennen. Das kenne ich so gar nicht. Hamburg ist da ganz anders. Mal sehen, wie es wird", antwortete sie offen.

„Herr Munewski wäre jetzt frei", unterbrach die Sekretärin das Gespräch, bevor Dember weiterfragen konnte.

Sie führte die beiden Kriminalbeamten zu einem großräumigen, eindeutig nicht im Behördenstil eingerichteten Büro, welches den Charme eines gemütlichen Wohnzimmers ausstrahlte. *Hier könnte man auch gut und gerne eine Tischtennismeisterschaft durchführen*, war Dembers erster Gedanke.

Nach wenigen Fragen und Antworten war den Ermittlern klar, dass auch diese Spur kalt war, es gab nichts, was zur Klärung der Identität des Toten beitragen konnte. Herr Munewski war erst seit zwei Jahren in der Firma, und der Besitz des Hauses lag länger zurück.

***

Westhoven hatte schon drei der früheren Besitzer erreicht, aber bei allen dreien hatte er nichts Konkretes in Erfahrung bringen können. Keine der Aussagen verfügte auch nur über den geringsten Ansatzpunkt für seine Ermittlungen. Für alle drei war die Immobilie in der Viersener Straße lediglich ein Spekulationsobjekt gewesen. Zwei der Angerufenen hatten das Haus sogar nie gesehen. Jedes der Gespräche war jedoch mit mehr Zeitaufwand verbunden, als er gedacht hatte und ihm lieb war. Jedes Mal musste er ausführlich erklären, wer er war und welchen Grund der Anruf überhaupt hatte. Mit einer Lila Pause in der Hand wählte er die nächste Telefonnummer. „Ja, bitte?", fragte eine männliche Stimme.

„Dr. Ramos, Hernandez Ramos?", fragte Westhoven.

„Darf ich bitte zuerst fragen, wer Sie sind?" entgegnete der Angerufene.

„Mein Name ist Paul Westhoven, Kriminalpolizei Köln, Mordkommission. Ich ermittele in einem Mordfall. Sind Sie Hernandez Ramos?"

„Ja, der bin ich. Was kann ich für Sie tun?"

„Wir haben in einem Ihrer ehemaligen Häuser, genauer gesagt in der Viersener Straße in Köln-Nippes, eine Leiche gefunden. Sie befand sich in einer Tiefkühltruhe, eingemauert hinter einer Wand unter der Kellertreppe. Sie haben vielleicht den Bericht im Stadtanzeiger oder in einer anderen Tageszeitung gelesen."

„Oh, ich wusste ja gar nicht, dass es sich um dieses Haus handelt. Das Haus habe ich vor knapp 30 Jahren an einen guten Freund verkauft, der ist aber nicht mehr unter uns. Auf dem Bild in der Zeitung habe ich das Haus gar nicht wiedererkannt."

„Kam Ihnen denn der Mann auf dem Foto irgendwie bekannt vor?"

„Ich müsste mir das Foto noch einmal ansehen. Ich glaube, ich habe die Zeitung noch da, denn ich hebe sie immer eine Woche auf. Das hat sich als praktisch erwiesen."

Dr. Ramos kramte die Zeitung mit dem Artikel über den Tiefkühltruhen-Mord aus dem Stapel abgelegter Zeitungen und blätterte sie auf. Intensiv betrachtete er das Porträtfoto des Toten. „Nein, der Mann kommt mir nicht bekannt vor, aber wissen Sie, ich habe mir noch nie Gesichter merken können", sagte er entschuldigend mit einem deutlichen Bedauern in seiner Stimme.

„Wie hieß denn Ihr Freund, der das Haus gekauft hat?", schaute Westhoven auf seine Liste und wartete auf die Antwort.

„Eugen Blecher", sagte Dr. Ramos und Westhoven kritzelte ein Kreuz neben den Namen. „Ach, der Eugen. Der hatte ja so viel Pech. Erst stirbt ihm die Frau in jungen Jahren, und er steht mit den Jungs allein da, dann stirbt er selbst viel zu früh. Mir ist das damals alles sehr unter die Haut gegangen. Aber seine Söhne waren kluge Bengel. Die haben sogar später eine Firma gegründet", erzählte er stolz.

„Was denn für eine Firma?", fragte Westhoven mehr routinemäßig als interessiert.

Dr. Ramos schien einen Moment zu überlegen, denn für ein paar Momente war die Verbindung still: „Ich wusste nie, was das genau war. Irgendeine neue Technik. Die haben sogar ein Patent bekommen. Aber was das jetzt war, keine Ahnung."

„Haben Sie vielen Dank, Dr. Ramos", sagte Westhoven. „Wenn ich noch weitere Fragen haben sollte, rufe ich Sie wieder an."

„Kein Problem, ich bin eigentlich immer zu Hause. Mit einem Rollstuhl ist man ja nicht so mobil, aber ich kann auch von meiner Terrasse auf den Rhein schauen."

***

Dember und Krogmann kamen gegen 17.00 Uhr wieder ins Büro, und es folgte die obligatorische Besprechung, um die Ermittlungsergebnisse auszutauschen.

„Wir haben sämtliche Besitzer und Firmen rechtsrheinisch abgegrast. Keinerlei Anhaltspunkte. Wenn der Bericht in allen Einzelheiten geschrieben ist, bekommst du ihn auf den Schreibtisch", berichtete Dember.

„Bei mir war im Grunde auch nichts, aber einem Besitzerwechsel muss dennoch nachgegangen werden", machte Westhoven es unbewusst spannend, indem er erst noch einen Schluck aus seiner Tasse Kaffee trank.

„Der Dr. Ramos auf der Liste hat mir von einem weiteren vorübergehenden Besitzer erzählt, ein gewisser Blecher. Der ist aber schon verstorben. Es sollen jedoch Erben existieren, und zwar irgendwelche Söhne, wie Ramos erzählte. Wie gesagt, im Grunde ist das uninteressant. Aber der Vollständigkeit halber müssen wir sie befragen. Die anderen Besitzer waren auch nicht gerade Erfolg versprechend. Wie auch immer. Ich komme mir vor wie jemand, der mit einer langen Stange in einem Heuhaufen herumstochert", resignierte Westhoven über seine Ermittlungsergebnisse.

„Wenn du willst, kann ich das übernehmen", bot sich Krogmann an.

„Gute Idee", freute sich Westhoven über das Engagement der neuen Kollegin.

„Ist es denn okay, wenn ich das erst morgen mache? Ich bin verabredet", fragte sie vorsichtig und schaute Westhoven bittend von der Seite an.

Er war etwas irritiert über diese Frage, denn wie konnte Krogmann davon ausgehen, in einem laufenden Mordfall ohne Täterhinweis pünktlich Feierabend machen zu können? „Meinetwegen, ausnahmsweise. Ich würde mir aber an deiner Stelle zum jetzigen Zeitpunkt Verabredungen gut überlegen. Es kann durchaus passieren, dass du sie nicht einhalten kannst", wurde er sehr ernst, denn an und für sich ärgerte er sich über diese Frage, rechnete sie aber der Unerfahrenheit der neuen Kollegin zu.

Dember hingegen freute sich, dass es pünktlich in den Feierabend ging, ohne dass er diesmal den Anstoß dazu gegeben hatte. Noch auf dem Weg in sein Büro wählte er die Nummer von Doris und kündigte sein frühes Kommen an.

***

„Hallo Sternchen", begrüßte Westhoven seine Frau Anne, als er nach Hause kam. Sie stand in der Küche am Herd und rührte mit dem Kochlöffel passierte Tomaten und Zwiebeln unter das Hackfleisch, welches in der Pfanne brutzelte. Er legte seine Arme um ihre Taille und küsste sie zärtlich auf den Hals. „Hmmh, das riecht aber gut. Was wird das, wenn es fertig ist?"

„Bolognese, du Dummi, das müsstest du doch eigentlich sehen", drehte sie sich aus der Umarmung und erwiderte seinen Kuss.

„Hast du eigentlich schon eine Antwort von der Stadt bekommen?"

„Nein, ich glaube, so schnell geht das auch nicht. Die Sachbearbeiterin beim Einwohnermeldeamt erklärte mir, sie müsse dafür in die sogenannte Historie gehen. Die alten Daten kann das neue Rechnersystem nämlich nicht lesen."

„Keine Ahnung, ich habe ja selbst nur einen Zugriff auf die aktuellen Daten und das geht halt schnell."

Er gab ihr noch einen Kuss, ging ins Schlafzimmer und zog sich seine bequeme Schlabberhose und einen alten Pulli an - seinen Hausdress. Er sehnte sich nur noch nach seiner Fernsehcouch und hatte nicht mehr vor, noch großartig das Haus zu verlassen.

***

Heinz Dember fuhr vom Präsidium aus sofort zu Doris nach Hause. Nachdem ihre gemeinsamen Überlegungen über das Abendessen dazu geführt hatten, dass sie beschlossen, essen zu gehen, meinte Heinz:

„Doris, ich lade dich zum Essen ein und anschließend gehen wir noch ein bisschen aus. Ich habe da eine gute Idee. Erst im ‚Kappes' was essen und dann habe ich noch eine Überraschung für dich."

Die Brauhaus-Atmosphäre war zwar nicht unbedingt nach dem Geschmack von Doris, doch sie wusste, dass er die deftige Küche liebte und auch mal gerne ein Frühkölsch trank. Auf die Überraschung war sie gespannt.

Nach dem Essen im ‚Goldenen Kappes' kam Heinz Dember zu seiner Überraschung.

„Es ist nur 100 Meter von hier. Im ‚Rumpelstilzchen' ist heute Abend Liveprobe. Ich glaube, dass dir die Musik gefällt."

Nach wenigen Minuten hatten sie die Eckkneipe erreicht. Durch die Tür klang leise Gitarrenmusik. Gerade als sie eintraten, begann die Sängerin „Passionate Kisses" von Mary Chapin Carpenter.

Der Gitarrist, dessen markante Glatze im krassen Gegensatz zu den blonden Locken seiner Mitakteurin stand, unterstrich mit seiner Gitarre ihre klare Stimme. Im Lokal waren alle Gespräche verstummt. Doris legte ihre Hand auf seine Hand. Die Sängerin im schwarzen Hosenanzug wandte ihnen den Rücken zu.

„Heinz, danke für die Idee."

Am Ende des Liedes applaudierten beide lautstark.

Mitten in diesem Hochgefühl erstarrte Heinz Dember plötzlich. Die Sängerin hatte sich herumgedreht und er schaute in das Gesicht von Toni Krogmann. Alles hätte er erwartet, aber darauf wäre er nicht gekommen.

„Das ist ja …", weiter kam er nicht, weil Doris ihn unterbrach.

„Wer ist wer?", wollte Doris Weber wissen.

„Die Sängerin, das ist unsere neue Kollegin, die wir als Ersatz für Jochen Gerber bekommen haben. Ich wusste ja gar nicht, dass sie singt", war Dember sichtlich erstaunt.

„Nicht nur singt, sie kann singen, finde ich", stellte Doris Weber fest.

Jetzt bemerkte auch Toni Krogmann die beiden am Tisch. Sie winkte ihnen kurz zu. Nach drei weiteren Liedern machte das Duo eine Pause.

Toni kam zu ihnen an den Tisch.

„Hallo, ihr beiden. Hat es euch gefallen? Wo kommt ihr eigentlich her, habt Ihr euch verirrt?"

„Wir waren ‚Em Goldene Kappes' essen und danach wollten wir noch etwas Musik hören. Im Wochenspiegel hatte ich gelesen, dass hier heute Livemusik ist. Wir wollten uns noch etwas gönnen. Aber dich hier zu treffen …" Dember fiel ein, dass er die beiden Frauen noch gar nicht miteinander bekannt gemacht hatte. „Darf ich übrigens vorstellen: Das ist Doris, meine, ja, Freundin. Sonst heißt sie Dr. Doris Weber und ist eine von unseren Gerichtsmedizinerinnen. Ja, das ist Toni Krogmann, die Neue aus Hamburg in unserem Team der MK 6." Ohne dass Heinz und Doris es bemerkt hatten, war eine weitere Person an den Tisch herangetreten. Sie trug ebenfalls einen schwarzen Hosenanzug, hatte aber eine blonde Kurzhaarfrisur.

„Und wenn wir nun einmal beim Vorstellen sind, das ist Anja Krogmann, meine Frau und Lebensgefährtin", schloss Toni die Vorstellungsrunde ab.

„Sie ist der Grund, warum ich unbedingt nach Köln wollte."

Dember und Doris Weber staunten. Nach einem Moment der Verblüffung lachte Dember: „Die Überraschung ist dir gelungen, Toni. Erst haben wir alle gedacht, Toni sei ein Mann. Bist du aber definitiv nicht. Und dass du mit einer Frau verheiratet bist, hat auch keiner geahnt", lachte er.

„Verpartnert heißt es richtigerweise", berichtigte sie ihn.

„Oh, sorry. Ich habe von solchen Dingen keine Ahnung. Ihr habt den gleichen Namen, wer hat denn den in die Partnerschaft mitgebracht? Oder wie ist das bei den eingetragenen Partnerschaften?", offensichtlich war Dember neugierig geworden.

„Ja klar, ich habe den Namen von Anja angenommen. Die war halt schon bekannt und mit meinem Namen hätte hier keiner was anfangen können."

„Und wie lange seid ihr schon verpartnert?"

„Seit knapp drei Monaten, aber wir kennen uns schon eine ganze Weile", sagte Anja Krogmann.

„Dann noch herzlichen Glückwunsch nachträglich."

Die beiden setzten sich an den Tisch dazu. Schon nach kurzer Zeit unterhielten sie sich so angeregt miteinander, dass niemand geglaubt hätte, dass sie sich erst seit ein paar Minuten kannten.

ZWANZIG

Am nächsten Morgen kamen Toni Krogmann und Heinz Dember fast gleichzeitig auf der Dienststelle an.

Sie begannen sofort mit den Recherchen, mit denen Westhoven sie am Tag zuvor beauftragt hatte.

Im ersten Suchlauf der Einwohnermeldeamtdaten wurde auf der Ergebnismaske nur Eugen Blecher als verstorben angezeigt. Volljährige Kinder konnte man so nicht recherchieren. Toni Krogmann ließ sich von Dember die Telefonnummer und die Durchwahl des zentralen Kölner Standesamtes geben.

„Guten Morgen, Krogmann von der Kripo Köln. Ich habe ein Problem, bei dem ich Ihre Hilfe brauche. Die Dateien des Einwohnermeldeamtes reichen nicht aus, um eine Frage zu beantworten."

„Um was geht es denn?"

„Ich habe hier nur den Namen und das Geburtsdatum eines verstorbenen Mannes. Laut einer Zeugenaussage soll der aber zwei Söhne haben. Die finde ich hier aber nicht", klagte Krogmann.

„Geben Sie mir mal die Daten, die Sie haben", sagte die Sachbearbeiterin des Standesamtes. Nach einem Moment hatte sie schon den gesuchten Datensatz auf dem Bildschirm.

„Frau Krogmann, ich habe den Datensatz gefunden. Eugen Blecher, geboren am 20. März 1925 in Odenthal, verstorben 14. Juni 1981 in Köln-Nippes. Die letzte Wohnanschrift auf der Sterbeurkunde ist Köln-Nippes, Viersener Straße. Nach meinen Unterlagen hat Eugen Blecher jedoch nur einen Sohn, nämlich den Edmund Blecher, geboren am 16. Januar 1950 in Köln. Als Geburtsort ist angegeben Köln-Nippes, Vinzenzkrankenhaus. Ein weiterer Sohn ist nach meinen Unterlagen nicht existent."

„Vielen Dank für die Auskunft. Dann wird sich unser Zeuge wohl geirrt haben müssen. Schönen Tag noch", beendete Toni Krogmann das Gespräch.

***

In der Zwischenzeit saß Westhoven mit einer Tasse dampfendem Kaffee und einer Lila Pause Nougat vor seinem Computer und las im Intranet die Berichte des täglichen Lagebildes. Eine tägliche Routine, denn neben den Tötungsdelikten musste er grundsätzlich darüber informiert sein, was denn sonst noch so in Köln und Leverkusen über Nacht passiert war.

Als das Telefon klingelte, meldete sich am anderen Ende der Leitung sein Freund Klaus, der gleichzeitig sein Trainer beim Kickboxen war. „Hallo Paul", er hörte an der Stimme, dass Klaus mit den Nerven vollständig fertig war, „kannst du mir helfen? Ich weiß, es ist nicht dein Metier, aber mir fällt im Augenblick nichts anderes ein. Gestern Abend, ich war in der Trainingshalle und Marita bei ihrer Freundin, ist bei uns eingebrochen worden. Deine Kollegen waren schon gestern Abend da. Es war schrecklich. Die Täter haben das gesamte Haus verwüstet. Sämtliche Ketchup-, Öl-, und Essigflaschen sind auf die Wände und Möbel geleert worden. Im Badezimmer haben sie Senf- und Tomatenmarktuben ausgedrückt und den Inhalt überall auf den Kacheln und der Keramik verteilt. Die Polster der neuen Sitzecke im Wohnzimmer sind aufgeschlitzt, die Füllung herausgerissen und auf dem Boden verteilt worden. Marita hatte gestern Abend einen Nervenzusammenbruch. Ich musste unseren Hausarzt anrufen, er hat ihr eine Beruhigungsspritze gegeben. Besonders schlimm ist, dass die von unserer Tochter in der Schule handgetöpferten Geschenke für Maritas Geburtstag kaputt geschlagen worden sind. Wir sind alle fix und fertig. Was kann ich jetzt tun?"

„Klaus, so ein Einbruch mit Vandalismus ist auch mein absoluter Albtraum. Ich habe eben im Lagebericht gelesen, dass dies schon der vierte Einbruch in Serie bei euch im Bereich Leuchterstraße ist. Ich kann dir selbst nicht helfen, aber ich gebe dir zwei Namen von Kollegen, die dir helfen können. Der eine ist der Egon Klein. Er ist auf der technischen Beratungsstelle beim Kriminalkommissariat 61. Von ihm kannst du erstklassige Informationen bekommen, wie du deine Hütte für die Zukunft sicher bekommst.

Beim gleichen Kommissariat sitzt auch der Opferschutzbeauftragte, der heißt Werner. Er kann dir bestimmt sagen, wo Marita Hilfe bekommt, so dass sie ihren Schock überwindet."

Nach dem Telefonat griff er unbewusst in die Schreibtischschublade und nahm sich einen neuen Schokoriegel. Das zerknüllte Papier warf er gekonnt in den Papierkorb am anderen Ende des Schreibtischs. Der Schluck Kaffee mit der Nougatschokolade tat ihm gut.

Nur der vorherige Riegel tat nicht so gut. Westhoven hatte ihn während seines letzten Telefonats auf die Untertasse gelegt. An der heißen Tasse war der Riegel zu einer braunen, breiigen Masse geschmolzen, die jetzt von der Tasse auf sein Lieblingshemd tropfte.

Mitten in diesem Ärger klingelte wieder das Telefon. Der über Jahre gewohnte Ton klang in diesem Moment aggressiv.

Seine Stimmung war plötzlich auf einem Tiefpunkt.

Die Nummer des Anrufers auf dem Display kannte er nicht.

„Ja, hier Westhoven, MK 6."

„Joden Morjen, he es et Oehmchens Katrin vum Taxi 1022, Här Dember?"[26]

Sie hatte wohl nicht mitbekommen, wer sich da gemeldet hatte.

„Nein, hier ist Kommissar Westhoven. Kommissar Dember ist im Augenblick nicht da. Kann ich Ihnen helfen?"

„Ach nä, isch wullt nur ens frore, op se schon jet vun dä duden Frau wesse. Isch fahre ja schon des Öfteren Jäss zom ‚Goldene Kappes', ävver, die levve all noch."[27]

---

26 *Guten Morgen, hier ist Katrin Oehmchen vom Taxi 1022. Herr Dember*
27 *Ach nein, ich wollte nur einmal fragen, ob Sie schon etwas von den toten Frau wissen. Ich fahre zwar öfter Gäste zum Goldenen Kappes, aber die leben alle noch*

Westhoven stutzte: „‚Goldener Kappes', was hat der denn damit zu tun?"

„Evver dat han isch doch schon all däm nette Kommissar Dember verzallt."[28]

„Ich bin im Moment leider nicht im Bilde", Westhovens Laune sackte augenblicklich auf einen absoluten Tiefpunkt. „Könnten Sie mir das auch noch einmal sagen, das wäre wirklich klasse, Frau Oehmchen?"

„Se wesse jo, isch han dat Taxi 1022. Die Frau, die vürm Polizeipräsidium üvverfahre woot, han isch öfter zom ‚Goldene Kappes' jefahre, jenau jenomme jeden Mond eimol, immer Donnerschdachs."[29]

„Wissen Sie, was sie da wollte?", hakte Westhoven nach.

„Hück weiß isch dat, domals han isch do janit drüvver noh jedaach. Mer kann jo nit bei jedem Fahjass drüvver nohdenke, worüm dä wohin will. Et jenösch mer, wenn isch weiß, wo dä hin well. Em ‚Goldene Kappes' es immer am letzde Donnersdaach em Mond dä „Mädchestammdesch", su en Aat Ü70-Treff für Fraulück us Neppes."[30]

„Vielen Dank Frau Oehmchen, wir kümmern uns darum. "

„Bestelle se däm Här Dember janz, janz leeve Größ vun mir, isch köm bald ens op ene Kaffee vürbei."[31]

„Mach ich, danke", verabschiedete sich Westhoven.

In Westhovens Kopf war jetzt nur noch ein Gedanke: *Heinz Dember, du hattest die Chance einen eventuellen Ermittlungsansatz aufzudecken, und das hast du versiebt.*

Er konnte es kaum erwarten, dass Dember ins Büro zurückkam. Als dieser fröhlich pfeifend den Flur entlangkam, konnte er nicht mehr anders.

---

28 Aber das habe ich doch schon alles dem netten Kommissar Dember erzählt
29 Sie wissen ja, ich habe das Taxi 1022. Die Frau, die vor dem Polizeipräsidium überfahren wurde, habe ich öfter zum „Goldenen Kappes" gefahren, genau genommen jeden Monat einmal, immer donnerstags
30 Heute weiß ich das, damals habe ich aber gar nicht darüber nachgedacht. Man kann nicht bei jedem Fahrgast darüber nachdenken, warum der irgendwohin will. Im „Goldenen Kappes" ist immer am letzten Donnerstag im Monat der Mädchenstammtisch, so eine Art Ü70-Treff für Frauen aus Nippes
31 Bestellen Sie Herrn Dember ganz, ganz liebe Grüße von mir, ich käme bald einmal auf einen Kaffee vorbei

„Heinz, komm mal bitte zu mir in mein Büro, sofort!", wartete Westhoven nicht einmal, bis er in seinem Büro war.

Als Dember das Büro betrat, schallte ihm ein „Mach die Tür hinter dir zu!" entgegen.

Das klang nicht gut. So einen Ton hatte er das letzte Mal gehört, als er als junger Streifenbeamter bei einem Einsatz ein Funkgerät verloren hatte. Sein Wachhabender hatte ihn damals förmlich zusammengefaltet. Gott sei Dank tauchte das Gerät nach zwei Tagen wieder auf, spielende Kinder hatten es gefunden.

„Was ist?", fragte Dember ahnungsvoll, obwohl er sich keiner Schuld bewusst war.

„Ich komme direkt zur Sache. Eben hat mich diese Taxitante angerufen und gefragt, ob wir schon im ‚Goldenen Kappes' waren. Fällt dir dazu was ein?"

Dembers Gesichtsfarbe wechselte schlagartig in ein tiefes Rot.

„Scheiße, Mist, das ist mir total durchgegangen", gab er kleinlaut zu. „Ich habe das in meinem Bericht total vergessen."

„Pass auf, Heinz, noch so ein Schnitzer und wir haben einen Termin bei Arndt. Mit so einer Arbeitsweise bist du jedenfalls in meiner Mordkommission fehl am Platz. Haben wir uns da verstanden?", stellte Westhoven mit versteinerter Miene klar.

Westhoven nickte: „Du kannst gehen."

Dember verließ Westhoven und ging auf direktem Weg in sein Büro. Als Erstes suchte er die Notiz, die er sich damals über das Gespräch mit Katrin Oehmchen gemacht hatte. Endlich fand er den Zettel in dem Stapel erledigter Notizen.

Er erinnerte sich an die Bemerkung, dass sich Erna Schmitz am Tag vor ihrem Tod zum „Goldenen Kappes" fahren ließ. Vermutlich hatte Erna Schmitz bei diesem Besuch in Nippes das Fahndungsplakat gelesen. Heinz Dember suchte im Internet die Homepage des Nippeser Traditionslokals. Er ärgerte sich über sich selbst, dass ihm sogar, als er mit Doris dort essen war, nicht eingefallen war, dass Kathrin Oehmchen das Lokal erwähnt hatte. Er fand die Öffnungszeiten und stellte fest, dass es jeden Morgen ab 10 Uhr geöffnet war. Jetzt war es 09.20 Uhr. Er griff zum Telefon und rief im Lokal an.

„Em ‚Goldene Kappes', Kamphausen", meldete sich eine Männerstimme.

„Mein Name ist Dember von der Kripo Köln. Herr Kampmann, ich hätte ein paar Fragen an Sie. Könnten wir jetzt sofort vorbeikommen? Dann könnten wir das noch vor der Öffnung des Lokals erledigen."

In der Zwischenzeit versuchte Paul Westhoven mithilfe eines weiteren Lila Pause Riegels seine Wut zu besänftigen.

Er schob sich den ganzen Riegel auf einmal in den Mund und dachte *Lecker. Wie früher.*

***

Dember und Krogmann trafen gegen 09.45 Uhr in Nippes ein und parkten ihren Dienstwagen mangels freier Parkplätze halb auf dem Gehweg vor dem Lokal. Gerade als sie die Tür öffnen wollten, kam ihnen schon Kamphausen entgegen.

„Hallo, mein Name ist Kamphausen. Ich bin hier der Geschäftsführer. Sind Sie von der Kripo?"

„Sieht man das?", fragte Dember.

„Nein, aber Sie hatten doch angerufen, dass Sie kommen. Und die Polizei kommt doch nie allein, oder?", grinste er.

Der Geschäftsführer bat die beiden Kripobeamten durch den Nebeneingang herein. Am Haupteingang waren die beiden Flügeltüren verschlossen. Kamphausen stellte ohne zu fragen zwei Tassen mit frisch aufgebrühtem Kaffee auf den Tresen: „Bier gibt es jetzt nicht, Sie sind ja im Dienst. Aber nicht verbrennen, sonst verhaften Sie mich noch", versuchte er zu scherzen.

Krogmann zog ein Foto der Toten aus ihrer Arbeitsmappe, die sie vor ein paar Tagen als Willkommensgeschenk von der Bezirksgruppe Köln ihrer Gewerkschaft, dem Bund Deutscher Kriminalbeamter, bekommen hatte, und legte es auf die Theke: „Kennen bzw. kannten Sie die Frau auf dem Bild?"

„Kennen, was heißt kennen? Die wurde des Öfteren von Oehmchens Katrin hier abgesetzt, weil sie zum Nippeser Mädchenstammtisch gehörte, der hier regelmäßig tagt. Ich weiß aber, dass die von den anderen immer Ernachen genannt wurde. Dann heißt die bestimmt Erna, oder was meinen Sie?"

„Wer organisiert eigentlich den Mädchenstammtisch und reserviert, oder kommen die Frauen einfach so her?", fragte Dember.

„Warten Sie", sagte Kamphausen und blätterte in seinem Kalender. „Hier, eine Frau Janka hat beim letzten Mal angerufen und den Tisch bestätigt. Bestellt ist der Tisch, seit wir 2009 das Brauhaus übernommen haben, immer für jeden letzten Donnerstag ab 17 Uhr."

Er drehte den Kalender um, so dass Dember die daneben gekritzelte Telefonnummer abschreiben konnte.

„Mehr kann ich dazu aber nicht sagen, die Dame, mein Herr", sagte er freundlich.

Die beiden Ermittler bedankten sich, tranken ihren Kaffee aus, den sie, da die Gaststätte noch nicht geöffnet hatte, sogar annehmen durften - die Regeln waren mittlerweile so streng - und verließen den „Goldenen Kappes" durch den Eingang, den gerade ein Köbes geöffnet hatte. Ihr erster Blick fiel auf die Windschutzscheibe des Dienstwagens.

An der Windschutzscheibe prangte ein „Liebesbrief" der Stadt Köln. Die circa 10 Minuten hatten gereicht, um ein Knöllchen fürs Falschparken zu bekommen. Das waren wieder 15 €, die er aus eigener Tasche bezahlen durfte.

„Mann, Mann, heute ist nicht mein Tag", ärgerte sich Dember, zog das Knöllchen unter dem Scheibenwischer hervor und legte es in die Seitenablage der Fahrertür.

Toni Krogmann hatte derweil die Rufnummer von Frau Janka gewählt.

„Ja, bitte?", meldete sich eine ältere weibliche Stimme.

„Guten Morgen, mein Name ist Krogmann vom Kriminalkommissariat 11 der Kriminalpolizei Köln. Kennen Sie eine Erna, die Mitglied Ihres Stammtisches im ‚Goldenen Kappes' ist?"

„Die Erna, ja sicher kenne ich die und das seit mehr als 20 Jahren. Was ist denn mit ihr?", ihre Stimme wurde unruhig.

„Wir würden Sie gern zu Erna Schmitz befragen, Frau Janka. Am besten möglichst bald."

„Wo muss ich denn hinkommen?"

„Wenn Sie uns sagen, wo Sie wohnen, kommen wir auch gern zu Ihnen", bot Krogmann an.

„Ich wohne in der Viersener Straße, direkt über der Apotheke."

„Frau Janka, wir stehen im Moment mit dem Auto vor dem ‚Goldenen Kappes'. In 5 Minuten könnten wir bei Ihnen sein. Ist es möglich, direkt zu Ihnen zu kommen?"

„Ja, aber ich will Ihre Ausweise sehen. Nicht, dass das hier so ein mieser Enkeltrick oder eine neue Betrugsmasche ist. Wissen Sie, ich gucke Fernsehen und kenne das alles."

„Frau Janka, selbstverständlich können wir uns ausweisen. Das ist kein Problem."

***

Wenige Minuten später klingelten die beiden Mordermittler an der Haustür in der Viersener Straße bei Frau Janka. Wie angekündigt wiesen sie sich an der Wohnungstür mit ihren Dienstausweisen und Kriminalmarken aus. Dember hatte verbotenerweise den Strafzettel wieder unter die Windschutzscheibe geklemmt und hoffte, so kein weiteres Knöllchen zu bekommen, denn auch diesmal hatte er keinen freien Parkplatz gefunden.

„Kommen Sie bitte herein. Entschuldigen Sie bitte, dass ich am Telefon so abweisend war. Als Frau in meinem Alter kann man nicht vorsichtig genug sein. Das hat uns Ihr Kollege Holzmacher erklärt, als er bei uns im Altentreff auf der Neußer Straße zuletzt den Vortrag über die Tricks der Ganoven erzählt hat. Ein netter Mann war das, aber leider 20 Jahre zu jung für mich.

Ich habe jetzt einfach Ihre Dienststelle angerufen und die haben mir bestätigt, dass Sie echt sind. Was ist denn mit der Erna? Sie machten am Telefon so eine Andeutung, dass Sie eine Auskunft über sie bräuchten. Ich habe sie seit dem Stammtisch letzte Woche nicht gesprochen. Die Adresse von der Erna Schmitz kann ich Ihnen geben. Womit kann ich helfen?"

„Frau Janka, Frau Erna Schmitz ist letzte Woche am Tag nach Ihrem Stammtisch tödlich verunglückt, vor dem Präsidium, als sie auf dem Weg zu uns war." Heinz Dember war froh, dass Toni die Gesprächsführung übernommen hatte. Ältere Damen waren irgendwie nicht sein Fall.

„Was, die Erna ist tot, das kann doch gar nicht sein!" Für Frau Janka schien eine Welt zusammenzubrechen.

Im Verlaufe des Gesprächs stellte sich heraus, dass Frau Janka, eine ehemalige Lehrerin der Grundschule Steinberger Straße, „Baas"[32] des

---

32 Vorsitzende

Frauenstammtisches „Dr haade Kern" war, zu dem auch Erna Schmitz regelmäßig aus dem Seniorenstift in Wissen anreiste.

„Wie lange kennen Sie Frau Schmitz schon?"

„Die Erna kenne ich seit nach dem Krieg. Ihr Vater war genau wie meiner bei der Bundesbahn. Aber damals war ja hier jeder Zweite bei der Bahn. Wir wohnten im gleichen Block. Ich ging damals auf die PH [33], Erna arbeitete schon bei Gummi-Clouth als Sekretärin. Da im Casino haben wir oft gefeiert. Später, als wir dann alle in Rente gingen, haben wir uns bei einem Schultreffen gesagt, dass wir uns nicht aus den Augen verlieren wollten. So haben wir dann den Stammtisch „Dr haade Kern" gegründet und uns jeden Monat einmal im ‚Kappes' getroffen."

„Frau Janka, als Sie sich letzte Woche getroffen haben, hat Ihnen Frau Schmitz irgendetwas erzählt, warum Sie zum Präsidium wollte?", fragte Toni Krogmann.

„Nein, an sich war alles wie immer. Da war nichts Besonderes."

Frau Janka überlegte einen Augenblick.

„Doch, ich glaube, da war was. Das fällt mir jetzt ein. Die Erna ist zwischendurch mal rausgegangen. Sie wissen, was ich meine, die musste mal. Als sie wieder an den Tisch kam, war sie ganz still. Sie sagte dann: Das kann nicht wahr sein. Das ist doch 25 Jahre her. Der ist viel älter. Was sie damit meinte, weiß ich nicht. Sie ist dann ganz nachdenklich nach Hause gefahren."

Toni Krogmann hatte plötzlich das dringende Verlangen, Paul Westhoven anzurufen und ihm mitzuteilen, dass die Spur „Erna Schmitz" langsam heiß wurde und die Lösung vermutlich in der Vergangenheit der Toten zu suchen sei. Sie entschuldigte sich für einen Moment, ging hinunter zum Wagen und rief den MK-Leiter über ihr Mobiltelefon an.

***

Als Westhoven das Staatsanwalt Asmus mitteilte, waren sich beide einig: Das Apartment von Erna Schmitz musste noch mal richtig durchsucht werden. Dies war die einzige Möglichkeit, Hinweise auf die Vergangenheit von Erna Schmitz und damit auf eine Verbindung zu dem tiefgekühlten Toten zu finden.

---

[33] *Pädagogische Hochschule*

„Jeder hat doch irgendwie eine Sammlung über seine Vergangenheit", bekräftigte Asmus und sah Westhoven an.

„Oh, wem sagen Sie das. Bei uns auf dem Speicher stehen kistenweise Fotos, Zeugnisse und alte Briefe in den Regalen. Meine Frau Anne hat sogar noch alte Besitzurkunden, die das Kaisersiegel tragen. Die Schrift kann ich nur bruchstückhaft lesen", grinste er. „Unser Opfer hat bestimmt irgendwo ein paar Dinge, die uns weiterhelfen."

„Ich kümmere mich um einen entsprechenden Beschluss, Herr Westhoven. Das wird frühestens morgen zu erreichen sein. Das Durchsuchungsobjekt liegt in Rheinland-Pfalz, die zuständige Staatsanwaltschaft ist Koblenz. Ich muss also über die Staatsanwaltschaft Koblenz den Antrag stellen, damit die wiederum den entsprechenden Beschluss erwirkt. Ich hoffe, dass das bis morgen klappt, dann können wir übermorgen durchsuchen."

***

Als Toni Krogmann in die Wohnung zurückkam, unterhielten sich Heinz Dember und Frau Janka sehr angeregt.

„Die Erna hatte damals bei Gummi-Clouth als Sekretärin gearbeitet. Aber dann hat sie den Hermann Schmitz, einen Posthauptsekretär, geheiratet. Aber der ist jetzt schon lange tot. In unserem Stammtisch sind wir alles Witfrauen. Unsere Männer sind alle schon verstorben. Uns so nennen wir uns „Dr haade Kern", ja das was übrig geblieben ist. Nachdem ihre Tochter, die wohnt jetzt in Wissen an der Sieg, aus dem Gröbsten heraus war, hat sie wieder gearbeitet, bei einer ganz kleinen Firma. Da ist sie geblieben bis zu ihrer Rente. Welche das war, weiß ich aber nicht oder ich habe es vergessen. Das kann in meinem Alter ja mal passieren. Ja und ich, Herr Kommissar, ich war ja jahrelang hier in Nippes Lehrerin, müssen Sie wissen. Die meisten, die hier aufgewachsen sind, habe ich in der Schule unterrichtet. Das ist wirklich schön auf seine alten Tage, wenn man draußen auf der Straße ist, immer wieder zu hören, ‚Guten Tag, Frau Janka, wie geht es Ihnen, Frau Janka?'. So lässt sich das Alter ertragen."

Als Toni Krogmann das hörte, hatte sie eine Idee. Vielleicht wusste Frau Janka etwas, was in den amtlichen Unterlagen nicht stand.

Sie mischte sich in das Gespräch ein.

„Frau Janka, kennen Sie noch eine Familie Blecher? Die hatte früher einmal in der Viersener Straße gewohnt."

„Und ob ich die kenne. Der Eugen Blecher hat ja direkt bei mir um die Ecke gewohnt. Ich weiß noch, wie der damals geheiratet hat. Ich war ja selbst auf dem Polterabend. Seine Frau kam ja nicht von hier. Die kam aus dem Osten."

Toni Krogmann unterbrach Frau Janka.

„Hatten die beiden eigentlich Kinder?"

„Ja, die hatten einen Sohn, den Edmund. Den hatte ich in der Klasse. Der war ein pfiffiger Kerl. Ich weiß noch, wie der einmal die Schokolade, die er zum Geburtstag bekommen hatte, riegelweise an die anderen Schüler verkaufte. Er war immer der geborene Kaufmann, auch wenn er oft seine Mitschüler beschissen hat. Aber ich glaube, das gehört bei einem Kaufmann dazu."

„Frau Janka, und dieser Edmund Blecher hatte keinen Bruder?"

„Nein, das habe ich nicht gesagt. Ich habe nur gesagt, Eugen Blecher hatte einen Sohn. Seine Frau hatte den anderen Sohn, den Uwe, mit in die Ehe gebracht. Der hieß aber auch nicht Blecher. Einen Moment, mir fällt gleich ein, wie der hieß. Jetzt fällt es mir wieder ein, der Halbbruder von Edmund hieß Uwe Mankowicz. Der war ein ganz anderer Typ. Das war so ein richtiger Praktiker. Was der in der vierten Klasse aus ein paar Batterien und Draht alles gebastelt hatte. Als die beiden dann aufs Blüchergymnasium gegangen sind, habe ich sie aus den Augen verloren, d. h. ich habe sie zwar noch ab und zu auf der Straße getroffen, aber sie sind dann später weggezogen."

***

„Und ich werde meine Kollegen instruieren. Es sollte allerdings schnell gehen, ich habe da ein mulmiges Gefühl," sagte Westhoven.

„Wieso?", schaute Asmus ihn überrascht an.

„Bauchgefühl, ist einfach so", gab Westhoven zum Besten.

Staatsanwalt Asmus nahm sich die Ermittlungsakte, suchte sich die Anschrift des Seniorenstiftes in Wissen heraus und formulierte den Beschlussantrag.

Nach dem Telefonat mit Asmus klingelte sofort wieder das Telefon. Mit der angezeigten Vorwahl 02742… konnte Westhoven nichts anfangen.

„Hier Westhoven, Kripo Köln, MK 6", meldete er sich.

„Angelika Magliaso, Sekretariat Seniorenheim Wissen. Herr Westhoven, zwei Ihrer Kollegen waren vor ein paar Tagen hier wegen des Unfalls von Frau Erna Schmitz."

„Ja, ich weiß Bescheid."

„Ich sollte mich melden, wenn es etwas Neues gäbe. Ich glaube, ich weiß, wo sich die Tochter von Frau Schmitz aufhält. Sie hat eine Ansichtskarte an ihre Mutter geschickt.

Es ist eine Karte vom Hotel Iberostar Djerba Beach auf Djerba. Ich hoffe, Sie können damit etwas anfangen."

Nach diesem Telefongespräch suchte Westhoven sofort im Internet das von Frau Magliaso genannte Hotel. Er fand es auf Anhieb.

Endlich hatte er einmal Glück. Die freundliche Angestellte an der Hotelrezeption sprach Deutsch, so dass er es mit seinem spärlichen Schulfranzösisch gar nicht erst versuchen musste. Seine Glückssträhne hielt an. Ursula Meierbrink war gerade in ihrem Zimmer, um sich zum Essen umzuziehen. Paul Westhoven versuchte, ihr so schonend wie möglich die Nachricht vom Tod ihrer Mutter beizubringen. Sie verkraftete diese Hiobsbotschaft einigermaßen gefasst. Sie wollte versuchen, noch am gleichen Tag einen Rückflug von Djerba nach Köln zu bekommen.

***

Als Dember und Krogmann aus Nippes zurückkehrten, ging Westhoven sofort zu ihnen ins Büro. Nachdem er sich den Bericht über die Aussage von Frau Janka angehört hatte, teilte er ihnen mit, dass er schon nach dem Anruf von Toni mit Asmus eine erneute Durchsuchung der Wohnung von Erna Schmitz verabredet hatte und sie nur noch auf den Beschluss warten müssten.

„Wir waren doch schon in dem Apartment?", schien Dember ein wenig unwillig.

„Wonach genau habt ihr denn gesucht, Heinz?", war Westhoven nicht erfreut, dass Dember wieder einmal seine Entscheidung in Zweifel ziehen wollte. Er war einfach unbelehrbar.

„Nach allem, was auffällig ist und uns weiterhelfen könnte."

„Heinz, keine Diskussion. Asmus besorgt uns den Durchsuchungsbeschluss, und ihr fahrt dorthin. Irgendwelche Einwände?", sein Tonfall ließ keinen Widerspruch zu.

Weder Dember noch Krogmann sagten ein Wort.

„Und wenn ihr, sobald der Beschluss da ist, nach Wissen fahrt, schreibt ihr bitte einen Dienstreiseantrag und legt ihn Arnd Siebert und dem KIL zum Abzeichnen vor. Übrigens habe ich eben Frau Meierbrink erreicht. Sie kommt umgehend aus Tunesien zurück."

Als Westhoven das Büro verließ, hörte er noch das Gemurmel von Dember, von dem er jedoch nur die beiden Worte Controlletti und Kindergarten verstand.

Da es für Büroermittlungen beim Einwohnermeldeamt für heute zu spät war, schrieben sie nun die Berichte zu den heutigen Ermittlungen.

***

Als Westhoven in sein Büro kam, fuhr er erst einmal wieder den PC hoch. Es war nervig, dass er, sobald man ihn kurze Zeit nicht betätigte, wieder in den Ruhemodus schaltete und er nur durch Eingabe des Passwortes wieder hochgefahren werden konnte. *Solche Banalitäten sieht man im Fernsehen nie, auch haben die Tatortermittler immer einen Parkplatz,* dachte Paul dabei.

Als Erstes sah er auf dem Bildschirm die neueste Meldung des Personalrates: „Zusätzliche Beförderungsstellen im 2. Quartal." Er klickte auf die Meldung. Als er las, dass außerplanmäßig neun Beförderungsstellen zur Besoldungsstufe A12 angekündigt wurden, freute er sich riesig. Als die letzte Beförderungswelle nach A12 vorbei war, rutschte er in der internen Rankingliste unter die ersten acht. Diese Auskunft war zwar Monate her, aber wenn er Glück hatte, dann hatte sich daran nichts geändert. Mit einer so schnellen Beförderung hatte Westhoven nicht gerechnet, er war wohl eher davon ausgegangen, dass aufgrund der angeblich angespannten Haushaltslage des Landes Beförderungen nach A12 für lange Zeit nicht in greifbarer Nähe waren.

Um sicher zu gehen, erkundigte er sich bei der Personalstelle und bekam zur Antwort, dass er schon mal den Sekt kalt stellen könne, sofern nicht ein anderer Beamter auf die Idee käme, sämtliche Beförderungsstellen vor dem Verwaltungsgericht zu beklagen, weil er meinte, er wäre an der Reihe.

Voller Vorfreude wählte er Annes Durchwahlnummer im Büro. Da die polizeilichen Rufnummern immer verschlüsselt gesendet wurden, und Anne daher Pauls Rufnummer im Display nicht erkennen konnte, meldete sie sich gewohnt förmlich: „Guten Morgen, mein Name ist Westhoven. Hier ist Ihre Versicherung. Was kann ich für Sie tun?"

„Hallo Sternchen, ich bin es. Du ahnst nicht, was ich eben erfahren habe", spannte er sie auf die Folter.

„Du weißt, wie der gefrorene Tote heißt?", war ihre fragende Antwort.

„Nein, Schatz, viel, viel besser, wenigstens für uns. Ich werde nächsten Monat befördert", brach es jubelnd aus ihm heraus.

„Super. Das ist ja toll, mein Schatz. Du hast es ja auch verdient. Die vielen Überstunden und die ganze Arbeit, die du da machst."

„Drück mir die Daumen, dass hier nicht noch irgendeiner klagt", sagte Westhoven ernst.

„Was?"

„Ach weißt du, es gibt Kollegen, die meinen, dass sie eigentlich an der Reihe seien, und behindern die Beförderung. Und dann muss erst das Verwaltungsgericht entscheiden", erklärte er.

„Das klappt schon, du hast es verdient", wiederholte sie. „Lass uns das heute Abend schon einmal begießen. Der Barolo, den meine Kolleginnen mir zum Geburtstag geschenkt und den wir für einen besonderen Zweck aufgehoben haben, ist heute reif", schlug sie vor.

„Gute Idee, Sternchen. Das machen wir", schickte er ihr noch einen Kuss durch die Leitung.

Westhoven nahm sich vor, mit niemandem darüber zu reden. Er wollte erst sicher sein und die Beförderungsurkunde in seinen Händen halten.

Trotzdem musste er jetzt mit jemandem darüber sprechen. Er ging rüber zu Heinz Dember. Toni Krogmann stand auf dem Flur am Kopierer.

„Hallo Heinz, reiß dich doch einmal ein bisschen zusammen, ich weiß, dass dein Privatleben dich im Moment ganz schön aufmischt. Wir machen doch alle unseren Job so gut wir können. Trinkst du einen Kaffee mit? Ich geh ihn auch holen". Paul Westhoven klang richtig versöhnlich. Dember konnte nicht anders als ja sagen.

„Ja Paul, ich nehm´ auch ein Tässchen."

Westhoven stellte gerade die Kaffeekanne zurück auf die Warmhalteplatte, als Dember plötzlich hinter ihm in der Teeküche stand und ihm seine Tasse vor die Nase hielt:
„Ich bin lieber in die Küche mitgekommen, bei zwei Tassen schlabberst du immer."

Westhoven nahm sich wieder die Kanne, kippte diese und goss den flüssigen Teer ein, bis Dember „Stopp" sagte und sich noch ein bisschen Milch hineinschüttete, was aber an der schwarzen Farbe nicht wirklich eine große Veränderung verursachte.

Westhoven wollte gerade gehen, als Dember ihn ansprach: „Sag mal Paul, wenn du die Wahl hättest zwischen einem Geländewagen und einem Porsche, welches Auto würdest du nehmen?"
„Willst du dir ein neues Auto kaufen, Heinz?"
„Ja, ich gucke schon seit Längerem danach. Ich kann mich einfach nicht entscheiden. Beides hat was, aber für einen Cayenne reicht es eben nicht", lachte er.
„Wenn du mit so einem Auto hier aufkreuzen würdest, wärst du sicher der Nächste, bei dem mal die Einkünfte überprüft würden. Es sei denn, du hast im Lotto gewonnen", sagte Westhoven.
„Ja klar, von wegen korrupter Bulle und so. Aber was sollte ich schon gegen Geld erzählen können? Aber jetzt mal im Ernst, ich fahre meine Kiste schon seit über 10 Jahren. Und der TÜV wird auch bald fällig, geschweige denn Reparaturen, von denen ich noch nichts weiß. Da will ich einfach vorbeugen und nicht eiskalt überrascht werden."
„Okay, ich würde mir den Geländewagen kaufen. Der Porsche ist einfach zu klein, ab und zu müssen wir ja Annes Eltern mitnehmen. Das kommt davon, wenn man seinen Schwiegervater überredet - aus Altersgründen, er war ja wirklich eine Gefahr für seine Umwelt - den Führerschein abzugeben. Aber bei dem Geländewagen würde Anne auch nicht mitspielen. Sie hält diese Allrader allesamt für Sprit fressende Dreckschleudern, die in der Stadt nichts zu suchen haben. Anne steht auf Volvo-Kombi. Aber die Überlegung brauchst du dir ja nicht zu machen, oder?", blickte er Dember eindringlich an.
„Nee, natürlich nicht. Ich pass schon auf", verriet er nichts von Dr. Webers Schwangerschaft, denn sie hatte ihm ausdrücklich untersagt,

auch nur ein Sterbenswörtchen zu erzählen. Bei diesem Gedanken sah er sich schon als stolzer Papa, der sein Baby auf dem Arm hin und her wiegt. „Aber danke, Paul. Ich suche einfach mal weiter. Vielleicht springt mir ja eine gute Zwischenlösung ins Auge."

Westhoven war schon ein paar Schritte auf dem Flur gegangen, als er noch laut sagte: „Guck doch mal nach einem Ford Kuga. Tolles Auto, ich kenn ein paar Leute, die so einen fahren und die sind total zufrieden damit."

„Werde ich machen."

EINUNDZWANZIG

Anne Westhoven hörte, wie ihr Mann den VW Golf in der Garage parkte und auf den Hauseingang zukam. Sie hatte den gut temperierten Rotwein dekantiert und schon einmal in die beiden großen Weingläser gefüllt, mit denen sie jetzt hinter der Tür stand.

„Herzlichen Glückwunsch zur anstehenden Beförderung", hielt sie ihm eines der Gläser entgegen. Westhoven nahm das Glas und noch bevor er seine Aktentasche abstellen konnte, prosteten sie sich zu: „Du bist so ein Schatz, Anne", grinste er wie ein Honigkuchenpferd. Doch seine Freude wurde urplötzlich getrübt, als er im gleichen Moment auf dem verschlossenen Brief auf der Anrichte die Schrift von Maria, seiner geschiedenen Frau, entdeckte. „Was ist das denn?", fragte er und nahm den Umschlag in die Hand.

„Ich hab' nicht reingeguckt, er ist ja an dich adressiert."

Westhoven stellte sein Weinglas auf die Anrichte und riss den Umschlag auf.

Er las:

‚... zum 1. April haben sich die Beträge der Düsseldorfer Tabelle für den Unterhalt erhöht. Gleichzeitig kommt Fiona im Juni in die dritte Altersstufe. Ich bitte dich daher, mit sofortiger Wirkung den Unterhalt anzupassen. Sollte sich zwischenzeitlich dein Gehalt erhöht haben, fordere ich dich auf, dies in die Berechnungen einzubeziehen. Du vermeidest damit, dass ich meinen Anwalt bemühen muss und die damit verbundenen Unannehmlichkeiten wie Nachzahlung, Pfändung und dergleichen...'

Ihm war sofort klar, worum es Maria ging. Sie wollte mehr Unterhalt für Fiona, denn diese wurde in zwei Monaten 12 Jahre, und sie wollte schon mal daran erinnern, ohne gleich wieder einen Anwalt bemühen zu müssen. Westhoven atmete tief durch: „Na toll, kaum steht eine Beförderung ins Haus, flattert auch gleich eine Erhöhung des Unterhaltes rein. Ich glaube, wir machen die Flasche Wein leer und öffnen gleich eine zweite", seine Freude war gänzlich verflogen. Mit einem großen Schluck trank er den Rest und goss gleich wieder nach.

„Ach komm, Paul. Wir ziehen das gemeinsam durch. Jetzt freu dich lieber darüber, dass du endlich die A12 kriegst", versuchte sie die Stimmung zu retten.

„Ich bin einfach nur traurig darüber, dass ich lediglich zahlen darf und meine Tochter im Grunde nichts mit mir zu tun haben will. Dafür hat Maria schon gesorgt", klang seine Stimme bedrückt. „Ich zahle ja, sogar gerne. Sie ist und bleibt meine Tochter. Aber sie steht so unter dem Einfluss ihrer Mutter und ihrer Oma, dass sie mich nicht einmal sehen will. Ich bin Zahler, aber Vater lässt man mich nicht sein."

Anne hatte keine Argumente mehr, denn Paul hatte recht. Nur zu gern hätte sie ihm etwas anderes gesagt.

***

Heinz Dember konnte nicht einschlafen. Er drehte sich zu Doris und sah im Dämmerlicht der vor dem Haus stehenden Laterne, dass es ihr genauso erging. Sie war ebenfalls noch wach. Er nahm sie in den Arm.

„Ich habe mal Paul angesprochen und ihn gefragt, ob er sich lieber einen Geländewagen oder einen Porsche kaufen würde. Was denkst du, hat er geantwortet?"

„Lass mich raten, er würde sich den Porsche kaufen", erwiderte sie.

„Falsch geraten, hätte ich aber auch getippt. Aber Paul hat doch seine Schwiegereltern, die er regelmäßig mitnimmt. Da wäre ihm ein Porsche zu klein."

„Ach so, na, so gut kenne ich seine Familienverhältnisse ja nicht. Aber klar, wenn die zu viert sind und nicht immer mit dem Taxi oder der Straßenbahn fahren wollen, kommt so ein zweisitziger Flitzer natürlich nicht infrage. Aber wieso hast du ihn überhaupt gefragt?", wurde sie neugierig.

Dember druckste herum: „Na, wegen…", streichelte er mit der linken

Hand zärtlich über den Bauch seiner Freundin.

„Aber du hast doch ein tolles Auto, Heinz. Das reicht doch erstmal. Außerdem kann ich in meinem auch problemlos den MaxiCosi anschnallen. Ist aber total lieb von dir, dass du dir solche Gedanken machst", küsste sie ihn auf die Wange.

„Ja, im Grunde stimmt das ja. Aber die Ladekante an meinem Audi TT ist für den Transport eines Kinderwagens total ungünstig, da hebt man sich doch einen Bruch. Ich wäre mir noch nicht mal sicher, dass der überhaupt da reinpasst. Und in deinen Wagen sicher auch nicht."

„Daran habe ich auch schon gedacht, aber weißt du, das wird eh schon alles teuer genug. Und jetzt noch ein neues Auto? Ich weiß nicht", sagte sie leise.

„Wir könnten ja unsere beiden Autos verkaufen und uns einen Kombi zulegen. Was meinst du?", war seine spontane Idee.

„Ach Heinz, ich will dich nicht so sehr damit belasten. Es ist ja noch nicht mal sicher, dass du der Vater des Babys bist", führte sie ihm noch einmal die unbarmherzige Wahrheit vor Augen.

Ohne es kontrollieren zu können, hatte Dember plötzlich Wasser in den Augen: „Doris, Schatz. Für mich bin ich der Vater. Das soll unser Geheimnis bleiben. Niemand muss je erfahren, dass es vielleicht doch anders ist. Und einen Vaterschaftstest würde ich nur für dich machen, wenn es dich beruhigt, aber das Ergebnis will ich nicht wissen", drückte er sie ganz fest.

„Du bist so lieb, Heinz. Ich denke drüber nach. Ich muss das mit mir ausmachen, okay?", küsste sie ihn abermals.

„Ich liebe dich, Doris. Ich hätte nie gedacht, dass ich mal so komische Dinge sage", grinste er.

Heinz Dember stand auf und schloss die Vorhänge, und es dauerte nicht lange, bis beide einschliefen.

ZWEIUNDZWANZIG

Westhoven saß mit Anne beim Frühstück, er blätterte im Kölner Stadtanzeiger und hatte ein schrecklich schlechtes Gewissen, weil er Anne nicht die Wahrheit gesagt hatte. Nur er wusste, dass nicht die

Currywurst, sondern sein akuter Ekel vor tiefgekühltem Hähnchenfleisch wegen der vereisten Leiche der wahre Grund war, dass er das Huhn nach Kantonart, welches Anne vorige Woche extra für ihn zubereitet hatte, da es eines seiner Lieblingsgerichte war, verschmäht hatte. Sogar davon geträumt hatte er, dies war ihm noch nie zuvor passiert und gab ihm sehr zu denken. Wie oft schon hatte er sich über andere gewundert, die wegen eines Burnout-Syndroms arbeitsunfähig geworden waren. Er fühlte zwar keine innere Unruhe oder ähnliches, aber er nahm sich vor, sich selbst kritisch zu hinterfragen.

Anne nahm sich die Beilagenprospekte vom Tisch und schaute sich eines davon intensiver an.

„Schau mal, Paul. Ist das nicht klasse?", begeisterte sie sich und schob Paul Westhoven den Prospekt eines großen Kölner Küchenhändlers über den Tisch. „Guck mal, das ist eine Traumküche. So eine habe ich mir schon immer gewünscht. Mit separatem zentralen Kochblock, in der Mitte Granitplatten, Aluminiumgriffen und, und, und. Und gar nicht teuer."

„Hmmh", war Westhovens einziger Kommentar, als er die 14.999 € als fett aufgedruckten Preis sah. Günstig fand er es jedenfalls nicht, er würde sowieso viel lieber statt einer Küche alsbald seinen alten VW Golf gegen ein Auto nach seinem Geschmack tauschen. Anne spürte, dass Paul von ihrer Küchenidee überhaupt nicht begeistert war.

„Vielleicht kann ich ja in einer so tollen Küche für dich so gut kochen, dass dir dein Lieblingsessen auch schmeckt", sagte sie mit zynischem Unterton. Sie war noch immer extrem sauer über die Art und Weise, wie Paul sie mit ihrem Essen hatte stehen lassen. Sie hatte sich doch solche Mühe gegeben. Noch immer lag der Duft von Curry, Ingwer und Knoblauch dezent in der Luft. Wahrscheinlich aber auch in der Küchengardine.

Jetzt musste er reagieren, denn der Haussegen war sowieso wegen seiner dauernden Überstunden in Gefahr: „Sternchen", machte er eine kleine Pause, „ich habe dir doch gesagt, dass es nicht am Essen lag, sondern an der Currywurst, die ich blöderweise mittags gegessen hatte." Er war auch jetzt nicht gewillt, Anne einzugestehen, dass ihn der neue Fall ziemlich belastete.

„Paul, weißt du was? Was interessiert mich deine doofe Currywurst? Ich habe mir total Mühe gegeben, dir dein Lieblingsessen im Wok zu kochen, habe mich abgehetzt, um alle Zutaten zu bekommen, war extra zum Markt, und du rührst es nicht einmal an. Normalerweise rennst du in der Küche auf und ab und fragst ständig, wann es denn fertig ist. Da stimmt doch was nicht. Und das macht mich rasend. Du verheimlichst mir doch was", blaffte sie ihn ordentlich an. „Ich habe das Essen portionsweise eingefroren. Nimm doch wenigstens eine Portion mit zur Arbeit, du kannst sie ja in der Mikrowelle erhitzen."

Westhoven wurde schon bei diesem Gedanken an Tiefgefrorenes ganz anders, aber er fand nicht den Mut, Anne über die Ursache seines Verhaltens aufzuklären: „Gerne, Sternchen. Gute Idee, dann brauche ich heute keine Currywurst zu essen." Er nahm sich vor, eine Portion mit ins Büro zu nehmen. Er wusste, er würde Arndt Siebert damit eine Freude machen, wenn er sie ihm anbot. Arndt verehrte Anne wegen ihrer Kochkünste und leckte sich förmlich die Finger nach allem, was Anne kochte. Auch wenn das letzte gemeinsame Abendessen schon so lange her war, dass sich Paul noch nicht einmal daran erinnerte, was Anne damals gekocht hatte. Vielleicht konnte man einen solchen Abend anlässlich seiner Beförderung im nächsten Monat noch einmal wiederholen. Anne Westhoven hielt ihm wieder den Prospekt hin: „Jetzt guck doch mal hier, das ist ein super tolles Angebot. Die Küche ist immerhin von Miele."

„Aber unsere Küche ist doch noch gut, oder funktioniert was nicht? Im Gegensatz zu unserem alten VW. Der gibt sicher bald seinen Geist auf", Westhoven wollte den Traum vom neuen Auto noch nicht aufgeben, und von Küchenarbeit hatte er wenig Ahnung, allenfalls die klassische Junggesellenküche, wie er es nannte, wie Bockwürstchen erhitzen oder Rührei machen. Viel mehr brachte er am Herd nicht zustande.

„Was heißt ‚funktioniert'? Klar, die Küche ist funktionstüchtig, aber ich will endlich mal eine neue haben. Eine eigene und nicht eine, wo schon deine Ex drin gekocht hat. Unseren Golf hast du doch gerade erst für viel Geld durch den TÜV bekommen. Nein, Paul, zwei Jahre wird der noch gefahren. Es sei denn, er bricht unter uns zusammen", erwiderte sie energisch und stellte so das Gespräch auf eine andere Grundlage.

Ihm war klar, wenn er jetzt ein falsches Wort aussprach, würde Anne explodieren. Gegen dieses Argument war er machtlos. Jetzt konnte er nur noch mit aller Kraft zurückrudern.

„Sternchen, so kenne ich dich ja gar nicht. Du scheinst es ja wirklich ernst zu meinen. Gib noch mal her", deutete er auf den Prospekt.

„Die Küche sieht wirklich richtig schick aus, muss ich ja zugeben. Schon gut, du hast Recht. Es steht dir wirklich deine eigene Küche zu. Ich würde dir doch auch so nichts abschlagen", versuchte er die Situation noch zu retten.

„Heißt das, wir gehen mal ins Küchenstudio?"

„Können wir machen, aber ich weiß nicht wann. Du weißt doch, ich habe diesen Fall mit der tiefgefrorenen Leiche in Nippes. Ich kann nicht absehen, wann wir endlich greifbare Informationen bekommen", versuchte er sich zu drücken, ohne Annes Wunsch abzulehnen.

„Kein Problem, Paul. Ich fahre da heute einfach mal nach Feierabend hin und lasse mir einmal durchrechnen, was eine Küche, die ich mir vorstelle, kostet. Ich nehme den Grundriss von unserer Küche mit, das sollte ausreichen", triumphierte sie. „Okay?"

Westhoven hatte keine Wahl, ihm fiel auch kein passendes Argument mehr ein, um Anne von diesem Beutezug abzuhalten.

„Okay und viel Spaß", war schließlich seine kurze Antwort.

Er trank noch seine Tasse Kaffee leer, blätterte die Zeitung bis zum Ende durch und umarmte Anne zum Abschied. Beim Kuss dachte er noch immer an den Geländewagen, der langsam am Horizont verschwand.

Auf dem Weg zur Garage graute es ihm jetzt schon davor, bald die alte Küche abbauen zu müssen. Anne würde schon dafür sorgen.

DREIUNDZWANZIG

Bei der morgendlichen Frühbesprechung hatte Paul Westhoven Arndt Siebert hinzu gebeten. Endlich gab es einige Neuigkeiten in dem Tiefkühltruhenfall. Der Leiter des KK 11 sollte sie sofort aus erster Hand erfahren. Als Erstes berichtete Heinz Dember von der Unterredung mit Frau Janka. Alle waren sich einig, dass die Lösung des Rätsels in der Vergangenheit von Erna Schmitz liegen musste. Paul Westhoven konnte als Neuigkeit hinzufügen, dass die Tochter von Erna Schmitz, Frau Meierbrink, heute Mittag am Flughafen Köln/Bonn ankäme. Sie würde bei der Durchsuchung der Wohnung ihrer Mutter eine große

Hilfe sein, da sie ihnen bestimmt wichtige Hinweise geben können würde.

***

Als Paul Westhoven in sein Büro zurückkam, blinkte die Rückrufanzeige seines Telefons.

Georg Urban vom Verkehrskommissariat hatte in seiner Abwesenheit angerufen und wünschte einen Rückruf. Er gab den Rückruf frei und Urban meldete sich am Telefon.

„Hallo Paul, ich habe es eben schon einmal versucht."

„Ja Schorsch, was kann ich für dich tun?"

Er hatte sich damals, als er den Streifendienst verließ, zusammen mit Georg Urban für die gehobene Laufbahn bei der Polizei beworben, dann mit ihm in Selm-Bork die Fachhochschulreife nachgeholt, bevor sie zum Studium an die Fachhochschule für öffentliche Verwaltung in Köln am Thürmchenswall zugelassen wurden. Nach dem Studium trennten sich dann ihre Wege. Urban blieb bei den Uniformierten, während Westhoven seinen weiteren Werdegang ganz der Kriminalpolizei verschrieben hatte.

„Paul, ich habe eine wichtige Information für dich. Für den tödlichen Unfall der Erna Schmitz vor dem Polizeipräsidium hat sich eben eine Zeugin gemeldet. Ich habe mit ihr nur kurz am Telefon gesprochen. Aber was sie sagte, lässt nur einen Schluss zu: Es war kein Unfall, sondern Mord. Ihr hattet Recht mit eurer Vermutung. Die Zeugin, Frau Bart, erzählte mir, dass sie den Unfall beobachtet hat. Sie ist sich sicher, dass das Opfer absichtlich von dem Pkw überfahren wurde. Ich schlage vor, die Vernehmung der Zeugin übernehmt ihr am besten sofort. Dann fuschen wir euch da auch nicht hinein. Ich habe eine telefonische Mitteilung geschrieben, sie ist schon als E-Mail zu dir unterwegs."

„Und wieso meldet die sich erst jetzt? Die hat wohl nicht alle Tassen im Schrank", regte sich Westhoven sofort auf, als er das hörte.

„Keine Ahnung, hab ich nicht gefragt. Das kannst du dann machen."

„In Ordnung Schorsch, die MK 6 übernimmt diesen Fall. Es ist mehr als wahrscheinlich, dass diese Autoattacke im direkten Zusammenhang mit dem Tiefkühltruhenmord steht. Ich werde das mit Arndt Siebert besprechen und mich dann noch einmal bei dir melden. Aber zunächst werden wir einmal die Zeugin vernehmen."

***

Paul wartete kurz auf die E-Mail, überflog sie und wählte dann die Nummer von Frau Bart.

Nach dem zweiten Klingeln hörte er die Stimme einer offensichtlich jüngeren Frau: „Bart, hallo?"

„Guten Tag, mein Name ist Westhoven von der Kölner Mordkommission. Sie haben eben mit meinem Kollegen Urban gesprochen, der mir Ihre Nummer gegeben hat. Sie haben den Unfall vor dem Polizeipräsidium beobachtet, bei dem eine ältere Frau überfahren wurde und letztlich auch gestorben ist."

„Was? Ich wusste ja gar nicht, dass sie tot ist. Die arme Frau", klang die eben noch relativ fröhliche Stimme etwas bedrückt.

„Ach so, haben Sie sich deswegen erst jetzt gemeldet?", schwang der vorwurfsvolle Unterton in Westhovens Stimme deutlich mit.

„Eigentlich wollte ich mich gar nicht melden. Wissen Sie, ich habe mich schon mal als Zeugin für einen Verkehrsunfall zur Verfügung gestellt und nichts als Frust und Ärger gehabt. Was ich mir da alles von dem Anwalt vor Gericht anhören musste! Als ob ich eine Lügnerin wäre. Nee, das wollte ich mir nicht noch mal antun", sagte sie deutlich.

„Dann frage ich mich natürlich, was Sie dazu bewogen hat, sich trotzdem zu melden. Aber das ist mir im Grunde auch egal. Ich bin froh, dass Sie es gemacht haben. Wann können Sie zu mir ins Präsidium kommen und Ihre Aussage machen, Frau Bart?"

„Ich kann jederzeit, denn im Augenblick habe ich Urlaub."

„Frau Bart, dann kommen Sie doch bitte jetzt. Ich warte auf Sie. Wie lange brauchen Sie ungefähr bis zum Präsidium?"

„In 20 Minuten kann ich über die Zoobrücke von Ehrenfeld in Kalk sein."

„Sie können Ihr Auto vor dem Gebäude Walter-Pauli-Ring 6 parken, dort sind Besucherparkplätze. Melden Sie sich bitte beim Pförtner. Ich hole Sie dann sofort dort ab", erklärte er abschließend.

***

In der Zwischenzeit ging er zu Arndt Siebert und erzählte ihm, dass sich eine Zeugin für den Verkehrsunfall gemeldet hätte. Siebert war sofort einverstanden, den angeblichen Verkehrsunfall nun als Tötungsdelikt einzustufen und beim KK 11 bearbeiten zu lassen. Wegen der mutmaßlich engen Verwobenheit zur MK Privileg beauftragte er Westhoven auch mit diesen Ermittlungen.

„Dann hat ja die Taxifahrerin doch Recht gehabt", sagte Siebert, als Westhoven schon dabei war, sein Büro wieder zu verlassen.

„Tja, dat Oehmchen. Entwickelt sich zu unserer besten vierfach bereiften Informantin", antwortete Westhoven. „Eine tolle Freundin hat Dember", grinste er.

***

Nach 22 Minuten meldete sich der Pförtner telefonisch bei Westhoven. Bevor er jedoch auch nur einen Ton sagen konnte, kam ihm Westhoven schon zuvor: „Frau Bart ist da, ich komme sofort runter".

„Okay", antwortete der Pförtner knapp.

Nicht mal zwei Minuten später holte Westhoven die Zeugin ab und ging mit ihr in sein Büro in der ersten Etage. Er ging dabei immer einen kleinen Schritt vor ihr. Im Büro bat er sie, auf einem der Stühle Platz zu nehmen und ihren Ausweis vorzulegen. Diesen nahm er dann und sagte: „Ich fülle erst einmal das Formular zur Person aus", und begann die Personalien vom Ausweis laut vorlesend abzutippen.

„Ihre Personalien: Caroline Bart, geboren am 27.12.1975 in Staffelstein, wohnhaft in Ehrenfeld in der Steubenstraße. Verraten Sie mir noch Ihren Familienstand und Ihren Beruf, Frau Bart", forderte er sie auf.

„Ledig. Ich arbeite bei den Kölner Verkehrsbetrieben in der Hauptzentrale als Industriekauffrau."

„Ihre Telefonnummer habe ich ja schon", sagte er und tippte diese ebenfalls ins Formular. Nach einigen weiteren Klicks bat er sie zunächst um eine ausführliche Sachverhaltsschilderung.

„Also, ich hatte an diesem Tag frei genommen, weil ich eine Kollegin im Evangelischen Krankenhaus in Kalk besuchen wollte, die von einer ausgerasteten Kundin ohne Fahrschein bei einer Fahrkartenkontrolle verprügelt worden war. Sie ahnen ja gar nicht, mit was für Leuten sich unsere Mitarbeiter vom Kontrolldienst im wahrsten Sinne des Wortes rumschlagen müssen.

Jedenfalls stand ich in der Schlange am Walter-Pauli-Ring und wartete auf Grün, als plötzlich die alte Frau mit ihrem Rollwägelchen von dem schwarzen BMW gerammt wurde und dann durch die Luft flog. Dann sind auch sofort Leute ausgestiegen, um zu helfen", beendete sie ihre Erzählung.

„Hätte der BMW an der Frau vorbeifahren können?"

„Aber locker, da hätte ein Lkw dran vorbei gepasst. Der ist sogar extra noch einen Bogen gefahren, um sie voll zu erwischen. Also, der hat förmlich gezielt, da bin ich mir hundertprozentig sicher."

„Haben Sie sehen können, wer den Wagen gefahren hat?", hakte Westhoven nach.

Caroline Bart schüttelte den Kopf:

„Tut mir leid, aber das ging alles so schnell. Ich kann nur sicher sagen, dass es ein großer schwarzer BMW war und für mich so aussah, als wenn der Unfall eben kein Unfall war. Vielleicht war der Fahrer ja auch einfach nur besoffen", mutmaßte sie.

„Also doch ein Mann, der gefahren ist?"

„Weiß ich nicht, kann auch genauso gut eine Frau gewesen sein. Ich habe den Wagen ja nur von schräg hinten gesehen, die hinteren Scheiben waren dunkel, so dass man nicht durch sie hindurchschauen konnte."

„Meinen Sie nicht, Sie hätten damals warten sollen, bis die Polizei und die Rettungskräfte eintrafen?"

„Da waren doch genug andere, und außerdem hatte ich nur meine verletzte Kollegin und diese schreckliche Gerichtsverhandlung im Kopf. Mir war das einfach zu viel. Aber Sie haben recht, Herr Westhoven, ich hätte es nicht machen sollen. Werde ich jetzt dafür bestraft?"

„Das kann ich nicht sagen und auch nicht entscheiden. Ihre Aussage kommt so in die Ermittlungsakte, und wenn der Staatsanwalt meint, da was draus machen zu müssen...", zuckte er mit den Schultern. „Ich werde jedenfalls keine Anzeige vorlegen."

„Muss ich also wieder vor Gericht?", ihre Stimme klang jetzt besorgt.

„Wenn wir das Auto finden und den passenden Fahrer oder die passende Fahrerin, müssen Sie ganz sicher als Zeugin vor Gericht und dort erzählen, was Sie hier und heute zu Protokoll gegeben haben."

„Okay, ich möchte schließlich auch nicht, dass so jemand davonkommt. Kann ja wohl nicht wahr sein, dass jemand eine alte Frau über den Haufen fährt und sich dann womöglich noch rausredet oder wieder so ein Anwalt seinen Mandanten rausboxt. Mit mir können Sie rechnen", schien sie entschlossen zu sein.

Westhoven bedankte sich für ihre Aussage und brachte sie wieder zum Ausgang herunter, wo sie das Gebäude verließ, in ihren Ford Fiesta einstieg und davonfuhr.

Westhoven ging danach sofort wieder zum Leiter des KK 11 und berichtete vom Ergebnis der Zeugenvernehmung.

„Damit ist wohl alles klar, Paul. Ihr übernehmt den Fall, oder gibt es irgendwelche Einwände?"

„Ganz im Gegenteil", freute sich Westhoven, denn er spürte, dass sein Gefühl ihn nicht getäuscht hatte. Die tiefgefrorene Leiche aus der Truhe und die tote Erna Schmitz hatten eine Gemeinsamkeit, und die galt es zu finden.

***

Zur gleichen Zeit telefonierte Toni Krogmann mit dem Einwohnermeldeamt der Stadt Köln. Sie wollte die Spurenakte „Eigentümer Blecher" endlich abschließen.

„Ich suche einen Uwe Mankowicz. Die einzigen Daten, die ich habe, sind der Name, seine Mutter hieß Katharina Mankowicz, verheiratete Blecher, und die Familie wohnte 1982 in der Viersener Straße. Können Sie mit diesen Angaben etwas anfangen?" Nach einer kurzen Pause bekam sie von der Sachbearbeiterin des Einwohnermeldeamtes die Antwort.

„Frau Krogmann, ich habe hier im Archivsystem einen Datensatz gefunden: Uwe Mankowicz, geboren 22.02.1955 in Köln. Ich werde Ihnen den Datensatz zufaxen, denn leider können wir aus dem alten Archivsystem keine E-Mail versenden."

Krogmann dankte für die Auskunft, hinterließ ihre Faxnummer und wartete, dass das Fax auf Ihrem Bildschirm angezeigt wurde.

Nach nur wenigen Minuten erschien der Schriftzug: Sie haben ein neues Fax erhalten. Sie klickte mit der Maus darauf, um das Fax zu öffnen, und las:

„Uwe Mankowicz, geboren 22.02.1955 in Köln
Vater: unbekannt
Mutter: Katharina Mankowicz, geboren 06.02.1933 in Königsberg
letzter Wohnsitz: 5000 Köln 60 (Nippes), Viersener Straße
am 22.06.1987 nach Hongkong, 2014 Darlington Road, App. N407 abgemeldet."

Danach kamen noch einige Vermerke, dass Uwe Mankowicz seinen Pass und einen Personalausweis jeweils nach Ablauf in den deutschen Generalkonsulaten in Hongkong, Taipeh, Jakarta und Peking hatte verlängern, bzw. neu ausstellen lassen. Eine aktuelle Anschrift lag nicht vor.

Toni Krogmann fertigte über diese Büroermittlungen einen Vermerk, der mit dem Satz endete:

„Die Spur Blecher/Mankowicz ergibt keinen Ermittlungsansatz."

***

Das Flugzeug, in dem Ursula Meierbrink saß, landete sanft gegen 09.45 Uhr auf der Piste des Köln/Bonner Flughafens. Wie üblich klatschten die Passagiere Beifall für die gute Landung und sprangen von ihren Sitzen auf, noch bevor das Flugzeug stand und die Anschnallzeichen erloschen waren.

Nach einer gefühlten Ewigkeit am Transportband nahm Ursula Meierbrink ihren Koffer und rollte diesen zum Taxistand.

Sie gab dem Taxifahrer ihre Anschrift, und nach gut einer Stunde setzte dieser sie wohlbehalten vor ihrem Haus in der Hermannstraße in Wissen ab.

Oben im Fenster lag ihre Nachbarin und rief herunter, dass sie schnell hochkommen sollte. Ursula Meierbrink war jedoch nicht zum Reden zumute, die Nachricht vom Tod ihrer Mutter hatte sie stark erschüttert. Weil sie aufgrund des Straßenlärms nichts verstehen konnte, winkte sie nur zurück. Ihren schweren rollbaren Reisekoffer wuchtete sie in den Flur. Sie hatte die Haustür noch nicht geschlossen, als ihre Nachbarin schon vor ihr stand. Sie hielt ihr den Zettel mit der Telefonnummer der MK Privileg vor die Nase, noch bevor Ursula Meierbrink etwas sagen konnte: „Hier, diesen Zettel soll ich Ihnen geben. Sie sollen sofort anrufen."

„Wieso Mordkommission? Ich weiß, dass meine Mutter verstorben ist, aber was soll das?", wurde es ihr mit einem Mal schwindelig. Sie setzte sich auf den Koffer, um nicht plötzlich umzufallen.

Die Nachbarin druckste herum. „Jetzt sagen Sie schon, was ist passiert?", wurde Ursula Meierbrink ungehalten.

„Ihre Mutter ist...", sie konnte den Satz nicht beenden, denn Ursula Meierbrink schrie dazwischen: „Was ist mit meiner Mutter passiert?" Die Nachbarin war mit der Situation völlig überfordert und schaute vor sich auf den Boden, sie war nicht in der Lage, Klartext zu reden. Ihr Mann war erst letzten Herbst gestorben, und sie hatte dieses Trauma noch nicht überwunden. Die Trauer ließ es nicht zu. Sie konnte es nicht aussprechen.

Ursula Meierbrink ließ ihren Koffer im Flur stehen, öffnete mit zittrigen Fingern die Tür zum Wohnzimmer und griff zum Telefon, welches direkt neben dem Sofa auf einem Telefonbänkchen stand.

„Dember, Mordkommission?", meldete sich Heinz Dember.

„Hier ist Ursula Meierbrink, die Tochter von Erna Schmitz. Ich habe hier einen Zettel mit der Nummer einer MK Privileg. Was ist passiert?", ihre Stimme klang verweint und bedrückt.

„Es tut mir leid, Frau Meierbrink, wir konnten Sie zu Hause nicht erreichen, um persönlich mit Ihnen zu sprechen. Deshalb hat mein Kollege Westhoven Sie in Ihrem Hotel im Urlaub angerufen. Es ist eigentlich nicht unsere übliche Vorgehensweise, dass wir anrufen, aber wir wussten nicht, wann Sie regulär aus dem Urlaub zurückgekommen wären", entschuldigte er sich.

„Sagen Sie mir bitte, was passiert ist."

„Ihre Mutter ist mit einem Auto überfahren worden, und so wie es aussieht, war das kein Unfall. Genaueres wissen wir noch nicht. Das untersuchen wir gerade."

„Hat sie gelitten?", fragte Ursula Meierbrink unter Tränen.

„Sie war sofort tot", log Dember. Es war eine Notlüge, die aus seiner Sicht zum jetzigen Zeitpunkt das einzig Richtige war.

„Kann ich meine Mutter sehen?"

Dember hielt für einen Moment inne: „Sie können Ihre Mutter natürlich sehen, aber überlegen Sie es sich gut. Es ist kein schöner Anblick. Vielleicht behalten Sie Ihre Mutter so in Erinnerung, wie Sie sie zuletzt gesehen haben", schlug er fürsorglich vor.

„Wo ist meine Mutter jetzt, bei welchem Bestatter?"
„Noch nirgendwo. Ihre Mutter ist noch in der Rechtsmedizin, und wir wollten nichts unternehmen, ohne Sie zu fragen."
„Wo ist die Rechtsmedizin?", wollte Ursula Meierbrink wissen.
„Das ist am Melatengürtel 60-62 in Ehrenfeld. Ich sage dort Bescheid, dass Sie vielleicht kommen, okay?"
„Ich überlege es mir."
„Könnten Sie denn hier ins Präsidium kommen? Wir haben ganz viele Fragen", bat Dember zögerlich.
„Wann soll ich denn kommen?"
„So schnell wie möglich, je mehr wir erfahren, desto besser. Vielleicht bringt uns Ihre Aussage entscheidend weiter."
„Na gut, in einer Stunde könnte ich da sein", stimmte sie zu, denn schließlich wollte sie auch mehr erfahren. „Wo muss ich denn hin?"
„Nach Kalk, Walter-Pauli-Ring 6. Melden Sie sich bitte beim Pförtner, ich hole Sie dann dort ab."
„Dann bis gleich, ich versuche so schnell wie möglich da zu sein."
Ursula Meierbrink sah, dass der Anrufbeantworter blinkte. Über zehn Anrufe. Sie drückte die Taste „abspielen". Bei der siebten Nachricht hörte sie die vertraute Stimme von Gertrud Janka, der Freundin ihrer Mutter: „Hallo Ulla, hier ist die Gertrud, ich versuche schon seit Tagen, deine Mutter zu erreichen. Ist sie nicht da? Hat sie dir was erzählt? Bei unserem letzten gemeinsamen Nachmittag im ‚Kappes' war sie plötzlich so anders. Ich weiß nicht, was mit ihr los war. War irgendetwas? Bin ich ihr auf den Schlips getreten? Ruf mich doch bitte einmal zurück, ich muss mit dir reden. Außerdem wollten wir den Termin für unseren jährlichen Ausflug mit dem Schiff nach Linz abstimmen, sonst kriegen wir nachher keine Bootskarten mehr. Noch einen schönen Gruß aus Nippes, bis bald, Gertrud."

Ursula Meierbrink musste sich beeilen, sie wollte endlich wissen, was hier gespielt wurde. Ohne sich umzuziehen und sich weiter um den Koffer im Flur zu kümmern, stürzte sie sich aus dem Haus, stieg in ihren mit Pollenstaub übersäten Wagen und fuhr über die Zoobrücke zum Präsidium. Sie kannte den Weg, denn in den Köln-Arcaden nebenan war sie schon einkaufen gewesen. Der Pförtner versuchte, ein Mitglied der MK 6 zu erreichen. Aber es war Mittagszeit und deshalb bat er Ursula Meierbrink, im Foyer im Wartebereich an einem Tisch Platz zu nehmen. Es würde mit Sicherheit gleich jemand kommen.

***

Beim Mittagessen in der Kantine saß die MK 6 zusammen an einem Tisch. Heinz Dember hatte mit seiner Vorliebe für deftige rheinische Küche voll danebengegriffen. Das, was auf dem Schild an der Essensausgabe als „Kölsche Rievkooche" angepriesen worden war, war zum Teil noch halb roh, zum Teil angebrannt und höchstens dazu geeignet, größere Maschinenteile damit einzuölen. Nach einem Bissen schob Dember den Teller weit von sich und holte sich das Beschwerdebuch, welches an der Kasse auslag.

Während Dember noch schrieb, erzählte Krogmann von ihren Ermittlungen im Einwohnermeldeamt.

„Wir hatten in der Spur Blecher eine falsche Frage gestellt. Wir suchten die beiden Söhne von Eugen Blecher. Der hat aber nur einen Sohn. Der andere Sohn wurde von seiner Ehefrau Katharina mit in die Ehe gebracht. Weil er nie adoptiert wurde, wurde er auch nicht als der Sohn von Eugen Blecher geführt. Der Sohn Uwe Mankowicz ist jedoch schon vor über 25 Jahren nach Ostasien gegangen. Ich werde noch den Bruder Edmund Blecher befragen, ob er etwas über die Abmauerung unter der Treppe weiß. Ich sehe danach keinen Grund, die Spur weiterzuverfolgen. Ich habe sie erst einmal beiseitegelegt."

***

Als sie die Kantine verließen, winkte ihnen der Pförtner zu.

„Herr Westhoven oder Herr Dember, die Dame mit der blauen Jacke, vorne an dem zweiten Tisch, wartet seit circa 10 Minuten auf Sie."

Westhoven ging hinüber zum Wartebereich im Foyer und sprach die Dame in der blauen Jacke an.

„Mein Name ist Westhoven, guten Tag, was kann ich für Sie tun, Frau...?"

„Guten Tag, ich bin Ursula Meierbrink. Sie hatten mit mir telefoniert. Es handelt sich um den Tod meiner Mutter Erna Schmitz."

„Frau Meierbrink, erst einmal mein aufrichtiges Beileid. Bitte kommen Sie doch mit in mein Büro. Hier im Foyer können wir nicht ungestört miteinander sprechen."

Im Büro angekommen bot Westhoven seiner Besucherin einen Stuhl an.

„Frau Meierbrink, kann ich Ihnen ein Mineralwasser anbieten? Unseren Kaffee kann ich niemandem empfehlen."

Während er das Mineralwasser eingoss, hantierte Ursula Meierbrink nervös mit ihrer Handtasche.

„Wie ich Ihnen schon am Telefon mitgeteilt hatte, wurde Ihre Mutter Erna Schmitz von einem Auto überfahren. Wie sich jetzt herausgestellt hat, handelt es sich nicht um einen Unfall, sondern vermutlich um Mord. Ihre Mutter wollte bei uns eine Aussage machen, vermutlich wegen eines Fahndungsplakats, welches sie gesehen hatte. Auf dem Weg zu uns wurde sie überfahren. Wir haben bis jetzt aber keinen Ansatzpunkt für weitere Ermittlungen. Wir hoffen, Sie können uns helfen. Ich würde Sie bitten, uns zu unterstützen."

„Meine Mutter ermordet? Die alte Frau hatte doch keine Feinde. Und wie soll ich Ihnen helfen? Das kann ich doch gar nicht."

Das Gespräch wurde abrupt durch das Klingeln des Telefons unterbrochen. Als Westhoven die Nummer von Asmus sah, hob er den Hörer ab.

„Hallo Herr Asmus, ich bin gerade im Gespräch mit Frau Meierbrink, der Tochter von Frau Schmitz. Ich melde mich gleich wieder."

„Herr Westhoven, nicht so schnell. Ich will Ihnen nur mitteilen, dass ich den Beschluss für die Durchsuchung in Wissen habe. Lassen Sie ihn bitte abholen."

„Ja, danke. Ich melde mich gleich wieder."

„Frau Meierbrink, und wie Sie uns helfen können. Die Frage ist gerade beantwortet worden. Wir müssen uns morgen die Wohnung Ihrer Mutter ansehen. Dafür haben wir einen richterlichen Beschluss. Sie können uns helfen, indem Sie uns morgen begleiten und für Auskünfte zu Verfügung stehen."

***

In der Zwischenzeit hatte Toni Krogmann schon im Vorgangssystem das Formular für eine Zeugenvernehmung aufgerufen und saß schreibfertig am Computer.

„Möchten Sie einen Kaffee?", fragte Dember, nachdem er Ursula Meierbrink ins Nachbarbüro geholt und ihr einen Stuhl angeboten hatte.

„Nein danke, meine Nerven flattern auch so schon heftig genug und mein Magen grummelt wie verrückt."

„Wenn Sie irgendwas brauchen, sagen Sie einfach Bescheid", sagte er in einem sehr freundlichen Ton.

Es folgte ein ausführliches Vorgespräch zwischen Dember und Ursula Meierbrink, und nach der Zeugenbelehrung und Aufnahme der Personalien ging es in die konkrete Befragung und Protokollierung der Aussage. Ursula Meierbrink erzählte viel, was augenscheinlich nicht weiterhelfen würde, aber als der Name Blecher fiel, wurde er hellhörig: „Habe ich Sie richtig verstanden, Ihre Mutter kannte Edmund Blecher? Hatte sie noch Kontakt zu ihm?"

„Ich glaube nicht, so viel ich weiß, hatte sie, seit sie in Rente war, keinen Kontakt mehr in die alte Firma. Kennen Sie den Herrn Blecher?", stellte sie eine Gegenfrage.

Dember stapelte tief: „Eigentlich nicht, der Name ist aber mal gefallen. Hat Ihre Mutter damals bei ihm gearbeitet?", fragte er weiter und hoffte, dass sie nachhakte.

„Jein, ihr eigentlicher Chef war Herr Mankowicz, aber Herr Blecher war ja nur ein Büro weiter. Das sind ja Brüder. Als die beiden sich damals selbstständig machten, sie waren beide auch bei Gummi-Clouth, ist meine Mutter als Sekretärin mitgegangen."

„Kennen Sie Herrn Blecher oder Herrn Mankowicz persönlich?", wollte Dember wissen, während Krogmann fleißig die Vernehmung in den Computer tippte.

„Ja, ich habe sie mal gesehen, aber das ist schon über 30 Jahre her, und das war auch nur einmal, als meine Mutter in den Ruhestand verabschiedet wurde."

Dember hielt ihr das Plakat mit dem Foto der Leiche aus der Tiefkühltruhe hin.

„Kennen Sie vielleicht die hier abgebildete Person?"

Ursula Meierbrink nahm ihm das Plakat aus der Hand und sah es sich genau an. Nach einer guten Minute sagte sie: „Das kann ich Ihnen nicht mit Sicherheit sagen, die Person habe ich, glaube ich, noch nie gesehen. Beschwören kann ich das nicht, tut mir leid", wollte sie sich nicht festlegen.

„Frau Meierbrink, wissen Sie, ob Ihre Mutter einen Einzelverbindungsnachweis für ihr Telefon bekam?", fragte Krogmann.

Sie drehte sich zur Ermittlerin um und sagte: „Hundertprozentig, bei so was war meine Mutter immer ganz genau."

„Wir brauchen dringend den Nachweis von letzter Woche. Wir wissen, dass sie auf der Kriminalwache angerufen hat. Vielleicht hat sie noch jemanden angerufen. Wenn, dann wüssten wir das gern", erklärte Krogmann. Vielleicht gab es einen Hinweis, mit wem Erna Schmitz in der Zeit vor ihrem Tod telefoniert hatte.

„Ich fordere gleich einen Beleg bei der Telefongesellschaft an."

Nach Beendigung der Vernehmung, wollte Ursula Meierbrink einfach nur nach Hause. Dember begleitete sie zum Ausgang. Sie verabredeten, dass sie morgen um 10.00 Uhr im Sekretariat auf die Durchsuchungsbeamten warten würde.

Als sie weg war, guckte Dember Krogmann an: „Denkst du das Gleiche wie ich?"

„Ich glaube schon. Ich werde die Spur Blecher/Mankowicz noch mal reaktivieren. Ich habe da so ein weibliches Bauchgefühl, dass wir mit dieser Spur hier noch nicht am Ende sind."

Krogmann wollte nur kurz ins Geschäftszimmer, um dort neues Schreibpapier zu holen, als sie in ihrem Postfach ein Fax des Deutschen Generalkonsulats aus Singapur sah. Das Ergebnis der dortigen Ermittlung war, dass ein Uwe Mankowicz dort bekannt und angeblich in Singapur wohnhaft gewesen war, aber auch diese Information brachte sie im Augenblick nicht weiter.

***

Der Leiter der MK 6 ging sofort, nachdem er sich verabschiedet hatte, zurück zur Dienststelle. Arndt Siebert schaute von der vor ihm liegenden Akte auf und Westhoven berichtete vom aktuellen Stand der Dinge.

Arndt Siebert und Westhoven waren sich sofort einig. Auch wenn es im Grunde nur eine Vermutung war, so bestand eine große Wahrscheinlichkeit, dass der eiskalte Leichenfund und der offensichtliche Mordunfall in engem Zusammenhang stehen müssten. Die Aussage der Zeugin Bart war sehr konkret, sie hatte keinen Zweifel daran, dass Erna Schmitz absichtlich überfahren wurde. Um weitere Ermittlungsansätze zu erlangen, musste dringend die Öffentlichkeit informiert werden.

Siebert wählte daher die Telefonnummer von Staatsanwalt Asmus und aktivierte die Freisprechfunktion seines Telefons, so dass alle drei mithören konnten.

„Herr Asmus, Paul Westhoven sitzt neben mir und kann mithören", begann er das Gespräch und schilderte dann den derzeitigen Sachstand.

„Ich sehe das genauso wie Sie beide", bestätigte Asmus. „Was schlagen Sie vor, wie wir vorgehen sollten?"

„Lassen Sie uns eine Pressekonferenz einberufen", meinte Westhoven.

„Halten Sie das wirklich für nötig, Herr Westhoven? Meinen Sie nicht, dass hier die wie üblich abgestimmte Pressemitteilung zwischen Polizei und Staatsanwaltschaft ausreicht?"

„Nein, ich bin der gleichen Ansicht, Herr Asmus", meinte Siebert. „Geben wir doch den Journalisten die Möglichkeit, sich bereits in diesem frühen Ermittlungsstadium ausgiebig zu informieren und zu berichten. Umso größer ist die Chance, dass dies nicht nur eine kleine Meldung in den Tageszeitungen wird. Die frühzeitige Einbindung der Presse hat uns schon sehr oft geholfen. Es würde ja schon ein kleiner Hinweis reichen."

„Okay, wir vergeben uns ja nichts. Könnten Sie die Vorbereitungen übernehmen und mir Bescheid geben, wann die Pressekonferenz sein wird?"

„Ich kümmere mich darum", rief Westhoven in Richtung Telefon.

„Danke und bis bald", beendet Asmus das Gespräch.

„Komm, Paul. Wir gehen mal grad zu unserem KIL und mit ihm zusammen zu Herrn Stellmacher. Der Direktionsleiter sollte schon Bescheid wissen, bevor wir die Pressestelle einschalten", wollte Siebert nicht vom vorgeschriebenen Dienstweg abweichen. „Ach, mir fällt gerade ein, dass sich unser KIL heute zu einer Besprechung im Landeskriminalamt in Düsseldorf befindet."

„Dann eben zum Vertreter", hielt sich Westhoven knapp. Er hielt zwar nicht viel von diesen Formalitäten, aber er wollte sie auch nicht missachten, wenn es nicht unbedingt sein musste.

Die Bürotür des Vertreters war verschlossen, und so gingen die beiden quer durch das moderne Gebäude zur Direktionsführungsstelle und erfuhren dort, dass dieser ebenfalls einen Termin hatte. Er war zu einer längeren Besprechung bei der Stadtverwaltung.

In diesem Moment öffnete sich die Bürotür des Leiters der Kriminalpolizei: „Hallo Herr Siebert, Hallo Herr Westhoven", gab der Leitende Kriminaldirektor Bert Stellmacher ihnen zur Begrüßung die Hand. „Was gibt es für Neuigkeiten?"

„Wir haben konkrete Hinweise, dass ein tödlicher Verkehrsunfall eben kein Unfall war und das Opfer mit unserem Toten aus der MK Privileg in Zusammenhang steht, und…"

„Kommen Sie rein", unterbrach Bert Stellmacher die Ausführungen von Siebert und bat sie, in seinem Büro am Besprechungstisch Platz zu nehmen. „Das klingt ja höchst interessant."

„Wir haben schon mit dem zuständigen Staatsanwalt gesprochen und eine kleine Pressekonferenz angeregt. Vorher sollten wir allerdings noch von der Verkehrsdirektion den Unfall mit Erna Schmitz übernehmen."

Bert Stellmacher griff sofort zum Hörer und rief den Direktionsleiter der Verkehrsdirektion an. Gemeinsam stimmten die beiden Chefs das weitere Vorgehen ab. „Die bisherigen Ermittlungsergebnisse werden zusammengefasst und können gleich im Verkehrskommissariat abgeholt werden. Für Sachfragen stehen die Kollegen vom Unfallteam gern zur Verfügung, bei Bedarf unterstützen sie auch gern bei einer Vernehmung."

„Prima", sagte Westhoven. „Soll ich eine Meldung für die Pressestelle vorbereiten und schon für morgen 13.00 Uhr das Forum 3 reservieren?", bot er sich an, die Organisation zu übernehmen.

Der Kripochef stimmte zu. Auf dem Rückweg zur Dienststelle sagte sich Westhoven, wie einfach doch alles sein konnte.
Eine halbe Stunde später legte er Arndt Siebert seinen Entwurf der Pressemeldung vor. „Klasse, Paul. Hätte ich nicht besser schreiben können, aber mail die auf jeden Fall noch mal Asmus zu, damit der auch abnickt."

„Okay, und dann gehe ich mal rüber zur Pressestelle." Mit dem mündlichen Einverständnis von Asmus ging Westhoven außen am Gebäude entlang. Dieser Weg war kürzer und nicht so verschachtelt wie durch die drei Gebäude hindurch. Im Gebäudeteil A fuhr er mit dem Aufzug in die 5. Etage und ging zur Leitung der Pressestelle. Wenige Minuten später war die Einladung zur Pressekonferenz über das Online-Portal veröffentlicht.

Die weiteren organisatorischen Angelegenheiten, wie zum Beispiel das Herstellen von Namensschildern, würde eine freundliche Kollegin der Pressestelle übernehmen.

VIERUNDZWANZIG

Am nächsten Morgen fuhren Krogmann und Dember zum 80 Kilometer entfernten Wissen in den Westerwald. Kurz bevor sie Wissen erreichten, informierte Dember die Leitstelle der Polizei des Landkreises Altenkirchen, dass sie sich in deren Bereich aufhalten würden und gab die Anschrift des Durchsuchungsobjektes durch. Die Frage, ob sie noch Unterstützung bräuchten, verneinte er.

Mit dem Beschluss in der Hand gingen sie geschlossen ins Sekretariat zu Frau Magliaso. Ihr gegenüber saß Frau Meierbrink, der Tränen über die Wangen liefen. Frau Magliaso, die heute, was Toni Krogmann sofort auffiel, eine Leopardenleggins trug, versuchte sie zu trösten.

„Guten Morgen, Herr Nußscher weiß schon Bescheid, dass Sie kommen. Ich rufe ihn sofort."

Wenige Minuten später betrat der Leiter des Seniorenzentrums das Sekretariat. „Guten Morgen. Um was geht es heute?", fragte er freundlich.

„Guten Morgen, mein Name ist Toni Krogmann, meinen Kollegen Dember kennen Sie bereits", sagte sie auf diesen zeigend. „Wir haben einen Durchsuchungsbeschluss für das Apartment von Frau Schmitz", erklärte Krogmann.

„Sie haben doch schon geguckt", bemerkte Herr Nußscher etwas überrascht.

„Wir haben neue Erkenntnisse, und der ermittelnde Staatsanwalt hat dafür diesen Beschluss beantragt", erklärte Toni Krogmann abermals freundlich.

„Okay, von mir aus hätten Sie den gar nicht gebraucht. Ich habe doch letztes Mal auch so die Tür aufgeschlossen und wie versprochen dafür gesorgt, dass das Apartment auch keiner mehr betritt, bis ich was von Ihnen höre."

„Das ist eben ein Teil der Bürokratie und Vorschrift in unserem Rechtsstaat", hob Krogmann die Schultern.

„Na, dann kommen Sie bitte", ging er vor und nahm seinen Schlüsselbund hervor. Die Ermittler und Frau Meierbrink folgten ihm.

Als der Leiter des Seniorenzentrums den Schlüssel ins Schloss stecken wollte, hielt er inne: „Was ist das denn?" Er fühlte mit seinem Zeigefinger über die sichtlich frischen, aber kaum erkennbaren Beschädigungen am Türblatt und Rahmen. Als Dember die aufgeschlossene Apartmenttür betrachtete, rutschte ihm heraus:

„Verdammt noch mal. Da ist uns jemand zuvorgekommen. Das sind ja wohl eindeutig Spuren eines Einbruchs. Es war wohl schon jemand vor uns hier", ärgerte er sich, ließ es sich aber nicht anmerken. „Ist der Eingangsbereich oder die Etage hier videoüberwacht, Herr Nußscher?"

„Natürlich nicht, das kommt überhaupt nicht in Frage. Was sollen denn unsere Bewohnerinnen und Bewohner denken!", reagierte er sofort.

„Eine Überwachungskamera würde die Intimsphäre unserer Bewohner stören. Ich glaube, diese hätten für so etwas kein Verständnis."

Dember wollte in diesem Moment keine Diskussion über den Sinn und Zweck einer Videoüberwachung entfachen und ließ diese Bemerkung einfach stehen. Gleichzeitig musste er sich selbst eingestehen, dass eine Kamera ihn auch in seinem Privatbereich stören würde.

„Herr Nußscher, die Durchsuchung wird sich nun erst einmal verschieben. Die Kollegen vom Kriminalkommissariat Betzdorf müssen erst einmal den Einbruch aufnehmen. Bevor die Spurensicherung nicht da war, können wir nichts tun", schaltete sich Toni Krogmann ein. Dember rief bei der Kripo in Betzdorf an und erreichte glücklicherweise sofort Klaus Cohn, der den Fall Erna Schmitz schon kannte. Wegen der Dringlichkeit sagte er zu, dass die Spurensicherer, die gerade in Roth in der Nähe von Wissen einen Tankstelleneinbruch aufnahmen, sofort anschließend ins Seniorenzentrum kämen. Heinz Dember setzte sich in einen Sessel, der im Aufenthaltsbereich vor dem Apartment stand, während Toni Krogmann mit Ursula Meierbrink zurück ins Sekretariat ging.

Frau Magliaso hatte gerade den Kaffee fertig und für jeden eine Tasse eingeschenkt, als vor dem Fenster des Sekretariats das Fahrzeug des Kriminalkommissariats Betzdorf hielt. Krogmann ging den beiden Beamten im Foyer entgegen und wies sie ein.

Nach circa 40 Minuten kamen die beiden Betzdorfer zurück zum Sekretariat.

„Kollegin, wir haben keinerlei auswertbare Spuren gefunden. Der Täter hat offensichtlich nicht nur Handschuhe getragen, sondern auch akribisch alle Gegenstände abgewischt.

Aber wir waren doch nicht ganz umsonst hier. Unten an der Fußmatte lag eine kleine abgebrochene Ecke einer gelben Scheck- oder Kreditkarte. Hier, ich habe sie eingetütet, ihr könnt sie mitnehmen. Es ist ja sowieso euer Fall." Damit verabschiedeten sie sich und gingen zu ihrem Wagen.

„Herr Nußscher, Sie brauchen nicht bis zum Ende der Durchsuchung zu bleiben, als Durchsuchungszeuge steht uns ja Frau Meierbrink zur Verfügung", sagte Westhoven. „Ich danke Ihnen, ich habe zwar im Augenblick keine anderen Termine, aber wenn sie noch Fragen haben, kann ich sie Ihnen auch unten in meinem Büro beantworten."

„Wir hätten gern, bevor wir gehen, Ihre Unterschrift als Leiter des Zentrums auf dem Durchsuchungsprotokoll", erklärte Toni Krogmann.

Während Frau Meierbrink gebeten wurde, in einem der beiden Sessel im Wohnbereich Platz zu nehmen, durchsuchten Dember das Schlafzimmer und Toni Krogmann das Wohnzimmer und die nur durch einen Vorhang abgetrennte Küche. Die akribische Durchsuchung des Schlafzimmers brachte keinerlei Überraschungen. Nach Auskunft der Tochter schienen keine Gegenstände zu fehlen. Der Schmuck war vollständig. Die Kassette hatte im Schlafzimmer hinter einem ordentlich geschichteten Stapel Unterhosen gestanden. Nach anderthalb Stunden waren sich alle einig, dass es keine Hinweise gab, die in der Sache weiterhelfen konnten. Es schien alles vorhanden zu sein und nichts zu fehlen. Die mit der Präzision einer gelernten Sekretärin geführten Aktenordner standen im Regal, die Fotoalben daneben. Die Sichtung der Akten und der Alben hatte die meiste Zeit in Anspruch genommen. Aber auf keinem der Fotos hatte Krogmann auch nur ansatzweise jemanden gesehen, der dem Toten ähnlich sah.

Als sie das Apartment verlassen wollten, zog Ursula Meierbrink die Vorhänge zu, da die Mittagssonne direkt in das Zimmer schien. Der Kriminalbeamtin fiel auf, dass die Vorhänge irgendwie komisch fielen. Als sie den Vorhang anhob, stellte sie fest, dass sich im Saum nicht nur das übliche Bleiband befand. Sie fühlte etwas Festes, wie Pappe. Aus ihrer Umhängetasche holte sie ein kleines Schweizer Taschenmesser. Mit der kleinen Schere trennte sie vorsichtig den Saum des Vorhangs auf und griff mit der Hand hinein.

Als sie sie wieder herauszog, hielt sie ein mit einem Bürogummi zusammengehaltenes Päckchen 50 €-Scheine zwischen den Fingern. Diesem Päckchen folgten noch weitere. Als sie den Saum ausgeräumt hatte, lagen Banknoten im Wert von fast 50.000 € auf dem Tisch. Frau Erna Schmitz hatte anscheinend wegen der derzeitigen Turbulenzen den Banken nicht mehr vertraut. Ursula Meierbrink war sprachlos. Von diesen Vermögensverhältnissen ihrer Mutter hatte sie keine Ahnung gehabt.

Herr Nußscher verschloss das Apartment wieder und erkundigte sich, ob er sonst noch irgendwie helfen könne.

„Im Grunde nicht, wir werden aber noch einige Bewohnerinnen und Bewohner hier auf der Etage befragen, ob die was gesehen oder gehört haben", erklärte Krogmann. „Vielen Dank für Ihre Unterstützung", gab sie ihm die Hand und verabschiedete sich.

***

Um 13.00 Uhr begann im Forum 3 die Pressekonferenz. Bert Stellmacher, der KIL 1, Arndt Siebert, Paul Westhoven, Staatsanwalt Asmus und die Leitung der Pressestelle saßen an ihren Plätzen. Vor ihnen standen die Namensschilder, die Vertreter und Vertreterinnen der hiesigen Zeitungen, aber auch des AK-Kuriers, einer Internetzeitung aus Wissen, saßen ihnen erwartungsvoll gegenüber.

Nach einer freundlichen Begrüßung durch die Leitung der Pressestelle wurde das Wort nach einem kurzen Beitrag von Bert Stellmacher an den Leiter der Mordkommission übergeben. Auch Westhoven stellte sich noch mal kurz vor und bedankte sich für das zahlreiche Erscheinen der Pressevertreter. Auf einen hätte er auch gern verzichtet, auf den Lokalreporter Dirk Holm. Der würde sowieso wieder seine ganz eigene Interpretation veröffentlichen.

Westhoven berichtete darüber, dass Erna S. eben kein Unfallopfer gewesen sei, sondern vielmehr das Opfer einer vorsätzlichen Tat. Er erzählte von dem schwarzen 5er-BMW und dass man dem Täter bereits auf der Spur sei. Westhoven hoffte, dass der Täter durch diese Behauptung später eine der Tageszeitungen lesen und verunsichert würde.

Holm hob die Hand und redete, bevor er gefragt wurde: „Herr Westhoven, woher haben Sie plötzlich diese Erkenntnisse?"

„Die haben wir durch eine Zeugenaussage bekommen", antwortete er gelassen.

„Ein Zeuge oder eine Zeugin?", ließ Holm nicht locker.

„Das tut nichts zur Sache. Gibt es noch weitere Fragen?", schaute er ausdrücklich die anderen Journalisten an.

„Ich möchte wissen, ob Mann oder Frau?", blieb Holm beharrlich.

„Dazu werden derzeit keine Angaben gemacht", versuchte Asmus die Fragerei von Holm zu beenden.

„Herr Asmus, kann ich dann davon ausgehen, dass Ihre Quelle im Zeugenschutzprogramm ist? Darf ich das den Leserinnen und Lesern mitteilen?", blieb Holm gewohnt penetrant.

„Das habe ich nicht gesagt, ich rate Ihnen auch dringend, mich nicht bewusst falsch zu zitieren, Herr Holm", erhob Asmus leicht seine Stimme.

Gerade wollte der Journalist vom Kölner Stadtanzeiger seine Frage stellen, als Holm abermals ungefragt dazwischenredete: „Ich war noch nicht fertig. Ich möchte noch wissen, was für ein Modell der 5er-BMW war. Können Sie mir das sagen?", schien sich Holm seiner Konfrontation bewusst zu sein.

„Da war zuerst eine Frage vom Kölner Stadtanzeiger", wies Westhoven mit der Hand in dessen Richtung.

Holm war nicht zu bremsen: „Aber ich hatte meine Frage schon formuliert, also erwarte ich auch eine Antwort oder haben Sie noch nie was von Pressefreiheit gehört?"

„Herr Holm", sagte Westhoven in ruhigem, aber eindringlichem Tonfall. „Sie sind nicht der einzige Pressevertreter hier im Raum, aber wenn es Sie zu sehr stresst, dürfen Sie gern vor der Tür warten", wandte er sich sogleich wieder dem Journalisten vom Kölner Stadtanzeiger zu.

Nach weiteren zehn Minuten war die Pressekonferenz vorbei und die Leitung bedankte sich nochmals für das rege Interesse.

„Ich drücke uns die Daumen, dass viele Hinweise eingehen", sagte Bert Stellmacher.

„Wollen wir es hoffen", bekräftigte Asmus.

Auf dem Rückweg vom Forum 3 zum Gebäude B sagte Westhoven zu Siebert: „Wie gern hätte ich den an die Luft gesetzt."

Siebert wusste natürlich, um wen es ging: „Der hat sich selbst disqualifiziert, mach dir nichts draus."

***

Dember klingelte an der Tür des benachbarten Apartments neben der Wohnung von Erna Schmitz. Wenige Augenblicke später wurde die Tür geöffnet. Ein älterer Mann, er schätzte ihn auf Mitte Achtzig, schaute ihn erwartungsvoll an. Die grüne Lodenhose und das dazu passende Hemd mit zwei Brusttaschen zeigten Dember, ohne dass er die Rehgehörne und das Jagdhorn an der Wand des Flures gesehen hatte, klar, dass die Passion dieses Mannes Zeit seines Lebens die Jagd gewesen war.

„Ja, bitte?"

„Guten Tag, mein Name ist Dember von der Kölner Mordkommission. Ich habe ein paar Fragen zu Ihrer Nachbarin Frau Schmitz", sagte Heinz Dember.

„Was für eine Mission?", fragte der Grüne.

„Mordkommission", sagte er etwas lauter und zeigte auf die Apartmenttür: „Ich habe ein paar Fragen zu Ihrer Nachbarin Frau Schmitz."

„Was haben Sie getragen?", schüttelte er den Kopf.

Dember verzweifelte langsam und setzte zum dritten Mal an: „Ich bin Herr Dember von der Kölner Mordkommission und ich habe ein paar Fragen zu Ihrer Nachbarin", brüllte er nun fast.

Der ältere Mann schien immer noch nicht zu verstehen und deutete Dember mit kreisendem Zeigefinger am Ohr, dass er schlecht höre, und ging in seine Wohnung. Einen Moment später kam er wieder zur Tür: „Tut mir leid, ohne mein Hörgerät kann ich so gut wie nichts verstehen. Und wenn doch, dann nur bruchstückhaft. Um was ging es bitte?"

Ein letztes Mal wiederholte Dember sein Anliegen und bekam als Antwort, dass der Alte nichts gehört und auch sonst wenig Kontakt zu den anderen Bewohnerinnen und Bewohnern hatte.

„Wollen Sie nicht hereinkommen, Herr Dember? Ich bin seit einem Jahr Witwer und freue mich über jeden Besuch. Ich habe auch gerade frischen Kaffee aufgesetzt."

„Nein, vielen Dank. Wir müssen noch an den anderen Wohnungen fragen", wies er die Einladung höflich ab. Offensichtlich war der Witwer einsam und froh, dass jemand an seine Tür geklopft hatte. Für ein längeres belangloses Gespräch hatte Dember jetzt aber keine Zeit.

Krogmann hatte weiter hinten auf dem Flur angefangen. Als ihr die Tür geöffnet wurde, schlug ihr deutlicher Alkoholgeruch entgegen, den sowohl die Wohnung als auch sein Bewohner verströmten. Es war eine deutliche Mischung aus schalem Bier und billigem Fusel. Ein etwa 70-jähriger Mann, unrasiert, in einem fleckigen, weißen Trainingsanzug, mit glasigen Augen und geröteten Wangen fragte, was sie denn wolle.

Sie erklärte ihm, dass sie von der Mordkommission sei und einige Fragen habe. Der Mann winkte aber ab und sagte sofort, dass er sowieso nichts mitbekommen haben konnte. Daran hatte Krogmann keinen Zweifel.

Auch bei den anderen Apartments waren die Auskünfte dürftig. Niemand hatte etwas von dem Einbruch bemerkt, aber alle waren erschüttert, dass Erna Schmitz tot war. Die Angst vor dem Tod war hier allgegenwärtig, darüber wollte niemand reden.

Vor Verlassen des Seniorenzentrums ließ Toni Krogmann eine weitere Durchschrift des Durchsuchungsprotokolls beim Leiter des Hauses zurück. Als sie an Frau Magliaso vorbeikam, winkte ihr diese zu: „Herr Nußscher hat veranlasst, dass die Tür zum Apartment heute noch repariert wird. Und wenn Sie meinen Sohn im Präsidium sehen, bestellen Sie ihm bitte einen schönen Gruß."

Vor dem Eingang saß eine Gruppe von Senioren um einen Holztisch. Daneben parkten mehrere Rollatoren. Die Unterhaltung war so lebhaft, dass sie die beiden von der MK 6, die an ihnen vorbeigingen, gar nicht bemerkten. Ihr einziges Gesprächsthema war heute der Tod von Erna Schmitz und der Einbruch in ihrem Apartment.

FÜNFUNDZWANZIG

Dember und Krogmann bestiegen ihren Dienstwagen und fuhren Richtung Morsbach. Kurz vor der Höhenstraße brachte sie ein Straßenschild zum Schmunzeln. Neben dem Ortsschild „Rom" stand ein Schild mit der Aufschrift „Zum Skigebiet".

„Das ist die nächste Wette beim Kommissariatskegeln: Hat Rom einen Strand oder ein Skigebiet? Einen Strand gibt es am Tiber nämlich nicht. Aber wie wir sehen, hat Rom ein Skigebiet. Das wird bestimmt ein paar Bier bringen", feixte Dember.

Als sich die beiden auf der A4 Köln näherten, stellte Toni Krogmann fest, dass der Tank des Passats fast leer war.

„Damit kommen wir nicht mehr bis zum Präsidium. Wir müssen die nächste Tankstelle anfahren. Frag mal bitte das Navi."

„Fahr in Overath runter, da ist eine Shell ganz in der Nähe der Ausfahrt."

Dort angekommen, stieg Dember aus und tankte. Er achtete darauf, die richtige Zapfpistole zu nehmen, denn allzu oft hatten die Kollegen im Lande schon den falschen Treibstoff getankt. Diese Reparaturen waren aufwändig und teuer, und nicht selten wurden die Kollegen zur Kasse gebeten. Da war man schnell um ein paar tausend Euro ärmer.

„Toni, gib mir mal bitte das Fahrtenbuch und die Tankkarte. Ach, und den Kilometerstand brauche ich auch."

„14.137, kannst du dir das merken?"

„Aber sicher dat", klang er selbstgefällig. „Ich bin doch noch nicht pensionsreif."

An der Kasse gab Dember die PIN und den Kilometerstand ein und erhielt dann die Tankkarte zurück. Nachdenklich betrachtete er die Karte.

Am Fahrzeug angekommen stieg er nicht ein, sondern ging an die Fahrerseite zu Toni Krogmann:

„Toni, kannst du mir mal die Kartenecke geben, welche die Betzdorfer im Apartment gefunden haben?"

Toni gab ihm die kleine Plastiktüte. Dember betrachtete die Ecke, dann die Tankkarte und legte dann beides aufeinander.

„Mich laust der Affe. Ich habe vorhin die ganze Zeit gedacht, dass ich das Eckchen irgendwo schon mal gesehen habe. Bingo, schau mal. Das ist eindeutig die Ecke einer Euroshell-Tankkarte. Die gleiche, die wir auch in der Behörde haben. Wir sind doch nicht umsonst gefahren. Wenn das keine fette Spur ist."

***

Als die beiden Ermittler der MK 6 im Polizeipräsidium eintrafen, war es ungefähr 16.00 Uhr. Der größte Teil der Beschäftigten im Polizeipräsidium beendete den Dienst. Auf dem Flur im ersten Stockwerk des C-Trakts merkte man jedoch nichts davon. Hier endete der Arbeitstag meist erheblich später. Vor allem die Mitarbeiter in den verschiedenen Mordkommissionen kannten keinen geregelten Feierabend.

Paul Westhoven saß noch an seinem Schreibtisch und schrieb einen Vermerk zum Ablauf der Pressekonferenz.

„Hallo Paul, noch fleißig?", war die mehr rhetorische Frage von Toni. „Heinz und ich schreiben noch den Bericht über die Durchsuchung und die Befragungen, und dann machen wir Schluss. Alles andere gibt es morgen in der Frühbesprechung."

Nachdem die Berichte geschrieben, ausgedruckt und auf die Akten verteilt waren, hatte es Toni Krogmann sehr eilig, nach Hause zu fahren.

***

Westhoven ging hinüber in das Büro zu Dember.

„Heinz, hast du heute Abend noch Zeit?" Dieser schaute ihn fragend an. „Liegt noch was an?" Er witterte Arbeit und sah somit auch seinen Feierabend in Gefahr.

„Schau nicht so erschrocken. Du erzähltest doch, Doris sei heute Abend nicht da. Anne ist bei ihren Eltern. Und ich wollte dir mal etwas Besonderes bieten. Heute singt doch Toni wieder im ‚Rapunzel'. Lass uns ein Bier trinken und Toni zuhören. Was hältst du davon?"

Heinz Dember zu einem Bier zu überreden war ungefähr so schwer, wie einen Frosch ins Wasser springen zu lassen: „Sehr gute Idee, Paul. Da bin ich dabei."

Dember und Westhoven ließen ihre Autos im Parkhaus des Präsidiums stehen und fuhren mit der Straßenbahn zur Neusser Straße. Da sie Toni mit ihrem Besuch überraschen wollten, setzen sie sich an einen Tisch, der von der kleinen Bühne aus nicht so gut einsehbar war.

Nach gut einer Dreiviertelstunde leerte Dember gerade sein zehntes Glas Kölsch, während die Kellnerin ihm das elfte Glas auf den Tisch stellte und einen weiteren Strich auf seinen Deckel machte. Westhoven hielt derweil sein viertes Glas Kölsch in der Hand.
„Hör mal, Paul", seine Stimme klang, als sei seine Zunge schon ein wenig schwerer geworden.
„Ich habe mich übrigens entschieden", sagte er plötzlich völlig übergangslos, nahm einen großen Schluck, der das Glas halb leerte und stellte es mit einer entschlossenen Geste laut hörbar auf den Bierdeckel. Westhoven schaute ihn an und wartete auf die Auflösung. „Es wird ein Kombi."
„Was willst du mit einem Kombi, ich dachte, du liebäugelst mit einem Porsche oder einem anderen schnellen Flitzer?"
Dember leerte das Glas Kölsch vollends und die wachsame Kellnerin stellte nun das Glas Nummer 12 auf den Tisch und machte wieder einen Strich auf den Deckel. „Na, was jetzt?", wollte Westhoven wissen.
„Ich darf nichts sagen", druckste Dember herum. Ihm war soeben klar geworden, dass ihm seine Doris ein striktes Erzählverbot verordnet hatte und seine durch das Bier gelöste Zunge und sein von Natur aus lockeres Mundwerk ihm nun ziemlichen Ärger mit ihr einbringen würden.
„Hör auf zu orakeln, Heinz. Trink dir lieber noch einen, ich glaube, du hast es wohl nötig", riet ihm Westhoven, hielt sein Kölschglas hin und die beiden prosteten sich zu.
„Paul, du musst mir versprechen, nichts zu sagen", sagte Dember und merkte nicht, dass mittlerweile Toni Krogmann, die eine Pause im Gesangsprogramm machte, sie entdeckt hatte und unbemerkt hinter ihm stand. Sie hatte nur den letzten Teil gehört, war aber jetzt ebenso neu-

gierig und lauschte, welche Erklärung jetzt käme.

„Ehrenwort, ich sage kein Wort", hielt sich Westhoven den Zeigefinger vor die geschlossenen Lippen und schaute dabei Toni ins Gesicht. Seine Augen lachten.

„Ich werde bald Papa", ließ er endlich die Bombe platzen.

„Ist nicht wahr! Und wer ist die Mutter?"

„Na, wer soll das schon sein? Was du über mich denkst", fühlte Dember sich leicht diskriminiert. „Doris ist schwanger", grinste er über das ganze Gesicht.

„Meinen Glückwunsch", sagte Toni Krogmann ihm ins Ohr und klopfte ihm dabei auf die Schulter. Dember war wie versteinert, sollte er doch keinem erzählen, und nun wusste es gleich die gesamte MK 6.

„Glückwunsch, mein Lieber", sagte auch Westhoven.

„Bitte zu niemandem ein Sterbenswort, schon gar nicht zu Doris", beschwor er sie mit erhobenen Händen.

„Kein Problem", sagte Toni Krogmann und bestellte an der Theke eine Flasche Sekt. Das musste begossen werden.

An diesem Abend fuhren alle drei mit dem Taxi nach Hause.

Zwischenzeitlich waren sowohl Anne Westhoven als auch Doris Weber nach Hause gekommen. Beide hatten eine fast gleichlautende SMS bekommen:

>bin mit paul noch ein bier trinken, ich liebe dich, heinz<, beziehungsweise
>Bin mit Heinz noch ein Bier trinken. Hab dich lieb, schlaf schön, Paul<.

Anne wusste aus Erzählungen von Paul, dass Heinz Dember sich seit der Verabschiedung von Jochen Gerber in seiner Freizeit fast immer bei Doris aufhielt. Vielleicht wusste Doris ja etwas mehr. Sie suchte im Telefonspeicher und wählte die Nummer. Besetzt. Sie legte wieder auf. In diesem Augenblick klingelte das Telefon. Sie hob wieder ab. Die Anruferin war Doris Weber.

„Hallo Anne, hier ist Doris. Bist du auch noch verlassen? Weißt du, wo unsere beiden Helden stecken? Ich habe nur eine kurze SMS."

„Nein Doris, ich habe auch nur einen kurzen Gute-Nacht- Gruß. Lass die beiden ruhig. Du weißt ja, was man in Köln sagt: Jot Duuve kumme widder[34]. Paul will sich bestimmt bei Heinz ausweinen, dass mir eine neue Küche wichtiger ist als ein neues Auto."

„Dann haben sich ja die zwei Richtigen getroffen. Heinz will sich auch gerade unbedingt einen Porsche kaufen. Er will am Samstag durch die Autohäuser ziehen und sehen, ob er einen guten Gebrauchten findet. Anne, bitte kein Wort an die Männer. Ich musste Heinz versprechen, es niemandem zu sagen. Heinz und ich werden heiraten. Deshalb werde ich die Gelegenheit nutzen und mir Brautkleider anschauen. Dabei kann man Männer sowieso nicht brauchen."

„Doris, ich will mir am Samstag eine Küche ansehen. Hast du Lust? Wir beide könnten da einen ‚Mädelstag' draus machen. Ich könnte mir das ganz lustig vorstellen."

Nach einem fast halbstündigen Telefongespräch über das Thema Männer, insbesondere Heinz und Paul, und Einkaufen stand die Verabredung für Samstag, 09.30 Uhr in Bahnhofsnähe im Café Eigel in der Brückenstraße, dem Lieblingscafé von Anne.

SECHSUNDZWANZIG

Am nächsten Morgen sah man den drei Ermittlern der MK 6 ihre Vaterschaftsfeier des vergangenen Abends im „Rapunzel" an. Zur morgendlichen Besprechung hatte Toni Krogmann Gläser, Mineralwasser und eine Packung Aspirin mitgebracht. Westhoven und Dember waren beide dankbare Abnehmer. Toni berichtete ausführlich über die Durchsu-chung in Wissen und den Sachstand der einzelnen Spuren. Die meisten früheren Eigentümer hatten kaum eine Beziehung zu der Immobilie Viersener Straße gehabt. Die einzigen, die je selbst dort gewohnt hatten, waren Eugen Blecher und nach seinem Tod sein Sohn Edmund und dessen Stiefbruder Uwe Mankowicz. Sie vereinbarten, dass Toni Krogmann sich intensiv um diese Spur kümmern sollte, zumal Edmund Blecher und sein Bruder noch nicht vernommen worden waren. Heinz Dember bekam den Auftrag, sich noch einmal um das Unfallfahrzeug, einen schwarzen 5er BMW, zu kümmern.

---

34 Gute Tauben kommen wieder

***

Schnell hatte Krogmann beim Einwohnermeldeamt festgestellt, dass Edmund Blecher in Köln-Roggendorf wohnte. Abfragen bei Google, Yasni, Xing und Facebook ergaben folgendes Profil:

Die Firma von Edmund Blecher, BLECHER Electronics, war sozusagen Marktführer für Sensortechnik, und er selbst hatte zahlreiche Artikel in Fachzeitschriften veröffentlicht. Krogmann musterte eingehend die Fotos von Blecher, konnte aber keinerlei Ähnlichkeiten zum Toten aus der Tiefkühltruhe feststellen.

Weiter wurde Blecher als edler Spender für wohltätige Zwecke und als Gastgeber illustrer Cocktailpartys auf seinem Anwesen in Roggendorf erwähnt. Das Impressum der Firmenseite druckte sich Toni Krogmann aus.

Danach suchte sie nach „Uwe Mankowicz". Ohne Ergebnis. Aber sie hatte auch nichts anderes erwartet.

Das Wohnobjekt in Köln-Roggendorf würde sie sich später auf der Seite von Google Maps und Streetview genau anschauen, sofern das Objekt nicht gesperrt war.

Nach dem Telefonat und der Computerrecherche gab sie Dember ein Zeichen mitzukommen, und gemeinsam gingen sie zu Westhoven.

„Ich glaube, wir haben eine erste heiße Spur zu der Identität des Toten", strahlte sie wie ein Smiley.

„Ehrlich?", war Westhoven ganz Ohr.

„Ich habe eben wie vereinbart die Familie Blecher überprüft. Es gibt tatsächlich zwei Söhne, genau wie Dr. Ramos gesagt hat. Beide, Edmund Blecher und Uwe Mankowicz, haben mal unter der Anschrift Viersener Straße gewohnt. Nur ist der Uwe irgendwie wie vom Erdboden verschluckt. Einige Spuren deuten darauf hin, dass er nach Ostasien gegangen ist. Ich habe verschiedene Hinweise, denen ich noch nachgehen muss."

„Und der andere?", fragte Westhoven.

„Der heißt Edmund Blecher und wohnt in Köln-Roggendorf, wo genau, schaue ich mir gleich in Google an und drucke es aus."

„Gute Arbeit, Toni. Ihr beide tragt jetzt alle Informationen zusammen, und um 10.00 Uhr treffen wir uns wieder hier. Wenn es länger dauert, sagt Bescheid", klangen seine Worte sehr lobend, aber auch fordernd.

Danach ging er zu Arndt Siebert, um ihm von der „heißen Spur" zu berichten.

„Glückwunsch Paul, aber es hat ja auch keiner gesagt, dass es leicht werden würde, den Fall zu klären. Das erste Leben ist hart, weißt du doch", war einer seiner vielen, nett gemeinten Sprüche.

„Geklärt ist zu viel gesagt, aber es ist wenigstens einmal ein Ansatzpunkt, vielleicht liegen wir richtig. Ich halte dich auf dem Laufenden, Arndt", sagte er, verließ wieder Sieberts Büro und ging zurück in seins. Vorher holte er sich noch einen Kaffee aus der Küche. Am Schreibtisch fischte er sich dann eine Lila Pause Nougat aus der untersten Schublade seines Rollcontainers.

***

Pünktlich um 10.00 Uhr waren Dember und Krogmann in seinem Büro.

„Und? Schieß los", blickte er in Krogmanns Richtung.

Sie berichtete, dass ein Uwe Mankowicz vor gut 30 Jahren Deutschland verlassen hatte. Das erste Mal sei er danach in Hongkong aufgetaucht, wo er seinen Pass im Generalkonsulat hatte verlängern lassen.

„Das Gleiche haben wir dann jeweils später in Taipeh, in Jakarta und Peking. Eine aktuelle Wohnanschrift ist nicht bekannt. In allen Generalkonsulaten laufen Anfragen, wo sich Mankovicz aufhält.

„Aber es muss doch auch irgendetwas in Deutschland geben, das kann einfach nicht sein, dass sich jemand in Luft auflöst", war Westhoven mit dem Ergebnis unzufrieden. „Frag noch mal beim Auswärtigen Amt nach, wie man noch an Infos kommen kann, oder bei der Rentenkasse oder sonst wo. Es *muss* was geben. Und was ist mit dem Bruder? Ich habe im Internet gesehen, dass es sich um einen angesehenen Kölner Bürger handelt, der eine Firma für Sensortechnik leitet", sagte Westhoven.

„Da habe ich mal recherchiert", meldete sich Dember. „Hat eine weiße Weste, noch nicht mal das berühmte nicht vorhandene Knöllchen wegen Falschparkens. Scheint sich in erlauchten Kreisen zu bewegen, spendet jährlich einige 10.000 € für wohltätige Zwecke und klüngelt meines Erachtens auch in der Kölner Kommunalpolitik mit. Das ist aber nur eine Vermutung, ich will ja niemanden zu Unrecht beschuldigen. Seit über 30 Jahren ist er mit seiner Firma Marktführer für Sensortechnik, und es gibt auch eine Tochterfirma irgendwo in Asien."

***

Heinrich Krieger war im Hause Blecher das Faktotum, vorrangig Hausmeister, Gärtner und Chauffeur. Heute Morgen hatte er von seinem Arbeitgeber einige Aufträge bekommen. Er sollte den Zaun rund ums Gelände neu anstreichen, Rasen mähen, Sträucher zurückschneiden und den Pool reinigen. Dafür würde er sicher mindestens eine Woche von morgens bis abends benötigen. Herr Blecher war immer äußerst großzügig in der Bezahlung. Allerdings war er penibel und erwartete eine hundertzehnprozentige Arbeit. Krieger hatte nach Erledigung seines ersten Auftrages erlebt, wie Blecher regelrecht ausgerastet war, weil das von ihm frisch gestrichene Garagentor minimale Farbunterschiede aufwies, die mit bloßem Auge eigentlich nicht zu sehen waren.

***

„Okay", sagte Westhoven. „Fürs Erste nicht schlecht. Toni, kümmere dich noch mal um den verschwundenen Bruder, und du, Heinz, besorgst alles rund um Edmund Blecher, und diesmal nicht nur Dinge aus dem Internet, die ich mir mit einem Klick selbst beschaffen kann. Das reicht mir nicht", wurde er ziemlich deutlich.

Krogmann hatte keine leichte Aufgabe. Im Augenblick hatte sie nur eine Adresse in Hongkong und die war fast 30 Jahre alt. Als Hongkong wieder an China fiel, verlor sich seine Spur. Mankowicz konnte von Hongkong überallhin ausgereist sein, wenn er überhaupt ausgereist war. Aus dem Internet besorgte sich Krogmann die Erreichbarkeit der deutschen Auslandsvertretungen und grenzte anhand der aufgelisteten Botschaften die Auswahl ein. Sie notierte sich die Rufnummern und legte los. Schon beim ersten Gespräch mit der Deutschen Botschaft in Jakarta stieß sie an ihre Grenzen. Lediglich den letzten Wohnsitz konnte sie angeben.

Fragen wie Benennung des Staates, in dem sich der Gesuchte vermutlich aufhält, Zeitpunkt und Grenzübergang der Einreise in den Aufenthaltsstaat, Arbeitgeber, Anschriften von Freunden und Bekannten im

Aufenthaltsland und der Zweck des Aufenthalts waren ihr unbekannt. Krogmann drehte sich im Kreis.

Dennoch waren die Botschaften in der Lage, bei der Suche nach Personen in der Regel auf eigene Bestände zurückzugreifen. Aber die waren eben nur so gut und umfangreich, wie es freiwillig gemeldete Daten gab.

Bei den Konsulaten in Hongkong, Shanghai, Kanton und Chengdu war über einen Mankowicz oder einen ähnlich klingenden Namen nichts bekannt.

Eine gleichlautende Auskunft gab es auch vom Deutschen Generalkonsulat in Taipeh auf Taiwan. Mankowicz hatte hier seinen Reisepass verlängern lassen, aber als Anschrift lag nur die Adresse eines Hotels vor.

Die letzte, noch naheliegende Möglichkeit schien ihr eine Nachfrage beim Generalkonsulat in Singapur zu sein. Immerhin hatte sie noch im Gedächtnis, dass über die Sensortechnikfirma von Edmund Blecher ein Artikel in englischer Sprache veröffentlicht worden war, in dem Singapur eine Rolle spielte.

Krogmann geriet in Singapur an eine äußerst unfreundliche Telefonistin, die sie nicht durchstellen wollte. Sie solle ein offizielles Fax mit ihrem Anliegen übersenden. Es würde sich dann jemand bei ihr melden. Überdies solle sie lieber mal beim Employment Pass Departement des Ministry of Manpower nachfragen, denn dieses sei für die Erteilung von Arbeitserlaubnissen zuständig. Amtssprache sei allerdings Englisch.

Die hat doch einen totalen Schatten, dachte sich Krogmann, aber was blieb ihr anderes übrig? Sie wollte beweisen, dass sie eine gute Ermittlerin war und Aufträge erledigte. Jetzt war sie froh, dass sie in der Schule gut aufgepasst hatte und bei der Polizei in Hamburg zu diversen Englischseminaren gehen durfte. Mühelos setzte sie ein englischsprachiges Fax an das Konsulat in Singapur auf und bat in diesem, die gewünschten Informationen auch beim Employment Pass Department beizuziehen. Für die Einschaltung dieses Departments hätte sie ansonsten die Staatsanwaltschaft bemühen müssen, damit diese ein offizielles Rechtshilfeersuchen stellte. Das wollte sie mit ihrer Formulierung umgehen, sie brauchte zeitnahe Ergebnisse.

Punkt 12.00 Uhr versandte sie das Fax und machte dann gemeinsam mit Dember wieder Mittag in Levents Grill. Nach dem üblichen Standardgespräch „Hallo, wie geht's?", „Gut, und selbst?" sowie „Ja muss, ne", bestellten sich die beiden einen frisch gegrillten Hähnchenspieß mit Salat und eine Cola Zero.

***

In Anne Westhovens E-Mail-Postfach lag eine Mail der Meldebehörde Köln mit der letzten bekannten Wohnanschrift in der Viersener Straße. *Schöner Mist,* dachte sie sich. Die Antwort war eine Nichtinformation, denn diese Adresse hatte sie bereits in ihren Unterlagen, und da wohnte Uwe Mankowicz definitiv nicht. Genervt legte sie einen Ausdruck der Antwort in die Akte, beförderte diese zugleich unter den großen Stapel rechts auf den mit Vorgängen hochgetürmten Aktenbock. *Kriegt der eben kein Geld, ist mir jetzt auch egal,* waren ihre Gedanken.

***

Nach der Mittagspause bei Levent und einem Eis auf dem Rückweg zum Präsidium recherchierte Dember im bundesweiten Auskunftssystem für Kraftfahrzeuge.

Er stellte fest, dass auf Edmund Blecher kein einziges Kraftfahrzeug zugelassen war. „Ist ja klar, die große Kohle verdienen und dann bestimmt noch auf Kosten der Steuerzahler einen Luxusschlitten als Firmenwagen fahren", ärgerte sich Dember.

Er gab den Namen der Firma ein und bekam ein umfangreiches Ergebnis. 157 Fahrzeuge waren auf die Firma zugelassen, gut die Hälfte waren auf den ersten Blick als Nutzfahrzeuge zu erkennen. Bei den anderen Fahrzeugen handelte es sich um Limousinen und Kleinfahrzeuge. Dember druckte sich die Liste aus.

In seine engere Wahl fielen die neuen Fahrzeuge aus dem oberen Preissegment. Eins von diesen musste doch der Firmeninhaber selbst fahren. Dass auch sechs 5er-BMW-Limousinen dabei waren, fand er nicht außergewöhnlich. Das BMW-Cabrio X6 erschien ihm letztlich als exklusivster Wagen.

Dember ging zu Westhoven, präsentierte ihm seine Ergebnisse und schlug vor, als nächstes Edmund Blecher aufzusuchen, ihn zeugenschaftlich zu befragen und einen Vermerk zu schreiben oder ihn aber umfangreich zu vernehmen. Das würde vom Gesprächsverlauf und dem Gehalt der Informationen abhängig sein. Westhoven stimmte zu, so dass sich Dember und Krogmann auf den Weg zur Firmenanschrift in der Kölner Innenstadt machten.

Dort angekommen legte Dember die Anhaltekelle mit der Aufschrift „Polizei" auf das Armaturenbrett. „Um Politessen abzuhalten, manchmal klappt's", grinste er Krogmann an. „Nicht dass ich wieder eine Knolle kriege wie beim letzten Mal, das geht auf Dauer zu sehr ins Geld."

Vom Rücksitz griff er seine Mappe, schloss den Wagen ab und ging mit seiner Kollegin ins Gebäude. Der Eingangsbereich der Firma war mit hellem Marmor ausgelegt und futuristische Gemälde zierten die weißen Wände. Im Foyer saß eine nette Dame mittleren Alters in einem dunklen Anzug und weißer Bluse am Empfang. Sie kündigte die Ermittler bei Herrn Direktor Blecher, wie sie betonte, an und bat sie, doch einen Augenblick auf der Couch in der Fensternische Platz zu nehmen.

Dember und Krogmann blätterten in den ausgelegten Prospekten, die den Firmenchef und die Firmengeschichte glanzvoll darstellten. Krogmann war erfreut, als sie von der Tochterfirma in der Nähe Singapurs las und dort die Leitung bei einem Direktor Mankowicz lag. Leider enthielt die Broschüre kein Foto von Mankowicz.

„Kommt Herr Mankowicz eigentlich mal nach Deutschland?", fragte Krogmann die Dame am Empfang.

„Kann sein, aber ich habe ihn persönlich noch nie gesehen", war die Antwort.

„Gibt es hier irgendwo ein Foto oder ein Bild von ihm?", hakte Krogmann nach.

„Nein, tut mir leid. Da kann ich Ihnen keine Auskunft geben. Dazu müssen Sie Herrn Direktor Blecher fragen." „Aber er arbeitet schon in China?", fragte Krogmann mit leichtem Unterton.

„Aber natürlich", entrüstete sich die Empfangsdame. „Schauen Sie", sie hielt Krogmann eine Faxbestellung vom heutigen Tag hin, auf dem als Absender „Mankowicz, Director" unterschrieben hatte. Das Telefon am Empfang klingelte, und Blecher wies seine Mitarbeiterin an, die Leute von der Kripo in sein Büro zu bringen. Sie führte die beiden zum Ende des Flures und öffnete eine schwere, von innen gepolsterte Bürotür.

Blecher saß hinter seinem gläsernen Schreibtisch. Die randlose Brille hatte er auf dem Nasenrücken ein Stück nach vorn geschoben und blickte die beiden Ermittler über die Brillengläser an. Die schütteren grauen Haare trug er mit einem altmodisch wirkenden Seitenscheitel. Das dunkelblaue Sakko war perfekt geschnitten und saß formvollendet. Als die Beamten näher kamen, drückte er die glimmende Zigarette, die er in der rechten Hand hielt, aus.

„Bitte, nehmen Sie Platz." Er blieb hinter seinem Schreibtisch sitzen, während er auf die beiden Stühle davor deutete. Diese Stühle nutzte er statt der Besprechungsecke mit den cremefarbenen Ledersesseln nur dann, wenn er das Gespräch kurz halten wollte. „Wie kann ich Ihnen weiterhelfen?"

„Herr Blecher, wir haben einige Fragen an Sie", wandte Dember sich an Blecher.

„Dann fragen Sie mal, ich habe nicht viel Zeit. In fünfzehn Minuten habe ich ein Meeting mit Kunden aus Korea."

Dember wollte sich nicht provozieren lassen und dachte nur: *Wenn du nicht willst, laden wir dich ins Präsidium vor.*

„Was fahren Sie denn für einen Wagen?", war Dembers erste Frage. Für einen Moment schien er eine leichte Nervosität bei Blecher zu bemerken, die aber sogleich wieder verflog.

Blecher hob seinen Schlüsselbund hoch und zeigte auf den Funkschlüssel: „Sehen Sie, einen BMW, genauer gesagt, ein X6 Cabriolet."

„Ist das ein Firmenwagen?"

„Was denken Sie denn, natürlich", schien ihn die Frage buchstäblich zu irritieren.

Dember hielt ihm seine Liste der Firmenfahrzeuge hin: „Schauen Sie mal, mich interessieren vor allen Dingen die 5er-BMW. Wer fährt die?"

Blecher blieb ganz ruhig, dachte er doch in diesem Moment an den schwarzen 5er, den er nach dem Mord an Erna Schmitz in die Garage gestellt hatte. Er war sich jetzt nicht mehr sicher, ob dies die richtige Entscheidung war, oder ob er ihn nicht besser in einem Baggersee hätte versenken und Anzeige wegen Diebstahls erstatten sollen.

„Das ist kein Problem, da hilft Ihnen gleich meine Sekretärin. Ich habe keinen Überblick über die Verteilung, aber die 5er werden in der Regel nur von den Abteilungsleitern gefahren, soweit ich weiß." Bewusst verschwieg er, dass er selbst einen 5er aus eben diesem Fuhrpark fuhr. Blecher wollte sich ein wenig Zeit verschaffen, und außerdem hatte er nicht gelogen, denn die Frage lautete, welches Auto er führe und nicht, welches er jemals gefahren hätte. Sollte es zu einer weiteren Befragung kommen, würde er sich spitzfindig stellen und genau das aussagen.

„Was sagt Ihnen der Name Uwe Mankowicz?", fragte Krogmann.

„Das ist mein Bruder, der leitet unsere Niederlassung in Singapur", kam es wie aus der Pistole geschossen.

„Ist er denn schon lange dort?", hakte sie nach.

„Mein Gott, wie lange ist das jetzt her?" Er schaute in die Luft und überlegte. „Unsere Niederlassung haben wir jetzt gut 30 Jahre, und ziemlich genauso lange ist er schon drüben in Asien."

„Aber Sie treffen sich doch sicher regelmäßig?", wollte Dember nun ergänzend wissen.

„Aber klar, wir telefonieren häufiger übers Internet."

„Und persönlich?", war Dember mit Blechers Antwort nicht zufrieden.

„Ganz selten, Herr Kommissar. Keine Zeit. Ich leite hier den Mutterkonzern und mein Bruder die Tochter in Singapur", wich er abermals der Beantwortung aus. Dember beließ es zunächst dabei, aber dieses Thema hatte er auf seiner virtuellen Festplatte im Kopf gespeichert und würde darauf zurückkommen.

„Haben Sie zufällig ein aktuelles Foto von Ihrem Bruder zur Hand?"

Blecher verließ plötzlich seine Selbstsicherheit.

„Brauche ich jetzt einen Anwalt? Worum geht es hier eigentlich wirklich?", fragte er barsch.

„Reine Routine. Wir versuchen die Identität eines Toten zu klären und Sie sind lediglich eine von vielen Spuren, denen wir nachgehen müssen", versuchte Dember ihn zu beruhigen.

„Was für ein Toter, und wieso bin ich eine Spur, was heißt das?"

Krogmann übernahm die Beantwortung: „Das Haus in der Viersener Straße in Nippes, welches Sie von Ihrem Vater geerbt haben, wie lange haben Sie dort selbst gewohnt und wann haben Sie es verkauft? Nach unseren Erkenntnissen haben Sie in dem Haus selbst gewohnt, und zwar zusammen mit Ihrem Vater bis zu dessen Tod und dann weiter mit Ihrem Bruder. Sie haben vielleicht von dem Toten in der Kühltruhe in Nippes gelesen, darum geht es. In diesem Haus wurde die Leiche gefunden."

Blecher wurde unruhig und zuckte mit den Schultern: „Und was habe ich damit zu tun?"

„Wieso heißt Ihr Bruder eigentlich nicht Blecher?", wollte Krogmann wissen.

„Also, das ist doch alles schon ewig her. In dem Haus wohne ich doch schon seit Jahren, ach was sag ich, seit Jahrzehnten nicht mehr. Auf dem Foto in der Zeitung habe ich es gar nicht erkannt", gab er sich unwissend. „Und Uwe ist mein Halbbruder, wir haben verschiedene Väter. Als meine Mutter aus Königsberg nach Westdeutschland kam, war sie schwanger. Uwe wurde kurz vor der Hochzeit geboren, ich ein Jahr später. Uwe hat den Mädchennamen unserer Mutter behalten. Sie ist ja leider früh gestorben", er war sichtlich berührt, als er davon erzählte. Von einem Moment zum anderen jedoch mutierte er wieder zum kühlen Geschäftsmann: „Wenn Sie keine weiteren Fragen haben, muss ich mich jetzt leider entschuldigen, mein Termin steht an", wies er deutlich auf seine beschränkte Zeit hin und tippte dabei mit dem Zeigefinger auf das Glas seiner Armbanduhr.

Die beiden Ermittler verabschiedeten sich und kündigten an, dass sich noch Fragen ergeben könnten. Blecher verwies auf die Empfangsdame und empfahl, dass sie beim nächsten Mal doch einen Termin vereinbaren sollten.

„Was für ein gelackter Fatzke", sagte Dember zu Krogmann, als sie den Dienstwagen erreichten.

„Ja, irgendwie habe ich ein komisches Gefühl bei ihm. Keine einzige Frage zur Leiche oder zum Fall an sich. Sehr ungewöhnlich. Den sollten wir mal genauer unter die Lupe nehmen. Komm, wir fahren nach Roggendorf und schauen uns mal an, wie er so wohnt", schlug sie vor.

„Ja, das machen wir", sagte Dember, drehte aber vorher noch mal um und bat die Empfangsdame um Zusendung der Fahrerliste für die 5er-BMW per E-Mail. Außerdem hinterließ er ihr seine Visitenkarte mit allen notwendigen Daten.

„Wohin geht's?"

Krogmann nannte ihm die Anschrift, und Dember fuhr zur Autobahnauffahrt A 57, Richtung Norden. Die Strecke würde er ohne Weiteres finden, denn bevor er die Laufbahn im gehobenen Dienst als Kriminalist einschlug, war er Streifenbeamter in der Polizeiinspektion Nordwest. Seine damalige Polizeiwache in Köln-Chorweiler war auch für den Ortsteil Roggendorf zuständig.

Gut 20 Minuten später standen sie vor dem Eingangstor des weitläufigen Gartens, der das weiß verblendete Gebäude umgab. Durch die Buchenhecke und den Zaun war die Villa nur ab dem 1. Stockwerk aufwärts zu sehen, ansonsten war ein freier Blick aufs Anwesen nicht möglich. Als Dember versuchte, sich am Zaun hochzuziehen, hörte er dahinter sogleich ein ohrenbetäubendes Geschnatter und zog es vor, von seinem Vorhaben Abstand zu nehmen, um keine Aufmerksamkeit zu erregen.

„Nicht schlecht, Herr Specht, die Viecher sind ja ziemlich laut", war er sichtlich beeindruckt. Auf der anderen Seite des Zauns begann ein Ganter zu zischen. Dember schauderte kurz und war beeindruckt.

„Die sind ja schlimmer als Wachhunde."

„Na klar, Gänse sind die beste Alarmanlage. Meine Oma hatte damals einen Bauernhof, und da lebten auch jede Menge freilaufende Gänse. Sie hat immer gesagt, dass sie keinen Hund bräuchte, dafür seien die Gänse da, und mit denen bräuchte sie nicht Gassi gehen", gab Krogmann zum Besten und kriegte sich vor Lachen nicht mehr ein.

„Ja, ja, wenn man Kolleginnen hat, braucht man keine Feinde", flachste Dember, immer noch erschrocken vom plötzlichen Geschnatter und Zischen der aufmerksamen Gänse. „Lass uns wieder fahren, hier kommen wir so nicht weiter", schlug er schließlich vor.

***

Nach Beendigung des Meetings setzte sich Edmund Blecher sofort an seinen Computer und suchte im Internet nach Bildern von älteren Herren, die ungefähr so alt waren wie er selbst. Dieses Foto würde er in die Homepage seiner Firma als Direktor Mankowicz einstellen und bei nochmaliger Nachfrage der Kripo als seinen Bruder Uwe präsentieren. Niemand könnte ihm das Gegenteil beweisen.

Fieberhaft suchte er nach Möglichkeiten, den BMW in der Garage loszuwerden. Sein erster Plan war es, die Gänse allesamt für ein handfestes Alibi zu vergiften, um dann den Wagen anschließend in einer Nacht- und Nebelaktion in einem See zu versenken oder in Brand zu setzen. Er war sich sicher, dass ihm die örtliche Polizei glauben würde. Schließlich kannte man ihn als integre Persönlichkeit des dortigen öffentlichen Lebens. Dann kam er auf die geniale Idee, den Wagen mit dem Autoreisezug nach Südfrankreich zu schicken und von Marseille über einen Mittelsmann nach Nordafrika zu verschieben. Rückdatierte Verkaufsunterlagen würden kein Problem sein.

***

Als Dember und Krogmann wieder zurück im Büro waren, schlug Toni den Prospekt auf und wählte dann die Rufnummer der Tochterfirma in Singapur.

Nach langem Freizeichen meldete sich eine männliche Stimme in englischer Sprache. Krogmann fragte nach Director Mankowicz, dieser war jedoch nicht da. Sie wollte wissen, wann sie diesen erreichen könne, und zu ihrer Verwunderung erklärte ihr der Mann, dass Mankowicz nie ins Büro käme und seine Anweisungen ausschließlich per E-Mail oder per Telefon gäbe. Angeblich war er schwer krank und meide persönliche Kontakte. Darüber hätte er aber noch nie näher nachgedacht.

„Heinz, hat Blecher irgendwas über eine Krankheit seines Bruders erzählt oder habe ich nicht richtig zugehört?", fragte sie Dember nach dem Telefonat.

„Was für eine Krankheit?", blickte er sie fragend an. „Merkwürdig, aber vielleicht ist es ihm auch nur peinlich."

***

16.30 Uhr, Westhoven hatte zur gemeinsamen Besprechung gebeten. Staatsanwalt Asmus, der in einem anderen Fall sowieso beim KK 11 war, hörte sich die Ermittlungsergebnisse ebenfalls an.

Krogmann erzählte von der kurzen Unterredung bei Edmund Blecher und dem merkwürdigen Telefonat mit Singapur. Dass sie quasi selbst ein Rechtshilfeersuchen über die Deutsche Botschaft gefaxt hatte, ließ sie wohlweislich weg.

Dember berichtete vom Aufsuchen der Anschrift in Roggendorf, und dass dort von außen gar nichts zu sehen sei. Die Gänse, die ihn dermaßen erschreckt hatten, erwähnte er nicht.

Asmus resümierte, dass augenscheinlich alles zusammen passen könnte. Der Fundort der Leiche, der frühere Wohnort von Blecher, dass Mankowicz noch nie in Singapur gesehen wurde und so weiter. „Bringen Sie mir einen einzigen handfesten Beweis, dass Mankowicz der Tote ist, dann beantrage ich einen Beschluss für eine DNA-Entnahme bei Blecher. Wir beauftragen dann die Rechtsmedizin, die Halbgeschwisterschaft festzustellen, und können so beweisen, dass der Tote aus der Truhe Blechers Halbbruder ist."

„Geht das überhaupt in dieser Konstellation?", fragte Krogmann.

„Das muss gehen, ich frage mal Doris heute Abend", sagte Dember.

„Wie gehen Sie nun weiter vor, Herr Westhoven?", wollte Asmus wissen.

„Es gibt noch einige Dinge, denen wir nachgehen müssen. Uns fehlt noch immer die Aussage von Frau Meierbrink, wo ihre Mutter zuletzt gearbeitet hat. Sie will sich melden, sobald sie entsprechende Unterlagen gefunden hat.

Heinz muss noch die Auswertung der Firmenfahrzeuge von Blecher machen, wir warten noch auf Antwort des Deutschen Generalkonsulats in Singapur und und und", sagte Westhoven. „Ich halte Sie aber wie gewohnt auf dem Laufenden."

***

Anne und Paul saßen beim Abendessen. Lustlos stocherte Paul in seiner Paella herum. Anne fand die Paella mit Langostinos, Muscheln, Sepia und Kaninchenfleisch köstlich. Seit langem hatte Paul mal wieder gekocht und es war ihm glänzend gelungen. Ihr schmeckte es. Paul schien jedoch irgendwie geistig abwesend zu sein.

„Schatz, was hast du? Ist es wegen des Autos und der Küche? Oder war etwas heute im Büro? Du hast doch so toll gekocht. Jeder Spanier würde stolz darauf sein. Die Paella im ‚El Pueblo' ist bei Weitem nicht so gut."

„Ach, weißt du, wir suchen einen Mann, beziehungsweise wir haben einen und wissen nicht, ob er es ist."

„Paul, jetzt rede nicht in kryptischen Rätseln. So verstehe ich das nicht. Rede doch mal Klartext!"

„Sternchen, du weißt, wir haben eine tiefgefrorene Leiche, von der keiner genau weiß, wie lange sie schon dort lag. Gleichzeitig haben wir jetzt einen Firmendirektor, von dem keiner weiß, wo er ist, obwohl er sich dauernd meldet. Mittlerweile glaube ich sogar, dass es ihn gar nicht mehr gibt. Also dieser Kerl ist mir ein Buch mit sieben Siegeln."

Später, beide lagen schon im Bett, fiel Anne noch etwas ein.

„Schatz, du, ich muss dir noch etwas erzählen. Ich treffe mich morgen mit Doris Weber. Sie will sich ein besonderes Kleid kaufen, und anschließend wollen wir zusammen Küchen anschauen gehen."

„Seit wann triffst du dich mit Doris Weber?"

„Das erzähl ich dir ein andermal. Jetzt bin ich müde, schlaf gut."

***

„Schatz", sagte Dember an diesem Abend zu Doris Weber. „Könnt ihr eigentlich im Institut feststellen, ob zwei Männer miteinander verwandt sind?"

„Na klar, wie wäre denn die Konstellation?"

„Was meinst du?"

„Na, wen können wir abgleichen? Mutter und Männer oder Vater und Männer oder wie? Das ist schon wichtig zu wissen."

„Der Vater ist bekannt, aber tot. Einer der Halbbrüder lebt, der andere ist vielleicht unserer Tiefkühlmann."

Doris Weber war erstaunt: „Echt, habt ihr endlich eine heiße Spur, um wen es sich handeln könnte?"

„Ja, sieht vielleicht so aus. Wie wahrscheinlich wäre denn so ein Ergebnis?"

Doris Weber holte aus. Sie erklärte, dass bei Männern hauptsächlich das Y-Chromosom untersucht würde, denn dieses würde in der väterlichen Linie immer weitergegeben und müsste dann logischerweise bei beiden Männern vorhanden und demnach zu finden sein. Problematisch wäre es, wenn noch ein Bruder des Vaters theoretisch der Vater sein könnte. Dann wäre es trotzdem wieder das identische Y-Chromosom.

In ihrem Fachchinesisch erklärte sie, dass die autosomalen Marker auf autosomale Chromosomen untersucht würden, um ein gutes Ergebnis erzielen zu können.

„Hä? Und jetzt mal für mich als Laien", bat Dember und küsste sie.

„Schatz, wenn alles gut läuft - und bei einer so lang tiefgefrorenen Leiche, die zwischendurch angetaut ist, wird das eben nicht einfach sein - könnte das Ergebnis ‚Halbgeschwisterschaft höchstwahrscheinlich' lauten. Bislang ist es noch immer gelungen."

„Okay. Und wie lange braucht ihr für die Bestimmung?"

„Für ein unverbindliches erstes mündliches Ergebnis so zwei Tage, denke ich."

„Gut zu wissen", sagte er, nahm Doris Weber in den Arm und schlief bald darauf ein.

SIEBENUNDZWANZIG

Am Samstagmorgen, als Heinrich Krieger im hinteren Teil des Gartens den Zaun strich, lief ihm durch eine Unachtsamkeit ein Schwall der grünen Acryllackfarbe über den rechten Handrücken.

Er wusste, dass es in der Garage einen Wasseranschluss und ein Ausgussbecken gab und ging eilig dorthin, um die Farbe, die frisch abwaschbar war, von den Händen zu wischen. Einmal trocken, würde es erheblich schwerer sein. Nachdem er einen Flügel des Garagentors geöffnet hatte, sah er den schwarzen 5er-BMW. Während des Händewaschens bemerkte er durch die schräg einfallenden Sonnenstrahlen auf dem Dach des Wagens tiefe Kratzer im Lack und Dellen. Langsam ging er um das Fahrzeug herum. Die Front war ziemlich eingebeult, die Windschutzscheibe hatte unter der Staubschicht mehrere Risse. *Warum steht der Wagen hier und nicht in der Werkstatt,* fragte er sich. Immerhin war sein Auftraggeber doch ein Pedant in Person. Das passte so gar nicht zu ihm. Als er das Tor wieder schließen wollte, schoss ihm die Radiodurchsage der letzten Woche auf Radio Köln durch den Kopf: „…wurde eine 79-jährige Kölnerin vor dem Polizeipräsidium in Kalk von einem dunklen BMW erfasst und tödlich verletzt. Der Fahrer des dunklen Wagens flüchtete…"

„Nein, das kann nicht sein, Herr Blecher ist ein feiner Mann, der kann nichts damit zu tun haben. Ich frage ihn gleich", nahm er sich vor.

Heinrich Krieger verschloss die Garage wieder und ging zurück zum Zaun, um weiterzustreichen. Er hob den Pinsel auf und tauchte ihn in den Farbeimer. Aus dem in die Jahre gekommenen Radio knisterte gerade „With or Without You" der irischen Rockband U2.

***

Es war 09.20 Uhr, als Anne das Café in der Brückenstraße betrat. Hier war sie früher oft mit ihrer Großmutter gewesen und diese, wie sie oft erzählte, mit ihrer Großmutter. Wenn sie nachmittags nach Büroschluss noch etwas in der Innenstadt zu besorgen hatte, ging sie ab und zu ins Eigel, um dort sozusagen im Andenken an ihre Oma ein Königinnenpastetchen[35] zu essen. Damals, als sie Kind war, liebte sie vor allem die Mailändertorte mit Marzipan, heute zog sie wie ihre Großmutter etwas Herzhafteres vor.

Anne suchte einen Tisch in einer ruhigen Nische aus. Das Café war um diese Zeit noch relativ leer, da es erst vor 20 Minuten geöffnet hatte. Nachmittags bekam man hier nur mit Glück noch einen Platz.

Anne Westhoven freute sich darauf, ihrer neuen Freundin mit Rat und Tat zur Seite stehen zu können. Immerhin war ihre Hochzeit noch gar so nicht lange her, und sie kannte die tollen Brautgeschäfte, in denen man zuvorkommend beraten wurde. Sie hatte damals in einem der größten Kölner Brautmodengeschäfte ein schneeweißes Kleid der Nina Sposa Kollektion erworben und als Geschenk einen passenden Brautbeutel, fingerlose Brauthandschuhe und den 190cm großen Reifrock kostenlos dazubekommen. Bei einem Preis von beinahe 2.000 € konnte man dies eigentlich auch erwarten. Sie geriet ins Träumen, als ihr der atemlose Blick von Paul bildhaft vor Augen war. Ihm hatte es die Sprache verschlagen, als er seinem Sternchen zum ersten Mal in Weiß gegenüberstand. Wie eine Elfe habe sie ausgesehen, hatte er ihr am Altar ins Ohr geflüstert.

„Hallo, Anne", wurde sie aus ihrem Tagtraum gerissen. Dr. Doris Weber umarmte Anne, und sie küssten sich gegenseitig zur Begrüßung auf die Wangen.

„Anne, hast du die tolle Hochzeitstorte gesehen?", schwärmte die Rechtsmedizinerin, die sonst mir ihren scharfen Skalpellen nur Leichname öffnete und nun an das Zerschneiden der Hochzeitstorte dachte.

„Nur eine, welche von den vielen Torten meinst du denn?", grinste Anne. „Bei der großen Auswahl fiele mir die Wahl ziemlich schwer."

„Wie sah denn eure Torte aus?", fragte Doris Weber.

„Das war so ein Apparat", zeigte Anne mit weit geöffneten Armen etwa die Größe eines runden Gullydeckels. „Vier Stockwerke hatte die,

---

35 Blätterteigpastete mit Ragout fin

super schön mit roten Marzipanröschen verziert und obenauf das obligatorische Brautpaar mit Tüllkranz und unsere Initialen ‚A P', dazwischen ein paar ineinander verschlungene Brandteigschwäne. Zwar der absolute Kitsch, aber zu diesem Anlass traumhaft", meinte sie den süßen Marzipangeschmack soeben auf der Zunge zu verspüren.

„Wo habt ihr die bestellt?"

„In der Konditorei Fromme", sagte sie nicht so laut und beugte sich daher etwas über die Tischplatte zu Doris herüber.

„Und wieso habt ihr die nicht hier bestellt?", wollte Doris wissen.

„Das hatte keinen besonderen Grund, wir haben uns einfach spontan entschieden, und die Konditorei Fromme ist direkt am Neumarkt, wo auch mein Büro ist. Aber jetzt leg mal die Karten auf den Tisch", sah Anne sie neugierig an.

„Warum wollt ihr heiraten, so lange kennt ihr euch doch noch gar nicht?"

„Okay, dir wollte ich es sowieso erzählen. Ich bin schwanger", schoss es aus ihr heraus. „Behalte das aber bitte vorläufig noch für dich", bat sie.

„Aber das ist ja wunderbar", sprang Anne auf, nahm Doris in den Arm und drückte sie vor lauter Freude so fest, dass diese kaum noch richtig atmen konnte.

„Ja, Heinz wird sicher ein guter Vater. Der ist ganz verrückt, ich glaube, der ist mehr schwanger als ich."

„Höre ich da etwas heraus, meine Liebe?"

„Es war halt nicht geplant. Für mich ist das eine ganz komische Situation. Ich wollte zwar immer Mutter werden, aber den Zeitpunkt hätte ich gern selbst festgelegt." Auf Anne Westhoven machte sie einen leicht betrübten Eindruck.

„Ach Doris, wenn du das Baby das erste Mal in deinen Armen hältst, sind deine Zweifel wie weggeblasen, glaub es mir", versuchte sie ihr Mut zu machen.

„Du hast sicher recht, aber jetzt habe ich Hunger. Komm, wir packen uns die Teller voll. Ich muss schließlich für zwei essen", grinste sie.

Nach einem reichlichen Frühstücksbrunch und viel „Klatsch und Tratsch" gingen sie in das erste Brautmodengeschäft direkt um die Ecke. Gefühlte 48 Stunden später landeten sie schließlich im großen Brautmodengeschäft am Offenbachplatz. Hier hatte auch Anne damals ihr Kleid gefunden.

Ohne dass Anne ihre Freundin darauf gestoßen hatte, war das einzige Kleid, was Doris an diesem Tag so richtig gut gefiel, das perlenbestickte Designerkleid. Ihr Glück war es, dass genau dieses Kleid zurzeit beworben wurde und es einen Rabatt von 25% gab. „Super, das kostet ja dann nur schlappe 1.300 €", freute sie sich.

Die künftige Braut kaufte wild entschlossen dieses Kleid und machte einen Termin für die noch durchzuführenden Änderungen. Immerhin würde ihr Bauch bis zum Termin noch ein wenig deutlicher zu sehen sein.

„Komm, wir trinken noch einen Milchshake, hast du Lust?", fragte Doris.

„Tolle Idee, aber unbedingt unten im Rheinauhafen. Warst du in letzter Zeit mal da? Das ist richtig toll geworden. Die Kranhäuser, die verschiedenen Läden und Cafés und vor allem genau gegenüber Am Rheinberg ist der beste Küchenladen, den ich kenne. Mit Paul kann ich da nicht hingehen, der würde rückwärts laufen."

Als die beiden jungen Frauen vor ihren Milchshakes saßen, fiel Doris Weber die große Eistruhe ins Auge.

„Anne, ich kann keine Eistruhe anschauen, ohne dass die mich an den aktuellen Fall erinnert, in dem Heinz, Paul und die Neue ermitteln.

„Ja, und die kommen irgendwie nicht so richtig weiter. Geht mir aber im Moment mit meinem Fall nicht wirklich anders."

„Was machst du denn eigentlich genau bei der Versicherung?"

„Ich betreue das Lebensversicherungssegment. Unter anderem bin ich dafür zuständig, fällige Lebensversicherungen auszuzahlen bzw. die Verträge abzuarbeiten. Und bei einem Fall beiße ich mir grad die Zähne aus."

„Wieso? Will da jemand sein Geld nicht haben?"

„So ähnlich, es ist ungewöhnlich und seltsam, dass der Versicherungsnehmer immer pünktlich die Raten gezahlt hat und dann am Fälligkeitsdatum spurlos verschwunden ist. Niemand weiß was über ihn, niemand kannte ihn. Ich habe schon Paul gebeten, mich bei der Suche zu unterstützen, aber der hat abgelehnt. Er will keinen Ärger mit den Ermittlern vom KK 32."

„Was machen die denn im KK 32?"

„Das sind die internen Ermittler, so wie die im Fernsehen. Schnüffeln ihren eigenen Kollegen nach."

„Ach komm, Anne, sei froh, dass es so eine Truppe gibt. Auch bei denen gibt es schwarze Schafe."

„Trotzdem, mich wurmt es, dass ich den Typen einfach nicht finden kann und Paul mir nicht helfen will", sagte sie entnervt.

„Was soll es, die Versicherung soll doch froh sein, wenn die nicht zahlen muss, oder?"

„Genau das hat Paul auch zu mir gesagt, die Versicherung solle doch froh sein, und wenn sie unbedingt das Geld loswerden müsse, so würde er gern seine Kontonummer angeben."

„Heinz hat mir erzählt, dass unser tiefgefrorener Toter vermutlich schon Jahrzehnte in der Truhe gelegen haben könnte. Die haben einfach keinen richtigen Ansatzpunkt."

„Vielleicht sind ja dein verschwundener Mann und unser Toter ein und dieselbe Person", warf Doris in den Raum.

„Klar, er hat den Dauerauftrag aus dem Jenseits angelegt, ha ha", gab Anne zurück.

„Nein, jetzt mal ehrlich. Könnte doch sein. Lass uns doch morgen mal telefonieren, vielleicht können wir beide unseren Männern ein bisschen auf die Sprünge helfen und unsere Erkenntnisse austauschen."

Anne bezahlte noch die Milchshakes, dann gingen die Beiden rüber zum Rheinberg.

„Anne, bist du verrückt oder größenwahnsinnig?", rutschte es Doris heraus, als sie vor dem Geschäft standen.

„Das ist doch nicht unsere Liga."

„Genau das hätte Paul jetzt auch gesagt, aber für einen Porsche oder einen Allrader würde er das Geld sofort ausgeben. Ich habe nicht umsonst 14 Jahre lang in diese Lebensversicherung eingezahlt. Jetzt will ich auch etwas Vernünftiges dafür haben, und als Auto reicht mir mein Polo."

Schon nach dem ersten Durchgang durch die Musterküchen hatte Anne eine Favoritin. Besonders begeistert war sie von den Miele-Geräten. Der Herd war ein Traum. Neben dem 90cm breiten Induktionskochfeld befand sich noch eine gusseiserne Grillplatte und eine Wokmulde, die in ihren Augen das absolute Muss für jeden Liebhaber der asiatischen Küche war. Der hochgestellte Backofen und ein Dampfgarer rundeten das Ganze ab. Genau so etwas hatte sie sich vorgestellt.

Als der Berater sie informierte, dass wegen Modellwechsel alle Musterküchen mit 30% rabattiert würden und bei den vorgelegten Küchenmaßen nur kleine kostenfreie Änderungen notwendig wären, konnte Anne nicht mehr anders und ließ sich die Küche bis zum nächsten Mittwoch reservieren. Bis dahin, so war sie sich sicher, hatte sie Paul auf den Kauf vorbereitet.

ACHTUNDZWANZIG

An diesem Sonntag war Paul Westhoven nicht aus dem Haus zu bekommen. Er wollte einfach mal ausspannen, nachdem er am Samstag ins Büro gefahren war, um die Ermittlungsakten auf den neuesten Stand zu bringen.

Er hatte sich einen Sportsender im Fernsehen eingeschaltet und es sich auf der Couch mit dem festen Vorsatz, diese nur im äußersten Notfall wie Erdbeben, Großbrand oder ähnliches zu verlassen, bequem gemacht.

So war Anne heute alleine zu ihren Eltern gefahren.

NEUNUNDZWANZIG

Am Montag, pünktlich wie jeden Morgen, verließ Edmund Blecher um 08.15 Uhr sein Haus. Nach dem Aufstehen gehörten eine Wechseldusche, eine Nassrasur, ein Croissant und ein Glas frisch gepresster Orangensaft zu seinem täglichen Ritual. Auf dem Treppenabsatz hielt er einen Moment inne, die Sonnenstrahlen ließen seinen dunkelblauen Anzug glänzen. An der Westseite sah er Krieger, wie dieser gerade wieder den Pinsel in den Farbeimer eintauchte. „Guten Morgen", rief er ihm zu.

Krieger drehte sich um: „Guten Morgen, Herr Blecher", antwortete er, stand auf und ging zu ihm hin. „Was ist denn mit Ihrem BMW in der Garage passiert? Soll ich mich darum kümmern?"

Blecher fühlte sich ertappt. Er ärgerte sich über seine Nachlässigkeit, dass er die Garage nicht abgeschlossen bzw. den Wagen immer noch dort stehen hatte. Er gab den Ahnungslosen: „BMW in der Garage, was meinen Sie, Herr Krieger? Mein Wagen steht doch da vorn", zeigte er auf seinen X6.

„Den meine ich nicht. Ich meine den schwarzen 5er in der Garage. Kommen Sie, ich zeige Ihnen die Beschädigungen", ging er vor und Blecher folgte ihm.

Er blickte sich instinktiv suchend nach einem festen Gegenstand um. Krieger stand rücklings vor ihm im Halbdunkel der Garage. Blecher bückte sich, hob einen schweren Unterlegkeil auf, umfasste diesen so fest er konnte und schlug ihn Krieger mit voller Wucht ins Genick. Der Arbeiter sackte wortlos in sich zusammen und fiel auf die Seite.

Blecher trat ihm fest mit seinen frisch geputzten Lloyd Schuhen in die Seite, aber Krieger rührte sich nicht und gab auch keinen Laut mehr von sich.

Aus dem Werkzeugschrank griff sich Blecher die Rolle Panzerband und fesselte die Arme von Krieger auf den Rücken. Immer wieder rollte er um die Arme herum, die nun nicht mehr zu bewegen waren. Auch wenn sich Blecher sicher

war, dass niemand spätere Hilferufe des Mannes hören konnte, klebte er dennoch einen Streifen Panzerband über dessen Mund.

Fieberhaft dachte er darüber nach, ob er ihn, wie damals seinen Bruder, auch in die Tiefkühltruhe im Keller packen und ihn dort sterben lassen sollte. Warum auch immer entschied er sich dagegen, bewaffnete sich mit einem schweren Schraubendreher, füllte einen der herumstehenden Eimer mit Wasser und goss ihn über Kriegers Kopf aus.

Benommen und orientierungslos öffnete dieser die Augen und hörte wie von Ferne Blechers Stimme: „Hör zu, du hast was gesehen, was du besser nicht gesehen hättest. Mach, was ich dir sage und dir geschieht erst mal nichts." Gleichzeitig hielt er ihm die Spitze des Schraubendrehers an den Hals.

Blecher hievte ihn in den Kofferraum der Limousine und band zur Sicherheit auch noch seine Beine mit Panzerband zusammen. Krieger konnte sich nun gar nicht mehr bewegen. Durch einen weiteren plötzlichen harten Schlag, diesmal mit dem schweren Schraubendreher, verlor der Gefesselte wieder das Bewusstsein. Gleichzeitig schloss Blecher den Kofferraumdeckel.

„So eine Scheiße, so eine verdammte Scheiße. Du blödes Arschloch, warum musstest du auch unbedingt hier reingehen", fluchte Blecher wütend vor sich hin, ging aus der Garage heraus und trat mit voller Wucht gegen die Tür, so dass diese mit einem lauten Scheppern zuknallte.

In ihm reifte der Gedanke, Krieger mitsamt dem Wagen entweder in Brand zu setzen oder in einem See zu versenken. Sein schöner Plan mit dem Autoreisezug war jetzt hinfällig. Auf jeden Fall mussten Krieger und der BMW verschwinden und zwar beide für immer. Zu viel stand für ihn auf dem Spiel. Er durfte nichts riskieren.

Hastig beseitigte er die Arbeitsutensilien von Krieger und ging noch mal ins Haus, um sich einen anderen Anzug anzuziehen.

***

Gegen 09.00 Uhr saß er an seinem Schreibtisch im Büro und widmete sich gelassen der Unterschriftenmappe, die bereits vor ihm lag. Danach würde er wieder ein Fax vorbereiten, welches er über die spezielle Verbindung aus Singapur nach Köln senden würde und die Unterschrift von Director Mankowicz trug. Weiter würde er der Empfangsdame eine E-Mail mit dem Absender seines Bruders zusenden mit der Bitte, diese weiterzuleiten. Blecher fühlte sich unschlagbar, keiner konnte ihm etwas beweisen.

Im Internet recherchierte er nach Hinweisen für die beste Möglichkeit, den BMW und somit auch sein Faktotum loszuwerden.

***

Krieger öffnete die Augen. Er hatte das Gefühl, dass sein Kopf platze. Durch den Schlag ins Genick hatte sich die gesamte Halspartie versteift und verursachte nun extreme Schmerzen. In seinem Kopf hämmerte es lauter als in einer Schmiede mit Dampfhammer. Er hatte Schwierigkeiten zu atmen; erstens wegen der stickigen Luft im Kofferraum, zweitens wegen seiner geschwollenen Nase, und drittens war sein Mund zugeklebt. Die Nase schmerzte und brannte wie Feuer, denn Blecher hatte mit dem Schraubendreher den Nasenrücken eingeschlagen. Krieger versuchte sich zu konzentrieren, vorsichtig zu bewegen und ruhig zu atmen. Es gelang ihm nur schwer, er hatte Angst zu ersticken. Außerdem ließ jede Bewegung den Schmerz noch schlimmer werden. Panik stieg in ihm hoch, er verlor wieder das Bewusstsein.

***

Unter Protest der Angestellten am Empfang gingen Dember und Krogmann direkt zu Blechers Büro, und unter gleichzeitigem Klopfen traten sie ein.

„Können Sie nicht warten, bis Sie hereingebeten werden?", schnaubte dieser sichtlich erbost. Hinter den Ermittlern schob sich die Empfangsdame ins Büro: „Es tut mir leid, Herr Blecher, aber…."

„Schon gut, Sie können nichts dafür, wenn die Staatsgewalt tut, was sie will", beruhigte er sie und wandte sich sogleich wieder den Ermittlern zu: „Ich hoffe, Sie haben eine gute Erklärung für Ihren Auftritt. Ansonsten bekommen Sie Probleme, ich bin nicht irgendwer, und mein Einfluss reicht weiter, als Sie denken."

Dember blieb ganz ruhig.

„Sehr geehrter Herr Blecher, wir haben noch einige Fragen, und Sie können selbstverständlich entscheiden, ob Sie diese hier und jetzt beantworten wollen oder ob wir das Gespräch lieber im Präsidium fortsetzen sollen." Damit überschritt er eindeutig seine Kompetenzen, denn er hatte nichts in der Hand. Bislang gab es nur wenige Indizien und das allgemeine Bauchgefühl. Dies war auch der einzige Grund, dass Blecher noch im Zeugenstatus war.

Blecher wirkte merklich verunsichert und zupfte mit seiner linken Hand seine Krawatte zurecht. Er war sich nicht sicher, was seine Gegenüber wussten und was nicht. Aber er war sich sicher, dass sie nicht genug Beweise hätten, um ihn vorläufig festzunehmen, sonst hätten sie es längst getan.

„Herr Dember, wollen Sie mich beschuldigen, muss ich meinen Anwalt anrufen? Müssen Sie mich dann nicht über meine Rechte aufklären?", fragte er mit einem provozierenden Unterton.

Dember biss sich von innen auf die Oberlippe.

„Sie sind Zeuge, und als solcher müssen Sie die Wahrheit sagen, jedenfalls solange Sie sich mit Ihrer Aussage nicht selbst belasten. Ob Sie einen Anwalt brauchen, können nur Sie selbst entscheiden", antwortete er kurz und knapp. Innerlich kochte er vor Wut, aber er versuchte, sich nichts anmerken zu lassen. Allein Toni Krogmann, die direkt neben ihm stand, sah, wie er hinter seinem Rücken eine Faust so ballte, dass die Knöchel weiß wurden.

„Setzen Sie sich doch und stellen Ihre Fragen."

Blecher hatte sich entschieden, den Stier bei den Hörnern zu packen, und deutete auf die beiden Stühle vor seinem Schreibtisch. Hinter dem Schreitisch fühlte er sich geschützt.

Dember stellte seine erste Frage: „Kennen bzw. kannten Sie eine Frau Erna Schmitz?"

„Wieso kannten? Sie hat mich doch letzte Woche noch angerufen und sich nach meinem Bruder erkundigt", triumphierte er innerlich, denn er war sich sicher, dass die beiden Schnüffler eine andere Antwort erwartet hatten.

Dember und Krogmann waren ein wenig irritiert. „Und jetzt ist sie tot", sagte Krogmann.

„Darf ich fragen, wie Frau Schmitz gestorben ist?", stellte sich Edmund Blecher ahnungslos.

„Das wird noch genau untersucht", wich Dember der Beantwortung aus. Es durften jetzt keine Ermittlungsergebnisse nach außen dringen, denn es gab immer Dinge, die nur ein Täter wissen konnte.

Blecher wusste genau, dass Dember ihn an der Nase herumführen wollte.

„Was hat das denn mit mir zu tun? Letztes Mal wollten Sie etwas über meinen Bruder wissen, und heute fragen Sie mich nach einer Mitarbeiterin, die schon seit Jahren in Rente ist. Können Sie mir das vielleicht mal erklären?"

„Auch das versuchen wir noch zu klären", warf Krogmann ein. „Es wäre noch zu früh, hier einen Zusammenhang zu sehen. Ist wahrscheinlich reiner Zufall. Die Welt ist klein. Aber mal zurück zu Ihrem Bruder. Ich habe gestern noch in der Firma in Singapur angerufen. Dort hat ihn noch nie einer gesehen. Wie muss ich das verstehen?"

Blecher wurde mit einem Mal klar, dass er mit dem Bild eines älteren Mannes aus dem Internet fast einen Fehler gemacht hätte. Im letzten Moment erinnerte er sich daran, dass er selbst die Legende einer schweren Krankheit geschürt hatte. „Das wundert mich nicht. Uwe ist sehr krank und meidet jede Öffentlichkeit. Selbst mir gegenüber ist er sehr zurückhaltend. Er kommt fast gar nicht mehr nach Europa, und ich sehe ihn nur, wenn ich selbst mal nach China fliege. Das ist auch der Grund, warum ich ihn schon lange nicht mehr gesehen habe", sagte er und musterte die nachdenklichen Blicke der Ermittler.

„Okay, eine letzte Sache noch, ich meine, ich hätte Sie das bereits gefragt: Was fahren Sie noch mal für ein Auto?", fragte Dember.

„Einen BMW X6 Cabrio, das habe ich Ihnen doch schon beim letzten Mal gesagt".

Gerade als Dember die nächste Frage formulieren wollte, betrat Blechers Sekretärin den Raum. In ihrer Hand hielt sie ein Blatt Papier und legte es ihm mit den Worten „Hier, Herr Blecher, das eilt wohl", auf den Tisch.

Blecher las das Fax und legte es dann seinen Besuchern vor. „Damit wäre ja wohl alles klar."

Absender des Faxes war Director Mankowicz, BLECHER Electronics Ltd. Singapur.

Die beiden Ermittler schauten sich an, auch ohne Worte waren sie sich einig, die Befragung jetzt zu beenden. „Vielen Dank, Herr Blecher, wir werden Sie vermutlich trotzdem noch einmal vorladen müssen, damit wir unser heutiges Gespräch noch schriftlich zu Protokoll bringen können. Ist ja schon einiges zusammengekommen, auch wenn es scheinbar belanglos war", sagte Dember und ging zur Tür.

„Beim nächsten Mal machen Sie bitte vorher einen Termin mit meiner Sekretärin aus."

Dember fiel das abgebrochene Eckchen der Plastikkarte ein, das sie an der aufgebrochenen Wohnungstür von Erna Schmitz sichergestellt hatten. Die KTU hatte seine erste Vermutung, dass es sich um eine euroShell-Tankkarte handelte, bestätigt.

„Entschuldigung, ich habe noch eine Frage. Wo tanken eigentlich ihre Firmenfahrzeuge?"

Blecher verstand nicht, was diese Frage nun sollte.

„Ach, nur so. Wir tanken unsere Dienstfahrzeuge über die gleiche Karte", wich Dember der Frage aus, um den wahren Grund nicht zu nennen.

Als sie im Dienstwagen saßen, schlug Dember mit der Faust an den Fahrzeughimmel: „Wie ein Depp, wie ein blutiger Anfänger kam ich mir vor. Der Typ ist dermaßen aalglatt. Aber jetzt bin ich noch überzeugter, dass wir hier richtig sind."

Dabei schaute er Krogmann an, die über seine Impulsivität erstaunt war.

„Jetzt reg dich nicht so auf, wenn er doch etwas mit dem Toten zu tun haben sollte, kriegen wir ihn. Jeder Täter macht irgendwann einmal einen Fehler. Aber ich weiß bei dieser Spur, um ehrlich zu sein, erst mal nicht weiter, oder meinst du etwa, dass Tote Faxe und E-Mails versenden können?"

„Du hast ja recht, Toni. Aber das musste jetzt mal raus, und wer zuletzt lacht…"

***

Hermann Krieger spürte einen stechenden Schmerz in seinem Rücken. Nur langsam wurde ihm klar, dass er auf einem Klappspaten lag. Edmund Blecher war passionierter Jäger, und der Spaten gehörte, wie auch eine Aufbruchschere und eine Abdeckplane, zur Standardausrüstung, die immer im Fahrzeug blieb. Krieger betastete den Spaten. Das Blatt dieses Bundeswehrmodells hatte auf einer Seite eine Sägezahnung. Nach ihm unendlich lang erscheinenden Minuten hatte er durch Reiben der Fessel an der Zahnung des Spatens das Panzerband durchtrennt. Als er mit aller Muskelkraft das Band von den Handgelenken riss, verlor er abermals das Bewusstsein.

***

Wieder auf der Dienststelle berichteten Dember und Krogmann dem MK-Leiter vom Gespräch mit Blecher.

„Na super, ihr seid Helden. Wie gut, dass er jetzt gewarnt ist, dass wir ihn im Visier haben. Musste das sein?", verteilte er eine gehörige Schelte. „Meine Güte, Heinz. Halt dich zurück, und nächstes Mal sprichst du so etwas vorher mit mir ab. Ich habe keine Lust, dass wir mit diesem Fall wieder auf der Stelle treten", klang Paul ziemlich sauer.

„Hat eigentlich einer schon die Liste der Firmenfahrzeuge ausgewertet?", wollte er noch wissen.

Da keine Antwort erfolgte, ordnete er an:

„Toni, du erledigst das bitte sofort und gibst mir eine Rückmeldung."

„Paul", sagte Dember, „ich glaube nicht, dass Blecher davon ausgeht, dass wir was gegen ihn in der Hand haben könnten."

„Wir werden sehen", war Westhovens knappe Antwort, während die beiden ziemlich frustriert in ihr Büro gingen. Krogmann behielt ihre Einschätzung, dass diese Spur endgültig tot sei, für sich.

Dember rief derweil Doris Weber an und ließ bei ihr seinen Frust ab, während Krogmann sich ihrem Auftrag widmete. Keine 20 Minuten später hatte sie alle Firmen-BMW den Nutzern zugeordnet und ging schnellen Schrittes zu Westhoven. Dember bekam davon nichts mit, denn er saß mit dem Rücken zu ihr und schaute, noch immer telefonierend, aus dem Fenster.

„Du wirst nicht glauben, was ich eben festgestellt habe, Paul", platzte sie in Westhovens Büro.

„Sag es einfach und spann mich nicht auf die Folter."

„Blecher fährt bzw. fuhr einen 5er BMW. Und zwar einen Schwarzen", triumphierte sie.

„Klasse Toni, gute Arbeit. Gib mir bitte mal die Unterlagen. Ich glaube, es wird langsam doch höchste Zeit, dass ich mit Asmus spreche, damit er einen Durchsuchungsbeschluss beantragt. Wir werden wohl bald aus dem Zeugen Blecher den Beschuldigten Blecher machen. Hast du bei der Firma überprüft, ob er das Auto noch immer hat?"

„Klar", antwortete Krogmann. „Er hat den Wagen noch nicht in den Pool zurückgegeben. Uns hat er aber vorhin gesagt, dass er einen X6 fährt, und uns sogar die Fahrzeugschlüssel gezeigt. Da kann man es doch dran fühlen. Nicht, dass er jetzt irgendwie den Unfallwagen verschwinden lässt."

„Genauso etwas meinte ich vorhin, als ich euch etwas unwirsch abgewatscht habe."

Toni Krogmann ging hinüber zum Geschäftszimmer, da sie heute noch keine Gelegenheit gehabt hatte, in ihr Postfach zu schauen. Als sie das mittags eingetroffene Fax in die Hand nahm, wurden ihre Augen immer größer. Auf dem Vorblatt prangte groß der Schriftzug „Generalkonsulat der Bundesrepublik Deutschland, - Singapur -".

Endlich hatte sie eine Antwort aus China. Nach dem Vorblatt folgte nur eine einzige Seite, die Kopie des Antrags auf Ausstellung eines neuen Reisepasses wegen Gültigkeitsablauf. Und das Wichtigste war, der Antrag trug ein Bild von Uwe Mankowicz.

***

Westhoven hatte während der Fertigung des Durchsuchungsantrags den tatverdächtigen Blecher routinemäßig überprüft, ob dieser über Schusswaffen verfügte. Ein Marker in den Einwohnermeldedaten wies zumindest darauf hin, und eine Anfrage bei der zuständigen Stelle im Präsidium ergab, dass auf Blecher als Jagdscheininhaber mehrere scharfe Kurz- und Langwaffen eingetragen waren. Dies war eine sehr wichtige Information für das Team, denn eine mögliche vorläufige Festnahme – und darauf könnte es auch hinauslaufen – läge dann in der Zuständigkeit des Sondereinsatzkommandos (SEK). Außerdem wollte Westhoven diesmal nichts riskieren. Er hatte noch die letzte spektakuläre Festnahme vor Augen, als der „Mörderhase" plötzlich eine Geisel nahm und er daraufhin von der Pistole Gebrauch machen musste.[36] Das hätte damals auch anders ausgehen können. Diesmal wollte er den Zugriff den Experten überlassen.

Er telefonierte mit Asmus und kündigte an, dass er gleich zur Staatsanwaltschaft herüberkäme. Asmus hatte eigentlich andere Pläne, aber er freute sich über die aktuelle Entwicklung in diesem Fall und stimmte Westhoven in allen Punkten zu.

Parallel hierzu erkundigte Westhoven sich, ob das SEK am übernächsten Morgen verfügbar wäre. Um den vorgeschriebenen Dienstweg einzuhalten, forderte er dieses über seinen Chef an.

Westhoven schaute auf, als Toni Krogmann aufgeregt in sein Büro stürmte.

***

Blecher hatte keine brauchbare Idee im Internet gefunden, wie und wo er den Unfall-BMW loswerden konnte. Also musste er sich selbst etwas ausdenken. Früher als sonst machte er Feierabend und brach nach Hause auf. Als er am Empfang vorbeiging, hielt er sich demonstrativ den Kopf und stöhnte, dass ihm heftige Kopfschmerzen zu schaffen machten.

Zu Hause angekommen fuhr er sofort durch zur hinteren Garage. Er bemerkte nicht, dass sich das automatische Zufahrtstor nicht ganz geschlossen hatte.

---

36 s. *Mörderischer Fastelovend*

Er knipste das Licht an und öffnete den Kofferraum. Krieger lag regungslos auf dem Rücken, seine Augen waren geschlossen. Blecher war sich nicht sicher, ob Krieger noch atmete, und hielt sein Ohr an dessen Gesicht. Der Mann im Kofferraum riss plötzlich die Augen auf.

DREIßIG

Ursula Meierbrink hatte über Mittag den Entschluss gefasst, nach Roggendorf zu fahren, um mit Edmund Blecher zu sprechen.

Sie hatte von einem früheren Buchhalter der Gummi-Clouth AG, der früher im gleichen Haus wie ihre Mutter gewohnt hatte, in Erfahrung gebracht, dass diese damals gleichzeitig mit einem Uwe Mankowicz und einem Edmund Blecher gekündigt hatte. Diese beiden sollten darauf eine Firma gegründet haben. Also ging sie davon aus, dass ihre Mutter eventuell dorthin gewechselt und in dieser Firma als Sekretärin gearbeitet haben könnte. Dies war aber nicht sicher, denn bei der Suche nach Unterlagen für den Bestatter stellte Ursula Meierbrink fest, dass im Aktenordner „privat" hinter dem Reiter „Arbeitszeugnisse" genau diese fehlten.

Allerdings hatte sie in dem Wust von alten Bildern ein Foto vom 50. Geburtstag ihrer Mutter gefunden, auf dem ihr ein Blumenstrauß von ihren Chefs überreicht wurde. Auf der Rückseite hatte sie „Uwe und Eddi" notiert. Im Hintergrund prangte das Firmenlogo.

Im Internet hatte sie erst die Firma gegoogelt und dann endlich in einem alten Zeitungsartikel über eine Spendengala im Privathaus von Edmund Blecher, den sie für „Eddi" hielt, dessen Privatadresse gefunden. Sie versprach sich nicht wirklich etwas von dem Besuch, aber sie musste einfach etwas tun. Den ganzen Vormittag hatte sie Zeitungsmeldungen und Internetberichte zum Unfall ihrer Mutter gelesen.

Sie stieg aus dem Bus und hatte noch gut 300 m zu gehen. Schon von Weitem sah sie das Anwesen und einige Gänse, die im Begriff waren, auf die Straße zu laufen.

***

Krieger stöhnte, aber es waren nur dumpfe Laute, mehr ließ das Panzerband über seinem Mund nicht zu. Blecher erschrak und knallte mit seinem Kopf unter den Kofferraumdeckel. Gleichzeitig streckte Krieger die Arme nach vorn aus. Mit der linken Hand versuchte er, Blecher zu packen. In der rechten Hand hielt er den Klappspaten und versuchte hiermit - noch leicht orientierungslos - Blecher zu treffen. Blut spritzte. Blecher schrie laut auf vor Schmerzen: „Du verdammte Drecksau, na warte!", rief er und zog heftig den Kofferraumdeckel nach unten. Lautes Krachen durchdrang den Raum. Blecher hatte Kriegers rechten Arm gebrochen. Er trat gegen den schlaff herabhängenden Unterarm, stopfte diesen mit einem Ruck wieder in den Kofferraum zurück und schloss ihn mit einem lauten Knall. Blecher spülte seine Wunde über dem Waschbecken mit kaltem Wasser aus. Sein weißes, maßgeschneidertes Hemd war rot getränkt, Schweiß stand ihm auf der Stirn. Außer sich vor Wut packte er den Spaten, welcher neben dem Fahrzeug lag.

Er riss den Kofferraumdeckel wieder auf. Wenige Momente später lag Krieger mit diversen Knochenbrüchen an den Armen und Händen sowie eingeschlagenem Schädel blutüberströmt auf der Abdeckplane im Kofferraum. Nicht mal seine eigene Mutter würde ihn so identifizieren können. Selbst als Krieger schon regungslos war, schlug Blecher wie von Sinnen weiter auf ihn ein.

Als er damit aufhörte, starrte er auf den Spaten und sah die blutigen Hautfetzen daran haften. Völlig apathisch und mit Blut bespritzt ließ er ihn auf den Boden fallen und rannte zum Haus, als er den entsetzten Schrei einer Frau wahrnahm.

Ursula Meierbrink hatte durch das geöffnete Tor den Garten betreten und war auf dem Weg zum Haus. Sie hatte sich von den schnatternden und fauchenden Gänsen nicht beeindrucken lassen. Plötzlich sah sie einen blutüberströmten Mann. Sie wollte weglaufen, doch dieser schnitt ihr den Weg ab, schmiss sich mit seinem Körpergewicht aus vollem Lauf gegen sie und riss sie schmerzvoll zu Boden. Durch die Wucht des Aufpralls schlug sie mit dem Kopf auf den gepflasterten Weg auf und verlor augenblicklich die Besinnung.

Blecher erhob sich, humpelte schnell zum Tor und verschloss dieses. Nun hatte er Zeit, niemand konnte diesen Teil des Gartens einsehen.

Er griff Ursula Meierbrink von hinten unter die Arme und zog sie über den Weg bis zur Kellertreppe. Rücksichtslos schleifte er sie die Stufen hinunter in den Heizungskeller. Er stopfte ihr einen Socken in den Mund, denn der Heizungskeller war gleichzeitig auch der Trockenraum für die Wäsche. Er riss eine Wäscheleine ab und fesselte die Frau an eine Steigleitung. Danach öffnete er ihre Umhängetasche und durchwühlte diese. Er war wie versteinert, dass die Tochter von Erna Schmitz vor ihm lag. Er musste nachdenken, was jetzt zu tun war. Mit einem Stoffstreifen fixierte er den Knebel in ihrem Mund.

Seine blutige Kleidung zog er noch im Keller aus, ließ diese einfach liegen und ging duschen. Beim Einseifen bemerkte er, dass seine rechte Hand schmerzte.

***

Toni Krogmann warf wortlos das Fax auf Westhovens Schreibtisch. Mit dem Finger zeigte sie auf das Bild des Passantrags von Uwe Mankowicz.
„Das ist ja..... eindeutig, das ist Edmund Blecher."
Er rang nach Worten.
„Ja, und unser Toter kann nur Uwe Mankowicz sein", ergänzte Krogmann.

***

Westhoven war sofort zu Staatsanwalt Asmus gefahren. Dieser war nun mehr als überzeugt, dass gegen Blecher problemlos ein Anfangsverdacht zu begründen war. Zu viele Indizien deuteten auf ihn.
„Tolles Ergebnis, Herr Westhoven. Lassen Sie mir die Akte hier, ich formuliere umgehend einen Haftbefehls- und Durchsuchungsantrag. Bereiten Sie bitte alles vor, damit wir morgen bei Blecher einfliegen können. Ich will, dass das SEK spätestens um 06.00 Uhr das Haus in Roggendorf verpostet hat."
„Ich kümmere mich darum, Herr Asmus. Sie kommen doch mit, oder?"
„Selbstredend. Wie immer gegen 05.00 Uhr zur Einsatzbesprechung im Präsidium im Forum 2?", fragte Asmus.
Westhoven nickte: „Logisch", bestätigte er und verließ auch schon wieder Asmus' Büro, fuhr von der 4. Etage bis zur 1 und ging von dort

zum Parkplatz der Staatsanwaltschaft, wo er seinen Wagen geparkt hatte.

***

Gemeinsam mit seinem Chef Arndt Siebert und dem KIL 1 bereitete Westhoven den Einsatz in allen Einzelheiten vor. Um 19.30 Uhr fuhr er nach Hause und wollte nur noch essen und dann sofort ins Bett.

Obwohl sein alter Golf keine Freisprechanlage hatte, rief er Anne während der Fahrt vom Handy aus an und freute sich auf die angekündigten Tomaten mit Mozzarella und Basilikum, dazu krosses Olivenbrot, welches sein „Sternchen" für ihn gebacken hatte. Nach dem Gespräch steckte er die Lila Pause Nougat wieder in die Seitenablage, denn Mozzarella war ihm jetzt wirklich lieber.

***

Toni Krogmann hatte an diesem Abend einen weiteren Auftritt im „Rapunzel". Nach den Zugaben zog sie sich mit ihrem Gitarristen unter tosendem Beifall zurück in die Garderobe. Nach einem Absacker-Kölsch fuhr sie nach Hause. Um 04.00 Uhr würde der Wecker sie gnadenlos wecken. Trotz der Müdigkeit freute sie sich auf den bevorstehenden Einsatz bei Blecher.

***

Dember und Doris Weber machten sich einen gemütlichen DVD-Abend und hatten es sich auf der Ledercouch bequem gemacht. Ihre Beine lagen ausgestreckt auf einem Hocker. Ihr Gynäkologe hatte ihr geraten, während der Schwangerschaft die Beine möglichst oft hochzulegen.

***

Es war 21.00 Uhr. Ursula Meierbrink hatte pochende Kopfschmerzen, als sie zu sich kam. Sie hatte das Gefühl, als ob ein Dampfhammer unter ihrer Schädelplatte arbeitete. Sie konnte nur unter Schmerzen atmen und spürte, wie einige ihrer Rippen knirschten, die wohl durch die

Wucht des Aufpralls gebrochen waren. Noch benommen versuchte sie im schummrigen Licht festzustellen, wohin Blecher sie gebracht hatte.

Es roch nach frischer Wäsche, und in ihrer Nähe hörte sie das leise, monotone Surren der Heizungspumpe.

Sie zerrte an ihren gefesselten Händen, aber es war zwecklos. Auch alle weiteren Versuche, die Wäscheleine zu lösen, schlugen fehl. Der Knebel verursachte ihr einen enormen Würgereiz und versetzte sie in Panik zu ersticken. Es gelang ihr nicht, ihn loszuwerden.

Nach einer gefühlten Unendlichkeit hörte sie näher kommende Schritte. Blecher, wieder frisch geduscht und mit einem Hausanzug bekleidet, stapfte die Holztreppe zum Keller herunter. Er öffnete die schwere Feuerschutztür zum Heizungskeller und blickte in das verängstigte Gesicht seines Opfers.

„Mädchen, Mädchen. Warum bist du nur hergekommen? Weißt du eigentlich, was für Schwierigkeiten du mir machst?", verhöhnte er sie. Er nahm dabei ihr Gesicht zwischen seine beiden Hände und blickte ihr mit starrem Blick direkt in die Augen

„Ich werde jetzt den Knebel herausnehmen, aber ich rate dir, nicht zu schreien. Denn wenn du doch schreist, wird es dir leid tun. Dich kann hier mit Sicherheit sowieso keiner hören. Also lass es gleich, sonst sorge ich dafür, dass du nie mehr einen Laut von dir geben kannst. Klar?"

Ursula Meierbrink nickte und sagte keinen Mucks, als Blecher den Knebel entfernte. Seine Drohung war unmissverständlich, und im Moment konnte sie sowieso nichts ausrichten. Sie hustete und schnappte heftig nach Luft.

„Kann ich bitte etwas zu Trinken haben, Herr Blecher?"

Sie benutzte seinen Namen, weil sie mal gelesen hatte, dass es angeblich hilfreich wäre, wenn man zu seinem Entführer einen persönlichen Kontakt aufbaute. Ursula Meierbrink wollte Zeit gewinnen, aber ihr war auch bewusst, dass sie niemandem von ihrem Besuch bei Blecher erzählt hatte. Warum auch?

Blecher ergriff den Schlauch, mit dem er sonst den Wasserstand der Heizung regulierte. Er drehte den Hahn leicht auf und hielt ihr den Wasserstrahl ins Gesicht. Ursula Meierbrink versuchte, ein paar Schluck Wasser zu trinken. Sie verschluckte sich und bekam einen Hustenanfall.

„Vielen Dank", presste sie mühsam hervor.

„Warum bist du hergekommen?", wollte Blecher wissen.

„Meine Mutter ist tot, und ich wollte einfach nur mit jemandem reden, der sie gekannt hatte und mir vielleicht weiterhelfen kann. Mir war wieder eingefallen, dass sie mal bei Ihnen in der Firma gearbeitet hatte", erklärte sie.

„Tja, Mädchen, wenn du wüsstest, wie richtig du hier bist. Weißt du eigentlich, wie zerbeult mein Wagen ist? Dieser verdammte Rollator deiner Mutter ist Schuld daran", beschwerte er sich regelrecht, um aber innerlich zu triumphieren, als er wieder vor Augen hatte, wie die alte Frau durch die Luft gewirbelt wurde.

Ursula Meierbrink liefen Tränen über die Wangen: „Warum, warum meine Mutter?" Sie hatte längst verstanden, dass sie ihrem Mörder gegenübersaß, dem sie nun auch hilflos ausgeliefert war.

„Die war schon immer eine Quasselstrippe", erzählte er hasserfüllt. „Und dann ruft sie ausgerechnet mich an und plappert mir auf den Anrufbeantworter, dass sie zur Polizei gehen will. Sie habe meinen Bruder auf einem Plakat gesehen. Die Polizei wisse nicht, wer die Leiche ist. Ist doch nicht meine Schuld, was mischt die sich auch in Dinge ein, die sie nichts angehen. Sie hätte einfach einmal im Leben ihre Schnauze halten sollen."

Er machte auf Ursula Meierbrink einen aggressiven Eindruck.

„Bitte sagen Sie mir, was passiert ist, ich erzähl' es auch keinem", flehte sie ihn an.

Er schaute sie mit einem hämischen Grinsen an: „Da bin ich sicher. Aber warum nicht. Noch nie konnte ich jemandem davon erzählen."

Blecher schilderte, dass er vor über 30 Jahren seinen Halbbruder Uwe wegen der Verwertung des Sensortechnikpatents mit einem Zimmermannshammer erschlagen hatte und ihn dann in der Tiefkühltruhe im Keller verschwinden ließ. Die Mieter hätten damals die Kellerräume sowieso nicht genutzt, und so hatte er die Truhe unter die Kellertreppe geschoben und sie in einer Nacht-und-Nebel-Aktion eingemauert. Das Stromkabel klemmte er an den Hausstrom an, niemand hatte je etwas bemerkt.

„Warum?", war das einzige Wort, was Ursula Meierbrink bei seinen Worten überhaupt noch über die Lippen kam.

Blecher starrte für einen Moment mit stierem Blick ins Leere: „Warum?" Er beugte sich zu ihr herunter und redete hektisch. Ursula Meierbrink roch Angst und die Ausdünstung eines gestressten Magens.

Auf sein Opfer wirkte er wie ein tollwütiges Tier mit Schaum vor dem Maul.

„Ich habe meinen Bruder gehasst, weil mein Vater ihn sein ganzes Leben lang immer bevorzugt hat. „Mein Lieblingssohn" hat er ihn immer genannt, dabei bin nur ich sein Sohn und nicht dieser Bastard." Seine Stimme war kurz davor zu kippen.

„Außerdem wollte er ihm alles vererben, und ich sollte mich mit meinem Pflichtteil begnügen. Da habe ich eben die Erbfolge geringfügig geändert", kamen diese Worte jetzt eiskalt über seine Lippen.

„Aber das Beste war, dass er nun endlich weg war und ich freie Bahn hatte. In der Firma und bei meinem Vater. Plötzlich wendete sich alles zum Guten. Mein Vater achtete mich, und ich wurde Chef der Firma. Alle hörten auf mich. Ich stand nun ganz oben. Ich habe Uwe dann offiziell ausreisen lassen. An den Grenzen habe ich mich mit seinem Pass ausgewiesen. Da wir damals beide einen Vollbart und längere Haare trugen, brauchte ich nur noch seine Brille aufsetzen. Keiner hat etwas bemerkt. Niemand schaute sich das Passbild genauer an. In Singapur habe ich dann unsere Tochterfirma gegründet und ihn fingiert als Director eingesetzt. Die Leute dort sind leichtgläubig, und es war ihnen auch eigentlich egal, wie die Arbeitsanweisungen kamen. Die haben sich daran gewöhnt, dass mein geliebter Halbbruder krank war und deshalb selten persönlich in die Firma kam. Sie glauben ja gar nicht, wie leicht es mir seit Jahren gemacht wird. Ich bin dann ab und zu in das Tochterwerk gefahren und dort als Uwe Mankowicz aufgetreten. Als Uwes Reisepass ablief, habe ich einfach im Deutschen Generalkonsulat einen neuen beantragt. Natürlich mit meinem Foto. Der Konsul kannte mich ja schon als deutschen Geschäftsmann. Als es noch keine Computer gab, war es ziemlich schwierig, von hier aus Faxe mit Absender Singapur zu senden. Im Zeitalter des Computers war das dann kein Problem mehr. Kinderleicht war das, Rufumleitungen, Mailadressen und und und", sprudelte es voller Begeisterung aus ihm heraus.

„Dass ich selbst damals das Land für einige Zeit verlassen habe, hat komischerweise niemand bemerkt. Und die Grenzkontrollen waren ja schlapp, ich fiel nicht auf. Keine Überprüfung meiner Person! Man musste einfach nur das machen, was die Grenzer von einem verlangten."

Ursula Meierbrink wurde immer klarer, dass sie, wenn nicht noch ein

Wunder passieren würde, diese Begegnung nicht überleben würde. Sie versuchte, ihre eingeschlagene Taktik fortzuführen, ohne dass Blecher Verdacht schöpfte: „Einfach genial, genial", machte sie eine Faust und streckte dabei den Daumen nach oben. „Ich wünschte, ich wäre auch so clever wie Sie. Stattdessen falle ich immer auf alles rein. Letztens habe ich sogar noch ein Abo für eine Zeitung unterschrieben, die ich eigentlich gar nicht haben wollte."

Sie senkte den Kopf.

Blecher fühlte sich tatsächlich geschmeichelt: „Ja, das war genial." Seine Augen leuchteten.

„Endlich sieht das mal jemand ein. Jahrelang habe ich alle an der Nase herumgeführt, und nie konnte ich es erzählen."

Er fühlte sich richtig gut.

„Endlich war ich wer. Ich war alleiniger Chef der Firma, und alle achteten mich. Steinreich bin ich geworden, und in der Kommunalpolitik geschieht nichts ohne mein Wissen. Du müsstest mal sehen, wie sich manche Politiker anbiedern und um mich rumschleimen, nur um Spendengelder zu kassieren. Alles lief so verdammt gut. Bis die verdammte Tiefkühltruhe mit der Leiche von diesem Bastard gefunden wurde und ausgerechnet Erna Schmitz, unsere frühere Sekretärin, meinen Halbbruder auf dem Fahndungsplakat erkannte! Scheiße, scheiße, scheiße", schlug er fest mit der Faust gegen die Betonwand.

Ursula Meierbrink war jetzt nur noch ein Häufchen Elend.

„Und deshalb haben Sie sie umgebracht?"

Blecher erzählte monoton weiter, wie er vor dem Polizeipräsidium auf Erna Schmitz gewartet hatte. Sie hatte ja auf dem Anrufbeantworter erzählt, dass sie an diesem Morgen mit dem Zug fahren wollte. Als sie dann tatsächlich kam und ihren Rollator langsam über die Straße schob, ging alles sehr schnell. Ohne zu zögern sei er losgerast und habe sie überfahren.

„Was meinen Sie, wie ich mich selbst erschrocken habe? Die Alte schlug mit dem Kopf gegen meine Windschutzscheibe, und für einen Moment dachte ich, sie schaut mir direkt in die Augen", sagte er vorwurfsvoll.

Für Ursula Meierbrink war das zu viel. Sie war in sich zusammengesackt und bekam einen Heulkrampf. Sie konnte und wollte nicht mehr zuhören.

Wenn sie dazu in der Lage gewesen wäre, hätte sie Blecher am liebsten auf der Stelle umgebracht.

„Leider wirst du das alles niemandem mehr erzählen können."

Blecher verließ den Keller und schloss die schwere Feuerschutztür hinter sich zu. Ursula Meierbrink war wieder allein mit ihren Gedanken. Die nackte Angst um ihr Leben ergriff sie. Kalter Schweiß rann ihren Rücken herunter. Fieberhaft überlegte sie, wie sie vielleicht doch noch entkommen könnte. Aber es fiel ihr keine Lösung ein. Die Lage schien hoffnungslos.

EINUNDDREIßIG

Im Vortragssaal des Polizeipräsidiums herrschte an diesem Morgen schon um 05.00 Uhr rege Betriebsamkeit.

Westhoven wies die Einsatzkräfte des SEK in die Lage ein und machte insbesondere darauf aufmerksam, dass Blecher als Jäger über mehrere Schusswaffen verfügte. Es bestünde zwar „nur" ein Anfangsverdacht, aber sämtliche Indizien sprächen dafür, dass Edmund Blecher ein Doppelmörder wäre, und letztlich hätten diese in der Gesamtbetrachtung zum Erlass eines Durchsuchungsbeschlusses und Haftbefehls geführt.

Mit dem Beamer zeigte Westhoven Luftaufnahmen vom Grundstück und der Villa Blechers. Dember gab noch den Hinweis, dass ein unbemerktes Annähern oder sogar Betreten des Geländes schier unmöglich sei, weil dort Gänse frei herumliefen, die jeden Hund an Wachsamkeit überträfen und sofort losschnattern würden, sobald man nur in die Nähe der Hecke oder des Zauns käme.

Der Kommandoführer war für diesen Hinweis sehr dankbar. Die SEK-Beamten berieten mehrere taktische Möglichkeiten und entschieden sich letztlich für einen Zugriff, sobald Blecher das Anwesen verließe.

„Wir wissen doch gar nicht, ob der gleich überhaupt arbeiten fährt", meinte Dember, der einen Schluck Kaffee trank.

„Das spielt keine Rolle, Kollege. Wir postieren uns verdeckt am Tor. Wir kriegen ihn, entweder wenn er rausfährt oder wenn er zurückkommt. Auf jeden Fall kriegen wir ihn."

Asmus schaltete sich ein: „Ich möchte ihn aber lebend", schaute er den Kommandoführer an.

„Wollen wir das nicht alle?", reagierte dieser cool.

Arndt Siebert und der KIL 1 blieben als Meldekopf in diesem Einsatz im Präsidium, alle anderen machten sich auf den Weg nach Roggendorf.

Vor Ort übernahm nun der Kommandoführer des SEK die Einsatzleitung. Die Beamten der MK 6 und Staatsanwalt Asmus wurden in die zweite Reihe verwiesen. Beim Zugriff würden sie nur stören. Ohne Diskussion wurde diese Anweisung hingenommen, denn keiner wollte den Erfolg des Zugriffs aufs Spiel setzen und dem SEK hierbei in die Quere kommen. Außerdem könnte es riskant werden, sonst hätte man die Spezialeinheit schließlich nicht eingesetzt. Im wahren Leben hätte schon mancher Fernsehermittler, der bei solchen Aktionen vor dem SEK herlief, sein Leben gelassen.

***

Blecher war gegen 06.00 Uhr aufgestanden, hatte geduscht und sich einen seiner dunklen Anzüge angezogen. Hastig aß er sein übliches Croissant, das er mit einem Glas Orangensaft herunterspülte, als er plötzlich ein leises Klopfen im Haus hörte.

Wütend eilte er hinunter, und einen Moment später riss er die Feuerschutztüre zum Heizungskeller auf. Wortlos ging er auf Ursula Meierbrink zu und schlug ihr mit der geballten Faust ins Gesicht. Sie schrie vor Schmerzen auf. Das Klopfen mit ihrem Ring gegen das Heizungssteigrohr hätte sowieso niemand außerhalb des Hauses gehört.

„Wenn du das hier überleben willst, machst du das besser nicht noch mal!", zischte Blecher.

Ursula Meierbrink nickte und schaute verängstigt auf den kalten Boden. Blut tropfte ihr aus der Nase, über ihre Wangen liefen Tränen.

„Wenn ich noch mal auch nur einen Ton höre, komme ich wieder und bringe dich sofort um."

Er schloss die Tür hinter sich und ging zurück in die Küche.

Aus dem Küchenradio hörte er die sonore Stimme eines Pfarrers auf WDR 5, es war kurz vor 07.00 Uhr. Er hatte noch ein wenig Zeit, bevor er wie gewohnt zur Firma fahren würde.

Als er das Haus um 07.15 Uhr verließ, schaltete er beim Hinausgehen die Alarmanlage scharf.

***

„Zielperson kommt heraus", meldete der Beobachter der Spezialeinheit, der ihn durch das Spektiv einwandfrei identifiziert hatte.

„Ist er allein?", wollte der Kommandoführer wissen.

„Es ist keine weitere Person bei ihm. Er bewegt sich auf den Wagen zu. Er steigt jetzt ein."

Das Gartentor fing an zu summen und öffnete sich langsam.

„Zugriff wie besprochen", gab der Kommandoführer den Zugriffsbefehl.

***

Anne hatte sich im Büro frischen Kaffee aufgebrüht. Sie stellte die dampfende Tasse neben ihre Computertastatur. Wie jeden Morgen rief sie erst einmal mit Outlook den Neueingang ihrer E-Mails auf.

In der Regel lagerten bis zu 30 E-Mails in ihrem Postfach und warteten darauf, aufgerufen und bearbeitet zu werden.

Sie scrollte die Reihe nach unten und stieß auf eine E-Mail des Versicherungsmarktes Lloyd's of London. Im Betreff stand der Name Uwe Mankowicz.

Hastig setzte sie einen Doppelklick auf den Betreff, so dass ein wenig Kaffee auf ihren Schreibtisch schwappte. Sie griff sich ein Einmalhandtuch aus dem Regal neben dem Schreibtisch und legte es auf die Tischplatte, um daran den Boden der tropfenden Tasse abzuwischen.

Danach widmete sie sich dem Inhalt der E-Mail. Zu ihrer Freude teilte Lloyd's mit, dass der von ihr gesuchte Uwe Mankowicz sich in Ostasien, genau genommen in Singapur aufhielte. Die genaue Anschrift würde man ihr mit der nächsten Mail mitteilen.

Anne freute sich, dass sie bald diesen lästigen Vorgang vom Tisch haben würde.

***

Blecher stieg in sein Cabriolet und schaltete wie immer als Erstes das Radio ein. Die Musikklänge von Radio Köln stimmten ihn beschwingt. In dem Moment, als er mit seinem Fahrzeug auf dem Bürgersteig anhielt, um von dort auf die Straße zu fahren, schoss von der Seite ein schweres Fahrzeug des SEK, dessen Scheiben verdunkelt waren, heran und stellte sich quer vor seinen Pkw.

Dann ging alles ganz schnell. Ohne dass Blecher Zeit für eine Reaktion hatte, sprangen die anderen zivilen Zugriffskräfte aus ihrem Versteck und umstellten mit gezogenen Waffen seinen Pkw. Der laute Ruf „Polizei, keine Bewegung!" war bis in die Nachbarhäuser zu hören.
Zwei Beamte rissen die hinteren Türen auf. Blecher drehte sich erschrocken um, während zwei andere vermummte Polizisten die Fahrertür aufrissen, ihn an Kopf und Arm packten und seinen Körper auf den Boden neben dem Fahrzeug fixierten. Sekunden später waren seine Arme routiniert auf den Rücken gefesselt, während Blecher vor Angst schrie. Den Ruf „Polizei, keine Bewegung" schien er nicht gehört zu haben.
„Sauber, keine Waffen am Mann", rief einer der Beamten, die Blecher gefesselt hatten.
„Hebt ihn hoch", befahl der Kommandoführer. „Beruhigen Sie sich, wir sind von der Polizei und haben den Auftrag, Sie festzunehmen."
„Warum haben Sie auf mich geschossen?", schrie Blecher ihn an. Er war davon überzeugt, dass er angeschossen wurde.
„Niemand hat hier geschossen."
„Ich habe ganz klar einen Schuss gehört", war Blecher immer noch außer sich und suchte seinen Körper fieberhaft nach einer Verletzung ab. Offensichtlich geschockt von diesem Ereignis hatten jedoch nur die Blase und der Darm Blechers versagt, keine Seltenheit bei einer „Blitzfestnahme" durch das SEK.
„Sie haben sich den Schuss eingebildet, als Sie die gezogenen Waffen sahen."
„Schusswaffe im Wagen gefunden!", rief der Beamte, der den Wagen durchsucht hatte, seinem Kommandoführer zu und hielt dabei einen Revolver Smith & Wesson, Modell 686, Kaliber 357 Magnum, in die Höhe. Blecher hatte die Waffe mit einem starken Magneten unter dem Armaturenbrett zugriffsbereit befestigt. Der SEK - Einsatz war auf jeden Fall gerechtfertigt.

***

„Guten Morgen, Herr Blecher. Mein Name ist Asmus, ich bin der zuständige Staatsanwalt", stellte sich dieser vor. „Als Beschuldigter sind Sie nicht verpflichtet, eine Aussage zu machen, allerdings würde ich es berücksichtigen, wenn Sie es dennoch täten. Überdies haben Sie das Recht auf einen Anwalt."

„Weswegen beschuldigen Sie mich?", fauchte Blecher ihn an. „Sie stehen im Verdacht, Ihren Halbbruder Uwe Mankowicz und die frühere Sekretärin Erna Schmitz getötet zu haben."

Asmus blieb wie gewohnt ruhig.

Blecher wurde wütend. „So ein Unsinn, Uwe, also mein Bruder, lebt doch in Singapur und leitet dort unsere Tochterfirma. Und was soll das mit der Frau? Sie können mir nichts beweisen. Sie werden das hier noch bereuen. Sie wissen wohl nicht, in welchen Kreisen ich verkehre?"

Asmus blieb weiter unbeeindruckt.

„Bei der Leiche in der Viersener Straße werden wir noch mit einem DNA-Test eindeutig feststellen, dass es sich um Ihren Halbbruder handelt. Sein Pass wurde auf jeden Fall in Singapur auf Sie ausgestellt. Es gibt zu viele Ungereimtheiten in den Angaben, die Sie bisher gemacht haben. Und bezüglich Erna Schmitz werden wir sehen. Auch hier haben Sie widersprüchliche Angaben gemacht und uns zum Beispiel den 5er BMW Firmenwagen verschwiegen, den Sie bis zum Unfalltag gefahren haben. Das sind mir zu viele Zufälle."

„Ich sage jetzt gar nichts, ich will meinen Anwalt sprechen."

***

Staatsanwalt Asmus hob ein wenig seine Hände: „Wie ich schon sagte, das ist Ihr gutes Recht. Sie bleiben dennoch festgenommen und werden erst mal zum Polizeipräsidium gebracht. Wir werden jetzt als nächstes Ihr Haus und Grundstück sowie Ihre Firmenräume durchsuchen."

Er hielt ihm die Durchsuchungsbeschlüsse des Amtsgerichts Köln vors Gesicht.

„Ich dulde nicht, dass Sie....", Blecher konnte diesen Satz nicht mehr beenden, da ihn zwei Beamte packten, in den Streifenwagen setzten und mit ihm zum Präsidium fuhren.

„Kommen Sie schnell", rief einer der SEK-Beamten, der soeben aus der Garage gelaufen kam. „Das müssen Sie sich ansehen." Asmus und den Ermittlern der MK 6 stockte der Atem, als sie die grausig zugerichtete Leiche im Kofferraum liegen sahen. Scharen von Fliegen summten angelockt durch den Geruch des Blutes in der Garage.

„Wer ist denn das?", fragte Asmus.

„Mal sehen, vielleicht hat er Papiere bei sich", sagte Westhoven.

„Und schauen Sie sich auch mal den Wagen an."

„Ich würde sagen Volltreffer, Herr Westhoven."

„Das wurde aber auch Zeit." Paul Westhoven zog sein Handy aus der Tasche und machte Meldung an seinen KIL 1 und Arndt Siebert. Gleichzeitig forderte er den Erkennungsdienst für die Spurensicherung an.

„Was ist das nur für ein Mensch?", kam es Asmus über die Lippen.

„Ich bin schon sehr auf seine Aussage gespannt, wenn er überhaupt was sagt", meinte Westhoven.

Einen weiteren Moment später ertönte ein Ruf vom Hauseingang aus, und Westhoven sah, wie eine Frau heraustrat, gestützt von einem weiteren Beamten. „Die sieht aus wie Ursula Meierbrink, was macht die denn hier?", meinte Dember plötzlich. „Ja sicher, klar ist sie das." Er lief zum Haus. „Frau Meierbrink, was ist passiert, wie kommen Sie denn hierher?" „Das Schwein hat meine Mutter ermordet", schluchzte sie. „Und mich wollte er auch töten."

Ursula Meierbrink war augenscheinlich nicht vernehmungsfähig. Ihre Verletzungen wurden durch den alarmierten Notarzt versorgt. Anschließend wurde sie mit Blaulicht und Martinshorn in einem Rettungswagen der Kölner Berufsfeuerwehr ins nächste Krankenhaus gebracht.

***

„Der Mann heißt Krieger, Heinrich Krieger", sagte Michael Drees vom Erkennungsdienst. „Er hat eine kleine Akte bei uns wegen diverser Eigentumsdelikte. Das hat die Überprüfung ergeben."

Drees hatte in der Gesäßtasche des Ermordeten seine Geldbörse und darin den Ausweis gefunden.

„Wer ist das und was hat er hier gemacht?", fragte Westhoven.

„Vielleicht hat er hier gearbeitet und dabei zufällig den Wagen entdeckt, mit dem Erna Schmitz überfahren wurde", schloss Asmus messerscharf, als er neben dem vielen Blut auch Farbkleckser auf dessen Kleidung erkennen konnte.

„Wir werden das klären, Herr Asmus. "

„Toni", verteilte Westhoven die Arbeit, „du fährst bitte zum Krankenhaus und vernimmst Frau Meierbrink, sobald die Ärzte es erlauben. Heinz, du nimmst den Tatort hier auf. Ich bitte Arndt, dass er noch zwei Kollegen zur Unterstützung schickt, sonst bist du nächste Woche noch damit beschäftigt." „Herr Asmus, lassen Sie uns zu Blechers Firma fahren und noch das Büro durchsuchen. Nicht, dass Blecher Helfer hatte, die jetzt Beweise vernichten." „Kommen Sie, hier sind genug Kollegen." Beide stiegen daraufhin in Westhovens Dienstwagen ein und fuhren davon.

***

Als Westhoven die unterste Schublade von Blechers Schreibtisch öffnete, fand er dort mehrere Faxe im Original, welche die Unterschrift von Director Mankowicz trugen. Westhoven ahnte, dass Blecher hier irgendwas getrickst haben musste. „Wir brauchen hier dringend den Sachverstand der Kollegen vom KK 35[37]. Ich will wissen, wie er das gemacht hat", sagte er zu Asmus.

„Das wäre schon gut."

Westhoven nahm sein Telefon aus der Jacke, wählte Arndt Sieberts Nummer und forderte einen Kollegen vom KK 35 an.

***

Nachdem Ursula Meierbrink ärztlich versorgt war, wurde sie von Toni Krogmann kurz im Krankenzimmer befragt. Ihre Nase war gebrochen, ein Brillenhämatom prägte sich immer mehr aus und drei Rippen waren angeknackst.

Sie erzählte, wie Blecher sie plötzlich umgerannt hatte und dann in den Keller geschleift haben musste. Die traumatisierte Zeugin wurde dabei immer wieder von Weinkrämpfen geschüttelt, als sie erwähnte, dass Blecher ihr alles gestanden hatte, und ihr klar geworden war, dass sie dem Tod sprichwörtlich von der Schippe gesprungen war.

„Ich lasse Sie jetzt in Ruhe. Wir müssen aber Ihre Aussage auf jeden

---

37 Fachkommissariat für Internet- und Computerkriminalität

Fall noch zu Papier bringen. Aber werden Sie jetzt erst mal gesund, dann holen wir das sofort nach, okay?"

Ursula Meierbrink nickte und sank erleichtert in ihr Kissen zurück.

Krogmann rief Westhoven an und erzählte ihm, wie Blecher damals seinen Bruder erschlagen und wie er hiernach eine Scheinidentität aufgebaut hatte. Westhoven hingegen erzählte Krogmann, dass dies wunderbar ins Bild passen würde, denn er habe diverse Faxe und weiteres Schriftmaterial von Uwe Mankowicz im Schreibtisch von Blecher gefunden, was offensichtlich aber von diesem selbst erstellt worden war. Dies galt es noch zu beweisen, aber er setzte hier auf die Fachkompetenz des KK 35.

***

Rechtsanwalt Henninghoff wurde in der Justiz-vollzugsanstalt Köln-Ossendorf in den Besucherraum geführt, wo Blecher bereits saß und auf ihn wartete.

„Wie ich sehe, haben Sie meinen Vorschuss von 100.000 € erhalten?", begrüßte er den Rechtsanwalt. Dieser hatte nämlich im ersten Telefonat genau diese Summe verlangt, ansonsten hätte er keine Zeit.

„Ach, wissen Sie, Herr Blecher, ich muss meine Kosten absichern. Als Geschäftsmann verstehen Sie das sicher", antwortete Henninghoff. „Aber jetzt mal zur Sache. Ich weiß noch nicht sehr viel, denn Akteneinsicht hatte ich noch keine. Und der Staatsanwalt ist offensichtlich gewillt, Sie für lange Zeit aus dem Verkehr zu ziehen. Der hat nicht umsonst den Spitznamen ‚Der Terrier' bekommen. Aber keine Sorge, noch ist nichts verloren. Sie sollten aber wenigstens mir vertrauen und mir alles erzählen. Sonst kann ich Ihnen nicht helfen."

Für einen Moment war sich Edmund Blecher nicht sicher, ob er Henninghoff trauen konnte. Dann aber fing er an zu erzählen. Der Strafverteidiger machte sich viele Notizen und beschrieb mehr als 3 DIN A 4 Blätter.

„Und? Können Sie mir helfen?", fragte Blecher.

„Wir werden sehen, was ich tun kann. Ich besorge mir erst mal die Akte, und dann schauen wir, was der Staatsanwalt weiß oder eben auch nicht weiß. Vorher sagen wir gar nichts. Klar? Sie sagen zu niemandem auch nur ein Wort in der Sache", sagte Henninghoff unmissverständlich. „Ich melde mich wieder. Ansonsten haben Sie ja meine Telefonnummer."

***

Als Henninghoff wieder in seinem Büro war, rief er Staatsanwalt Asmus an: „Hallo, Herr Asmus. Ich wollte Ihnen nur mitteilen, dass mein Mandant vor der Akteneinsicht keinerlei Aussage machen wird. Das verstehen Sie sicher."

„Ich rede Ihnen in Ihre Arbeit nicht rein, Herr Henninghoff. Sonst noch was? Ich habe zu tun." Asmus wollte sich nicht länger aufhalten lassen.

„Nein. Viel Spaß bei den Ermittlungen und beim Beweise sammeln."

„Gleichfalls, viel Spaß bei der Verteidigung." Asmus war sich der Verurteilung von Edmund Blecher sicher.

***

Als Paul Westhoven an diesem Nachmittag nach Hause kam, strahlte Anne ihn an.

„Paul, endlich habe ich diesen Mankowicz gefunden. Lloyd's hat mir heute mitgeteilt, dass er in Singapur wohnt. Ich habe sogar schon die Wohnanschrift."

„Mankowicz? Das ist die Person, die du gesucht hast? Das trifft sich hervorragend. Du weißt, wo er wohnt und ich weiß, wo er ist, nämlich bei uns in der Gerichtsmedizin. Er ist die Tiefkühltruhenleiche."

***

Nach zwei Wochen waren alle Akten kopiert, alle Protokolle eingeheftet und foliert. Blechers Angestellte und Frau Meierbrink waren zeugenschaftlich vernommen worden.

Asmus formulierte in seinem Kopf schon mal die Anklage und würde in der Verhandlung erwartungsgemäß lebenslänglich beantragen.

Westhoven saß mit Dember und Krogmann in seinem Büro, als Jochen Gerber anrief: „Hallo, ihr Lieben. Was macht unser Eismann?"

„Der Fall ist geklärt", riefen alle drei in den Hörer.

„Glückwunsch! Erzählt mal."

Westhoven erzählte Gerber einen groben Abriss der Ermittlungen.

„Und wie ist es in Hamburg?", fragte Dember.

„Das willst du doch nicht ernsthaft wissen", entgegnete Gerber.

„Jetzt sag schon", forderte Westhoven ihn auf.

„Ich bin jetzt bei der Internen Ermittlung, Beamtendelikte ...", begann er zu erzählen und meinte, dass er hierüber beizeiten mal ein Buch schreiben sollte. Diese Tätigkeit sei alles andere als trockene Büroarbeit. Was er in den ersten Tagen bereits für Fälle auf den Tisch bekommen hatte, habe selbst ihn nach so langer Dienstzeit noch überrascht.

„Au weia, die armen Hamburger Kollegen", frotzelte Dember.

***

Dirk Holm vom Express hatte natürlich auch wieder über den Fall geschrieben. Diesmal lautete die Schlagzeile:

Angesehener Kölner Firmenmanager als dreifacher Mörder entlarvt
Wie aus Ermittlerkreisen bekannt wurde,...

***

Paul und Anne Westhoven saßen im warmen Sonnenschein auf der Terrasse, bei gut gekühltem Weißwein und gedünstetem Spargel. „Anne, Schatz. Fast hätte ich es vergessen. Du kannst die Akte Mankowicz schließen. Eure Versicherung braucht das Geld nicht auszuzahlen. Der einzige Erbe wäre Blecher gewesen, und der ist gemäß § 2339 BGB[38] als Mörder des Erblassers erbunwürdig. Der braucht auch kein Geld mehr."

Am nächsten Morgen, als Paul Westhoven ins Präsidium fahren wollte, sprang sein VW-Golf nicht an, sondern machte nur ein undefinierbares Geräusch.

Leider war Anne schon vor zehn Minuten mit ihrem Polo ins Büro

---

38 Bürgerliches Gesetzbuch

gefahren. Paul musste also notgedrungen mit der Straßenbahn Vorlieb nehmen.

Ausgerechnet jetzt regnete es. Paul klappte den Kragen seiner Jacke hoch und ging die kurze Strecke zur Straßenbahnhaltestelle.

Als die Straßenbahn hielt, bildeten sich sofort Trauben von Schülern vor den Eingangstüren. Als Paul seinen Fuß auf die erste Stufe der Eingangstür setzte, erhielt er im Gedränge von der Seite einen leichten Stoß. Durch seine nassen Ledersohlen rutschte er ab und fiel. Ein stechender Schmerz durchzuckte sein rechtes Knie. Ein Rettungswagen brachte ihn in die Klinik. Noch im Vorraum der Ambulanz rief er Anne und Arndt Siebert an.

Paul war noch im OP, als Anne im Krankenhaus eintraf. Als er aus der Narkose aufwachte, saß sie neben seinem Bett.

„Paul, du hast eine Fraktur des rechten Knies. Du wirst einige Zeit hierbleiben müssen."

Nach über zwei Stunden, kurz bevor Anne gehen wollte, schnitt sie noch ein Thema an, über das sie schon länger mit Paul sprechen wollte.

„Paul, ich habe noch einige schlechte Nachrichten. Aber auch einige Gute.

Erstens: Ich habe mich für Porsche entschieden.

Zweitens: Aber für eine Porsche-Küche. Damit ist meine Lebensversicherung weg.

Drittens: Du bekommst doch dein Auto. Zum Trost dafür, dass wir meine Eltern in Zukunft öfters mal mitnehmen müssen, schenkt mein Vater dir einen Ford Kuga Allrad-Jahreswagen. Du weißt ja, dass er noch von früher gute Beziehungen zu Ford hat. Du hättest ihn aber auch so bekommen, dafür hättest du dir nicht unbedingt das Knie brechen müssen."

Als Privatpatient bekam Westhoven im Krankenhaus jeden Morgen eine Tageszeitung. Als er den Kölner Stadtanzeiger aufschlug, las er im Kulturteil einen Artikel über einen Auftritt von Toni Krogmann, daneben war ein Foto von ihr, welches sie und den sie begleitenden Gitarristen zeigte.

Was die Kollegen so alles in ihrer Freizeit machen. Der eine malt, eine andere fotografiert, Toni macht Musik und zwei andere meinen, dass sie KRIMINAListenROMANE schreiben müssen, dachte er sich.

Paul Westhoven konnte zum Prozess von Blecher nur auf Krücken erscheinen. In zwei Wochen stand ihm eine mehr-wöchige Reha-Maßnahme bevor.

Anne Westhoven hatte endlich und endgültig ihre Akte Mankowicz geschlossen. Außerdem hatte sie sich mit Paul geeinigt – die neue Küche war bestellt. Der metallic graue Allrader stand zu Hause auf dem Parkplatz.

Heinz Dember und Dr. Doris Weber schwebten im siebten Himmel. Der Hochzeitstermin stand fest, die Ringe waren schon bestellt und konnten nach der Gravur abgeholt werden. Ihre Verlobung hatten sie zu zweit gefeiert, niemand hatte davon etwas mitbekommen. Heimlich hatte Heinz Dember seinen Audi TT ohne Wissen von Doris im Internet annonciert. Er wollte nun auf jeden Fall einen kinderwagengerechten Volvo-Kombi.

Toni Krogmann freute sich, dass sie nun endgültig in Köln Fuß gefasst hatte und der erste Fall geklärt war. Die nächsten Auftritte standen bereits fest.

Jochen Gerber hatte sich bei der Polizei in Hamburg eingelebt, sein neues Sachgebiet „Interne Ermittlungen" sagte ihm zu. Seinem Vater ging es mit starken Medikamenten ein wenig besser.

Katrin Oehmchen hatte ihre Samtjacke fertig genäht und führte sie jeden Tag stolz ihrer Kundschaft vor. Die vierfach bereifte „Informantin" würde auch weiter die Augen aufhalten, um der Polizei zu helfen und hin und wieder einen Grund zu haben, bei Dember aufzukreuzen.
    Für das Hochzeitspaar hatte sie eine besondere Überraschung.
    „Isch weet üsch bei dr Huhzick fahre. Ävver nit met mingen Taxi. Ne jode Fründ vun mer, in Kölle sin Fründe et Wischtischste em Levve, hät ene wieße Rolls. Domet weet isch üsch kuschtiere. Dat koss isch nix.

Dat es mieh Jeschenk. Och wenn isch dä leckere Kääl jän selver ens jehatt hätt. Sitt rohig, nem Katrin Oehmschen widdersprisch mer nit."³⁹

Edmund Blecher wurde von der Schwurgerichtskammer zu einer lebenslangen Freiheitsstrafe verurteilt. Das Gericht sah es als erwiesen an, dass er seinen Halbbruder aus Habgier getötet hatte. Weiter sah es das Gericht als erwiesen an, dass er Erna Schmitz und auch Heinrich Krieger zur Verdeckung einer Straftat getötet hatte. Bei der Spurensicherung am schwarzen BWM in seiner Garage wurden Hautfetzen und Haarreste gefunden, die eindeutig von der alten Dame waren. An der sichergestellten Kleidung im Haus fanden sich DNA-Spuren von Heinrich Krieger. Bezüglich Ursula Meierbrink konnte ihm eine Tötungsabsicht nicht nachgewiesen werden, so dass ihm diesbezüglich nur Freiheitsberaubung und Körperverletzung vorgeworfen werden konnte. Aber wie auch immer, er würde nie mehr frei kommen.

Sein Firmenimperium wurde von einer chinesischen Firma in einer feindlichen Übernahme geschluckt. Nichts würde später an Blecher erinnern.

***

Katrin Oehmchen fuhr mit dem weißen Rolls-Royce Silver Shadow auf den Vorplatz der Kirche vor. Im Fond saßen Dr. Doris Dember, geb. Weber, und ihr Vater Helmut, der sofort ausstieg, um den Wagen herum ging und seiner Tochter aus dem Fahrzeug half. Gemeinsam gingen die beiden die Treppe zur Kirche hoch. Als sie das Kirchenschiff betraten, spielte die Orgel traditionsgemäß den Hochzeitsmarsch aus der Oper Lohengrin von Richard Wagner. Heinz Dember wartete schon vorne an den vor dem Altar stehenden Stühlen. Sie sah in ihrem Brautkleid hinreißend aus. In den vorderen Reihen direkt hinter der Familie saß das komplette KK 11. Die unaufschiebbaren Tagesgeschäfte hatten freund-

---

39 Ich werde euch bei der Hochzeit fahren. Aber nicht mit meinem Taxi. Ein guter Freund von mir, in Köln sind Freunde das Wichtigste im Leben, hat einen Rolls-Royce. Damit werde ich euch fahren. Das kostet euch nichts. Das ist mein Geschenk. Auch wenn ich diesen leckeren Kerl gerne einmal selber gehabt hätte. Seid ruhig, einer Katrin Oehmchen widerspricht man nicht

licherweise die 12-er Kollegen übernommen. Im Ernstfall würde jedoch das KK 11 über einen Pager gerufen werden. Nach der Predigt folgte eine Überraschung der MK 6. Toni Krogmann, die unbemerkt hinauf auf die Orgelempore gegangen war, sang von oben, begleitet von einer Fiedel, einer Tin Whistle und einer Gitarre, eine alte irische Ballade über die Kraft der Liebe. Doris hatte im Café Eigel Anne verraten, dass dieses Lied seit ihrer Teenagerzeit zu ihren Lieblingsliedern gehörte. Anne hatte das natürlich nicht für sich behalten können. Als Toni das Lied beendet hatte, stand der schwergewichtige Polizeiseelsorger, dem der Gesang offensichtlich sehr gefallen hatte, von der Bank auf und ging die Stufen zum Altar hoch.

„Liebes Brautpaar, bitte tretet nun zusammen mit den Trauzeugen vor den Altar."

Es folgte nun die eigentliche Trauzeremonie. Gerade hatte der Seelsorger die Worte, auf die alle gewartet hatten:

„Du darfst die Braut jetzt küssen" gesagt, da meldete sich der Pager, den Arndt Siebert in der Jackentasche trug. Die Beamten des KK 11 verstanden: Einsatz! Der Bereitschaftsdienst eilte zur Tür. Paul Westhoven schaute entschuldigend seine Krücken an.

Als sich jedoch Heinz Dember umdrehte und instinktiv den anderen folgen wollte, spürte er den harten Griff seiner Doris am rechten Handgelenk.

Deutlich vernahm nicht nur er die Worte:

„Du heute nicht!"

Danksagung

Wir danken der Rechtsmedizin Köln und der Stadt Köln für ihre sachkundige Hilfe.

Wir danken unseren Leserinnen und Lesern, die uns durch viele Rückmeldungen zum Weiterschreiben animiert haben.

Allen, die hier nicht ausdrücklich genannt wurden, gilt ebenso unser Dank...sofern sie diesen erwarten.

Mein ganz besonderer Dank gilt meiner Partnerin Miriam Sürder (mtsghTuZPfiue), die sich vor Abgabe ans Lektorat eingehend mit der Geschichte befasst hat.

Bernhard Hatterscheidt

Ich danke meiner Frau, die mich während der Zeit des Schreibens von der Hausarbeit freigestellt hat.

L.K.

Bernhard Hatterscheidt/
Ludwig Kroner

Mörderischer Fastelovend

Softcover
266 Seiten
ISBN: 978-9415597-69-7

€(D) **9,90/**
€(A) 13,40

Kriminalhauptkommissar Westhoven und seine Mitarbeiter stehen Karneval vor einem Mord ohne erkennbares Motiv. Werden sie Zeuge eines spannenden Kriminalfalls und dessen realitätsnaher Aufklärung. Dieser Roman orientiert sich eng an der täglichen kriminalpolizeilichen Arbeit, denn Realität ist oft spannender als Fiktion.

„Ein echter Köln-Krimi, spannend, realitätsnah,..."
Dr. Mark Benecke

„Spannend, authentisch, ein Krimi vom Fachmann."
N. Wagner, Leiter der Kriminalpolizei Köln

„... beschreibt sehr genau und glaubwürdig den Alltag und die Vorgehensweise in einer Mordkommission..."
WDR/ Film und Serie